COLLECTION FOLIO

Remo Forlani

La déglingue

Denoël

Né italien, à Paris, Remo Forlani a exercé une foule de petits métiers et a fini par écrire pour le cinéma et la radio. Scénariste, dialoguiste, réalisateur, animateur d'émissions de télévision, il est devenu journaliste en 1971.

Depuis 1968, il a écrit (et fait jouer) neuf pièces de théâtre *(Guerre et paix au café Sneffle, Un roi qu'a des malheurs, Grand-père, À ta santé, Dorothée !, ...)*, onze romans *(Violette, je t'aime, Papa est parti maman aussi, Pour l'amour de Finette, Tous les chats ne sont pas en peluche, Valentin tout seul, ...)*.

En 1987, il a obtenu le Grand Prix du théâtre de l'Académie française et, en 1988, le Grand Prix de l'Académie de l'humour noir.

Il est aussi l'auteur d'albums de dessins et d'aquarelles dans lesquels on trouve surtout son animal favori *(Ma chatte mon amour, Ma chatte ma folie, Du bon usage des chats)*.

Pour eux.
Pour eux tous.

Ma mère était une rieuse, une moqueuse.

Pas une méchante. Ça non. Mais toujours partante pour dire des drôleries, pour brocarder son prochain, pour balancer des vannes à qui l'écoutait, pour affubler voisins et voisines de surnoms qui me faisaient baver de rire.

Pour elle, les locataires du soixante-quatorze avenue Ledru-Rollin — l'immeuble sordide où nous avions émigré après la faillite de papa — n'étaient pas madame Morel, monsieur Bénin, les Falkenberg ou les Paposki mais Belle-en-cuisses, le père Cocu-Content, les Mangeurs-de-pelures et les Grandes-Oreilles.

Notre voisin, qui faisait sa toilette au même robinet que nous sur le palier, c'était le Gaucho.

À cause de son bras droit qu'il avait perdu durant la première grande guerre.

Car même les mal fichus, les mal portants, les moribonds y avaient droit. Il suffisait que maman croise dans nos escaliers, notre cour, une de nos rues, le tuberculeux du cinquième ou un tout vieux trimbalant à petits pas sa chancelante carcasse, pour qu'elle me chuchote avec ce si beau sourire qu'elle avait : « Encore un qui tient debout parce que c'est la mode. »

Et puis c'est elle qui est tombée.

Un dimanche de février.

Tombée pas vieille.

Entraînant dans sa chute tout ce qui me restait encore d'enfance.

C'est comme ça, c'est comme ça.

Le temps va.

Bon, mauvais, faut qu'il s'écoule, filoche, s'esbigne. Emportant les gens. Des milliasses de gens. Des gens dont on ne savait même pas qu'ils étaient de ce monde. Et des gens à nous, des gens qu'on connaît, amis, père, mère, cousins, cousines, petites sœurs, fillettes si pâlottes, si chétives qu'on reniflait qu'elles n'iraient même pas jusqu'à leur première communion, et aussi de grands gros gaillards suant la santé qui, coup de malchance, se goinfrent un bus emballé ou une cheminée qui leur dégringole dessus sans prévenir.

Les morts...

Une rude débandade, si on y pense. Vous laissant des chagrins qui n'en finissent pas de s'accumuler.

Tant et tant de chagrins, qu'on se retrouve avec tellement pas assez de larmes qu'on finit par laisser courir.

Qu'il s'en aille, le temps ! Qu'il emporte !

Pas qu'on soit des oublieux. Mais il faut continuer à vivre chacun sa petite vie, continuer à respirer son petit air, à manger sa petite soupe, à faire ses petits métiers, à se dépatouiller avec ses petites amours, ses petites haines. On est sur terre pour ça, non ?

Des fois pourtant, un trépas vous reste en travers de la gorge.

On a beau déglutir comme un enragé, on a beau faire, beau dire...

Ainsi moi, ce matin de février où ma mère est tombée.

C'était à l'époque où nous avions les Allemands à Paris, des tickets pour la nourriture et tout le temps faim et peur. Ça fait donc cinquante années bien sonnées. Eh bien, je m'y revois quand même encore.

Je m'y revois parfaitement.

Moi.

Un benêt dégingandé étrennant ce jour-là un pardessus marron.

Comme si je l'avais là sous mes yeux, je le revois, ce putain de pardessus flambant neuf.

Il faut dire que ce n'était pas le premier pardessus venu.

Il faut dire aussi et surtout que ça faisait des semaines et des mois que je pleurnichais pour en avoir un pour remplacer mon unique vêtement chaud, une canadienne qui m'avait déjà fait trois hivers et que son usure, son dépoilage de col et mes incessantes poussées de croissance avaient rendue plus du tout portable.

Il m'en fallait un, de pardessus. Il m'en fallait absolument un. Alors, pour finir...

Un pardessus de marché noir ce fut. Et si honteusement au-dessus des moyens de notre famille que ni maman ni moi n'en avons jamais su le prix.

C'est que mon père était un homme à vous dire en s'en allant un matin : « Non, Momo, c'est non, non et encore non. On peut pas. On a pas d'argent, pas une miette de fric. Alors t'en auras pas de pardessus. Que la ceinture t'auras. »

Et puis, le soir, il rentrait, saoul comme tous les soirs et portant un gros mystérieux paquet. Et il l'ouvrait en prenant bien son temps, en faisant bien des manières. Et c'était du tissu. Un coupon.

Et pas de la camelote. Du tissu entièrement pure laine. Du first quality comme à l'époque on n'en trouvait dans aucun magasin même sur les grands boulevards.

Mais d'un marron spécial.

Généralement, les marrons, c'est discret, ça s'écrase, ça ne se fait surtout pas remarquer. Mais celui de ce coupon-là, c'était un marron criard, insolent.

Affreux, je l'ai trouvé. Maman aussi il m'a semblé.

Mais papa était si fier de son emplette que nous n'avons pas moufté, pas fait la moindre remarque. Nous avons même été jusqu'à le palper avec des gloussements admiratifs, ce tissu acheté aux Napolitains filous qui ravitaillaient en salami, parmesan de contrebande et cigares toscans puant le cabinet les autres Italiens de *Chez Gozzi* — le café où papa a tant et tant bu sa vie durant.

Et il a eu droit à de grands mercis, mon père, et à deux baisers sur chacune de ses deux joues qui commençaient à salement piquer parce que nous étions un jeudi et que c'était seulement le dimanche qu'il se faisait sa barbe.

Comme il n'était pas question, ce trop voyant tissu, de le faire façonner par un vrai tailleur qui aurait encore fait grimper les enchères, il a échoué chez la cousine Baffi.

Une bien intéressante personne cette femme plus qu'obèse parce que ayant des rétentions d'eau dans plusieurs parties de son corps. Elle demeurait dans un gourbi encore plus misérable que le nôtre, passage de la Main-d'Or dans le faubourg Saint-Antoine, et vivait de travaux de couture. Et quels travaux !

La cousine Baffi travaillait pour pas cher. Et vite. Et mal.

Depuis tout petit elle m'habillait et c'est à elle que je dois d'avoir été un des gamins les plus mal fagotés du quartier des Quinze-Vingts.

Sa spécialité à cette cousine — hélas, pas assez éloignée —, c'était les vêtements trop longs pour être courts et trop courts pour être longs. Elle avait le don de tout gâcher, tout rendre moche, la cousine Baffi. On lui commandait une robe, elle vous bricolait un sac à patates. Mais maman l'avait en affection.

Ça doit être la première personne que, moi, j'ai détestée. Pour je ne sais combien de vestes ratées, de pantalons « golf » trop bouffants qui pour les malpolis de ma communale devenaient mes « frocs à chier d'dans », de manteaux qui me donnaient l'air d'un déguisé de mi-carême. Et aussi pour les odeurs de vieux manger pas bon et l'obscurité de sa chambre-cuisine-salon de couture sans eau, sans gaz, sans électricité où elle passait des heures et des heures à pédaler sur sa machine Singer en geignant parce que ses jambes, ses bras, son ventre n'arrêtaient pas de gonfler.

Lui rendre visite, à cette cousine, c'était comme s'offrir une virée au palais des Horreurs de la foire du Trône avec, en plus, l'assurance d'en ressortir vêtu comme l'as de pique.

Dans mille ans je frémirai encore au souvenir du jour où nous avions débarqué chez elle pour un essayage alors que le médecin était en train de lui pomper l'eau de ses mollets. Avec, à ce que j'avais cru comprendre, une « canule à poussoir ».

Ce tableau !

Maman n'avait eu que le temps de me propulser sur le palier, que j'aille vomir dans les étages.

Quand il fut question de lui confier le coûteux coupon de tissu à pardessus à notre couturière de famille, je n'étais plus un gamin, j'avais poussé, pris de l'âge, j'étais devenu ce qu'il faut bien appeler un jeune homme. Alors j'avais des exigences.

Avec le coupon, je lui avais apporté un modèle. Une photo découpée dans un magazine de cinéma, une photo de la vedette d'époque Jean Marais arborant un pardessus grandiose. Ce qui se faisait alors de plus dernier cri. Long jusqu'aux pieds, cintré exactement là où il fallait et avec des ampleurs aux emmanchures à en tomber à la renverse.

La photo, elle l'a à peine regardée, la cousine, et elle m'a dit avec une belle assurance : « Ben c'est pas compliqué, Momo. C'est simple comme l'œuf du colon. Si c'est ton idée d'avoir une grande soutane dans ces goûts-là, on va t'en faire une. »

Une soutane ! Je lui aurais fait avaler les eaux sales de son corps pour qu'elle en crève.

À quatre essayages, j'ai eu droit.

Au premier, c'était déjà inquiétant, mais ça n'a fait que s'aggraver.

Ce pardingue ! Même pas d'un curé de campagne, j'avais l'air une fois dedans. D'un cardinal dont la pourpre aurait tourné à l'aigre, peut-être. Ou d'un Russe du temps des tzars s'en venant des vraiment fins fonds de steppes peuplées que d'idiots de village. Il ne m'habillait pas, il m'accoutrait, ce vêtement tant désiré.

Maman a reconnu qu'il me donnait un genre.

Mais je l'avais, je l'avais. Et pour un bail. Parce que ce qui sortait de chez cette outre gorgée de flotte, c'était du solide. Pour l'éternité elle cousait, la cousine Baffi.

Papa l'a trouvé très bien comme manteau. Et sûrement chaud. Et ça, c'était important, qu'il soit chaud.

Et puis ce n'était pas le manteau à tout le monde et tout ce qui faisait qu'on ne ressemblait pas aux autres, il trouvait ça épatant, mon ivrogne de père. Si épatant qu'il a passé autant d'années qu'il a pu à s'habiller à sa façon à lui.

Et à exister de même.

Mais je n'étais pas mon père. J'étais son fils. Et de devoir m'exhiber avec ce ridicule vêtement, je l'avais mauvaise et pas qu'un peu.

Je l'ai rodé en allant vider les ordures sous la voûte de notre immeuble, mon pardessus. De nuit.

Puis j'ai osé pousser une pointe, petite, jusqu'au carrefour des avenues Ledru-Rollin et Daumesnil. En priant le Bon Dieu de ne me faire rencontrer personne de vraiment humain et surtout pas un des bons amis que j'avais alors. Ou une fille même inconnue.

Devant l'église Saint-Antoine, il y avait monsieur Carité. Un ébéniste qui avait son atelier dans notre cour, et qui était si borné, si imbécile que ça finissait par le rendre brave homme.

— De loin, je te prenais pour un militaire, il m'a dit.

Et il m'a regardé sous toutes les coutures et a ajouté : « Un militaire de dans le temps. »

Je n'ai rien répondu. Valait mieux.

Je l'ai planté là, monsieur Carité, et j'ai marché dans le froid, direction le pont d'Austerlitz.

Une chouette promenade, faut reconnaître.

L'avenue Ledru-Rollin (Paris douzième) même en plein midi par un très beau jour d'été, ce n'est pas riant riant. Mais un soir de février quarante-quatre, avec l'Allemand là depuis déjà bien du temps et si bien installé qu'on avait l'impression que jamais il ne décanillerait, avec, en prime, toutes les vitres de toutes les fenêtres barbouillées en bleu ou placardées de papiers opaques et les réverbères en veilleuse pour cause de défense passive...

Mais il fallait que je l'étrenne, la soutane de la cousine Baffi, que je me fasse à elle.

Jusqu'à mes pieds chaussés de galoches à semelles en bois, elle tombait. Et, tout en me flottant autour depuis la taille comme une jupe trop vague, d'en haut elle me boudinait.

Ça, le froid, je ne le sentais pas.

Mais pour ce qui était d'avoir l'élégance de Jean Marais...

« Militaire de dans le temps », il avait dit, l'ébéniste imbécile. Moi, j'aurais plutôt dit Nosferatu le vampire, quand je me suis vu dans la glace de la vitrine de la parfumerie juste avant le cinéma Le Novelty.

Que la cousine Baffi ait merdé aussi fort, ça me tuait.

Déjà que je n'étais pas content de mon mètre quatre-vingt-dix tout en maigreur, avec pas l'ombre d'un muscle.

Aujourd'hui, tout vieux vieillard que je suis, tout en rides, le crâne tout dépeuplé de cheveux et avec mon sourire de star de série télé américaine qui m'a coûté près de cent mille francs chez mon dentiste pied-noir de la rue Monge, j'aurais plutôt tendance à me trouver bel homme. Séduisant même.

Mais, ado, je m'avais en horreur.

Je n'aimais pas ma silhouette d'asperge, mes cheveux plantés chacun dans un sens différent de l'autre, ma bouche de bébé boudeur, mes sourcils qui broussaillaient, mes pieds inchaussables parce que géants.

Jean Marais était beau, surtout dans *L'Éternel*

Retour, mon grand ami Maurice Ronet qui deviendrait lui aussi acteur de cinéma était beau, très beau, mon autre meilleur ami, Jeanjean, était beau, même ce boy-scout de Jean-Christophe Routier que je connaissais depuis la petite école était beau quand il ôtait ses lunettes. Mais moi...

Et puis il y avait les vêtements dont il fallait se contenter, les fringues d'occupé. Les liquettes avec tickets de liquettes, les vestes archi-portées qu'on faisait retourner et qui se retrouvaient avec la poche à pochette du mauvais côté, les chandails tricotés par notre amie madame Pipolina qui — la chère femme — vous les détricotait une fois devenus trop petits et vous les retricotait un cran audessus avec toujours la même laine de plus en plus pisseuse et pelucheuse.

L'Allemand, ça fait un demi-siècle qu'on le vilipende, qu'on l'accable, qu'on lui fait hou les cornes pour ses crimes, ses holocaustes, sa sauvagerie inégalable. Mais on oublie trop qu'on lui a dû aussi la saccharine, le café pure orge, les topinambours, cette infâme pièce de boucherie qui se nommait la tétine. Et pas de nippes mettables, pas de vrai jazz américain, pas de bouquins écrits par de meilleurs auteurs que les Montherlant, Claudel, Giono et autres bavochards sentencieux bien vus par le maréchal gâteux et pervers qui plastronnait à Vichy.

Mais, ce soir-là, je n'en étais pas à penser à l'Allemand et aux crasses qu'il nous faisait. J'en étais à me demander si, affublé de ce maudit manteau, la vie valait encore la peine d'être vécue.

On a de ces pensées-là à certains âges.

La mélancolie, jeune homme, je m'y adonnai avec bien de la complaisance.

C'est que ça me comblait de faire de longues virées dans les ténèbres du couvre-feu, entièrement solitaire et ne me souciant que de mâcher des pensées déballantes au possible.

Je pensais à mon frère prisonnier dans son stalag, mon pauvre aîné sur sa dure couche sans draps, sans couvertures, nourri que de soupes à l'eau croupie, que de déchets même pas consistants, avec de la vermine grouillant sur lui, sans chauffage, sans nouvelles de nous, avec rien à fumer, rien à lire.

Je pensais à tous mes copains juifs du soixante-quatorze et d'autres immeubles que des flics pour la plupart français étaient venus kidnapper des petits matins tellement matinaux qu'on n'y voyait goutte. On ne connaissait même pas leurs numéros de stalags à eux. On n'en savait plus rien. Mais on ne pouvait pas s'empêcher de penser qu'on ne les reverrait peut-être jamais.

Je pensais à ma danseuse Jacqueline Devoir, dernière en date de mes grandes amours, qui, au terminus d'une délicieuse promenade, sa main dans la mienne, m'avait dit un ultime bonsoir parce que nous n'allions plus nous revoir, parce qu'elle avait appris le matin même qu'elle avait dans son ventre un enfant d'un musicien de l'orchestre du théâtre du Châtelet sur la scène duquel elle s'ébattait gracieusement dans l'opérette *Valses de France*.

Le joueur de grosse caisse, ou de harpe, elle m'avait dit.

Ce qui est certain c'est que ça faisait des semaines que je l'idolâtrais, cette perfide ballerine. Une salope à l'œil bleu innocence qui ne voulait même pas que nous nous embrassions langues dans bouches parce que non, non vraiment, elle n'était pas fille à faire ça.

Tout bien pesé, il a mieux valu que pas une fois une seule je l'embrasse avec la langue la Jacqueline Devoir. Parce que ça aurait été du baiser salopé.

À ça aussi je pensais pour me mélancoliser très fort : à ma totale inaptitude chapitre filles.

Inaptitude qui me perturbait beaucoup plus que leur fameuse seconde grande guerre mondiale et que l'occupant teuton qui nous faisait de plus en plus de crasses.

Que je sois aussi incapable avec les filles, même les moins intouchables, ça m'assassinait.

Maurice Ronet, Jeanjean, tous mes amis, et tous les autres, tous les mâles, jeunes, vieux, beaux, moches, intelligents ou pas, ne faisaient que se vautrer dans les délices de l'amour partagé et les arsouilleries sûrement fameuses de la baise, et moi, moi j'arrivais, au mieux, à passer des soirées à payer des cafés ersatz, des galettes de sarrasin qui vous collaient aux tripes, des films en exclusivité et à débiter des fadaises enflammées à une danseuse qui ne m'aurait pas laissé lui effleurer même l'ombre d'une seule de ses deux mignonnes petites fesses et qui se faisait enfiler comme l'absolue salope qu'elle était par un connard de harpiste.

Harpiste ou contrebassiste ou frappeur de cymbales. Ça se vaut.

Il y mettait et sa langue et sa queue, lui, dans la demoiselle qui me faisait tant tartir avec ses pudeurs.

Et il n'y aurait eu qu'elle, encore. Mais les déconvenues amoureuses, depuis le funeste jeudi de ma sixième année où Vava Pipolina était allée cafter à sa mère que je l'avais déculottée, je n'en sortais pas.

Un adolescent dans la désespérance, voilà ce que j'étais. Avec, pour embrumer encore plus le paysage, un pardessus désolant.

Quand je suis rentré dans notre non moins désolant logis, maman et une bonne odeur m'attendaient.

Un odeur d'avant-guerre.

Elle avait ça de merveilleux, ma mère, elle avait des attentions.

De me voir aussi déçu par mon pardessus neuf, ça l'avait remuée. Alors pendant que je vadrouillais, elle s'était mise en quatre, décarcassée pour que je trouve un bon dessert en rentrant.

Un riz au lait. Notre régal à elle et à moi.

Sans lait.

Mais quand même très « dans les règles ». Un peu attaché au fond de la casserole pour le léger goût de brûlé dont nous raffolions, avec des raclures de pruneaux secs pour imiter les raisins de Corinthe, avec la masse de saccharine, avec des écorces d'orange, de citron qu'elle conservait

— au cas où — dans une vieille boîte en fer de biscuits Gondolo et avec une solide lampée du rhum du cruchon de secours que mon père se gardait caché sous leur lit.

— Tu as peut-être un manteau pas comme tu le voulais, mais ça ne va pas nous empêcher de nous faire une bonne petite ventrée, elle m'a dit.

Et elle a rempli mon bol.

Et elle a rempli le sien.

Et en avant les cuillères.

Aussi gourmands elle que moi, nous étions.

Papa, lui, il ne mangeait qu'à sa faim, qui n'était vraiment pas celle de tout le monde. Sauter des repas, sauter des journées entières de repas même, ça ne le dérangeait pas. Il pouvait aussi se contenter de trois quatre radis, d'un céleri-rave qu'il mangeait cru avec autant de sel gris de cuisine que de céleri. Il pouvait faire des cures de pain sec. Du gros. Rassis de préférence.

Avec ce qu'il entonnait de liquides alcoolisés il n'avait de toute façon jamais les entrailles vides.

Et puis il avait ses goûts, ses dégoûts.

Du riz au lait même à l'eau, il n'en aurait pas mangé.

Et comme il n'était pas là, comme il n'était une fois de plus pas rentré...

— On se régale, hein ?

— Oui. C'est bon.

— Quand ça sera fini, si un jour ça finit, cette guerre, je me mettrai à la pâtisserie. Tu verras.

— Tu me feras quoi ? Des tartes ?

— Des tartes et des tourtes et des clafoutis comme dans les campagnes.

La campagne, la vraie, maman, elle n'y avait jamais mis les pieds. Ça ne s'était pas trouvé. Native de Vanves-Malakoff — une banlieue déjà exceptionnellement tocarde —, elle avait grandi dans la loge de concierge de sa maman à elle, rue des Carrières à Charenton-le-Pont. Encore un patelin de rêve. Là, ne sachant qu'un peu lire, qu'un peu écrire, elle était entrée dans la vie active à pas onze ans en livrant le pain pour un boulanger. Un métier de feuilleton Belle Époque, porteuse de pain. Des étages par douzaines, par centaines, à grimper tous les matins avec des miches aussi grosses que la gamine qui les charriait et des bâtards et des pains fantaisie, des pains polka et de la brioche et de la viennoiserie pour les belles dames de l'endroit qui savaient que cinq heures était l'heure du thé.

C'était à ce gai labeur que remontaient ses varices à ma pauvre maman.

Son père qui était artiste en taillage de pierres, il s'en était pris une sur la tête, une énorme, qui l'avait écrabouillé, tué net. D'où la dèche chronique, l'humeur invariablement maussade de mémé Eugénie qui faisait des ménages et des lessives. Et les petites sœurs et petits frères que maman devait materner et qui allaient de maladie en maladie qui étaient parfois des maladies mortelles.

Quand aujourd'hui je lis Zola, *L'Assommoir, Le Ventre de Paris...*, je pense à tout ce qu'elle me racontait sur son enfance de fille de bignole, ma mère.

Mais je le lis dans mes livres de la Pléiade « reliés en pleine peau dorée à l'or fin ».

Et ça me met mal à l'aise.

Elle, elle n'avait jamais lu que des bouquins à moins d'un franc, des bouquins en mauvais papier, même pas à elle, empruntés. Et bêtes.

Il lui arrivait de m'en parler, de ses lectures de Charenton-le-Pont, des soirs comme ce soir à gâteau de riz et à bavardage.

Elle me racontait ses incursions émerveillées dans les manoirs, les palais très anciens, très luxueux des héroïnes huppées et pathétiques des histoires « à suivre » des *Veillées des chaumières*, à la lueur tremblotante d'une lampe à pétrole dans le lit qu'elle partageait avec une de ses petites sœurs. Avec sa mère, mémé Guillemain, qui se fâchait tout rouge, qui lui reprochait de s'user les yeux et d'accumuler de la fatigue qui lui rendrait ses étages à monter le lendemain matin plus hauts, plus raides.

— Des quiches je te ferai aussi. Des quiches lorraines. Avec du gruyère, des lardons et du jambon découpé tout petit tout petit tout petit. Et sept pincées de noix muscade.

Ses yeux brillaient. Des yeux clairs avec comme de l'eau dedans.

Elle m'a tendu la casserole pour que je racle le brûlé.

C'était amer. C'était le meilleur.

— Après la guerre, quand les vert-de-gris seront retournés dans leur Bochie, on ira t'en acheter un chez Old England, de pardessus. Ou un tranche-cotte même.

— Promis ?

— Promis.

Notre minuscule poêle Godin s'étant arrêté de ronronner faute de boulets, le froid nous est tombé dessus. On s'est embrassés très fort. Maman est allée s'enfermer dans l'autre de nos deux pièces, sa chambre à elle et à papa.

Moi, je me suis fourré dans les draps de mon miteux divan coincé entre le buffet et le fourneau à gaz.

Papa rentrerait plus tard, beaucoup plus tard. Ou ne rentrerait pas.

J'ai éteint la loupiote, je l'ai rallumée pour voir si le gaz était bien fermé. J'ai ré-éteint et j'ai pensé que, même canulante comme le sont toutes les mères, la mienne avait du bon. J'ai pensé que c'était bête qu'elle ait tous les malheurs qu'elle avait — mon frère prisonnier, mon père si peu souvent là et si encombrant quand il y était et moi, moi m'ingéniant à sûrement ne pas être le fils qu'elle aurait voulu. Puis j'ai pensé au manteau, à ce que mes amis et la terre entière allaient en dire.

Ça m'a redéballé.

Alors je me suis branlé sans hâte et sans bruit et j'ai dormi.

Et ce matin de dimanche six février est arrivé, qui a commencé par avoir l'air d'un matin comme les autres.

Avec, c'était notre rituel, les quatre étages à descendre encore tout sommeilleux, tout vacillant pour aller faire un pipi et plus dans les chiottes à la turque que nous partagions avec tous les autres habitants du soixante-quatorze.

Avec un simulacre de toilette à l'eau glacée du robinet du palier, bercé par les goualantes d'un seul et unique disque de la môme Piaf que notre voisin, le Gaucho, se passait et repassait pendant tous ses dimanches sur son phono *Voix-de-son-maître* à manivelle.

Avec le petit déjeuner qui se trouva être, ce matin-là, deux bols de soupe patates-choux-rutas réchauffée.

Tout seul, j'ai avalé cette saloperie.

Dans l'autre pièce, maman dormait encore.

Ça lui arrivait de paresser quand papa ne nous avait pas fait l'honneur de rentrer dormir à la maison.

Il avait dû encore passer sa nuit à jouer à la belote sans atouts tout atout ou au ramino — un jeu pour macaronis — avec les avinés de *Chez Gozzi*.

Ou il l'avait passée à cavaler, sa nuit. À cavaler après Dieu seul savait quoi. À aller d'un troquet l'autre, ingurgitant au fil des heures des boissons de moins en moins catholiques et saoulant qui voulait l'entendre de discours sans queue ni tête ou ne pipant mot et ricanant de tous et de tout et, pour finir, il avait dû aller s'écrouler sur son canapé truffé de cafards et autres bestioles voraces dans sa « succursale ».

Sa « succursale », à papa, c'était un vieux hangar aux murs branlants dans un terrain vague du bout de la rue de Bercy, un entrepôt pour ses brouettes, ses pelles, ses pioches, des sacs de ciment, de plâtre et du fouillis. Son fouillis à lui — dont le plus crapoteux des brocanteurs n'aurait pas voulu même avec un milliard en prime.

Mon père, plus ça allait moins j'arrivais à me faire de lui une idée qui tienne debout.

Maman c'était clair. C'était une femme simple. Qui n'aspirait qu'au bonheur et n'avait connu que soucis et contrariétés.

Avec pourtant quelques souvenirs mirifiques.

Tout commençait avec l'arrivée à Charenton-le-Pont, peu après mil neuf cent, du beau cimentier à moustaches de garibaldien qui l'avait vampée le temps d'une valse lente et l'avait épousée sur l'instant.

Je ne savais pas tout. Je me contentais de bribes qui échappaient à maman dans ses jours à cafard ou que j'avais glanées, à l'âge où l'on commence à comprendre, au hasard de ces interminables conversations que ma mère avait avec la cousine Baffi, avec la patronne du restaurant Pipolina et ses serveuses Gina et Lina, avec des dames à qui nous allions rendre visite à pied dans notre quartier ou en tramway et en métro dans d'autres.

Je ne savais pas tout. Mais je savais ce que je savais.

Je savais que leur voyage de noces — à Nantes où papa avait de l'embauche comme manœuvre — avait été à la fois un paradis et un enfer.

Un paradis pour des raisons que je n'aurais jamais eu le front d'oser imaginer et un enfer parce que — là, j'avais la flopée de détails — ce saligaud de jeune marié avait déserté la chambre matrimoniale dès la troisième nuit pour aller participer à un concours de buveurs d'absinthe dans un bar à matelots.

Vous me croyez ou vous ne me croyez pas. Mais c'est du juré craché l'épisode de la saoulerie paternelle à la verte pendant sa lune de miel. Sans eau pour ne pas s'emplir trop vite la panse. Et des dix, quinze, vingt absinthes. Trente peut-être. Le nombre de verres je ne le connais toujours pas. Mais je peux le jurer sur les Évangiles qu'il y a participé, le jeune époux de maman, à cette joute insane. Et que le concours, c'est lui et pas un autre qui l'a gagné. Et que c'est seulement au matin qu'elle a eu de ses nouvelles, la jeune mariée. Par des flics bretons qui ramenaient avec eux mon futur géniteur dans une sorte de coma. Avec tremblements. Une fois couché il avait déliré, beuglé des choses sans doute épouvantables qui, grâce au ciel, échappèrent à ma mère qui ne connaissait encore d'italien que quelques mots d'amour. Puis il sombra dans un sommeil postcomateux avec suées abondantes et se réveilla un jour et demi plus tard pour filer, sitôt debout, acheter à sa Flavie adorée des boucles d'oreilles en plaqué or qu'elle s'empressa de jeter par la fenêtre dans les eaux du port de Nantes.

Après, plus tard, plus à Nantes, il y a eu d'autres boucles d'oreilles. Jolies comme tout. Représentant des têtes d'Indiens peaux-rouges. Plus en plaqué. En garanti massif. C'est que, l'argent venu, papa n'était pas homme à chipoter sur les carats.

Il allait au plus cher. Toujours. Et comme l'argent s'est mis à venir énormément...

Manœuvre pour charrier des cagnasses et se faire traiter comme un Arabe de maintenant par des contremaîtres courts d'esprit comme des contremaîtres, il ne l'a été qu'un an ou deux.

Puis il a été maçon comme tous les Italiens d'alors qui n'avaient pas les moyens de s'ouvrir un magasin d'alimentation baptisé *À la ville de Parme* (ou de Florence ou de Gênes ou de n'importe quelle conne de ville où ces connards de coupeurs de salami en rondelles sont retournés crever dans de chouettes villas une fois fortune faite).

Mon père était un Italien sans un rond. Et sa scolarité dans un village à goitreux et à sorcière avait été encore plus rudimentaire que celle de ma mère. Mais c'était le contraire d'un idiot.

Faire le compagnon maçon, porter des sacs de sable, manier la pelle et la pioche, empiler des briques, jouer au jeu de cubes avec de la meulière, tout ça ça lui a vite paru indigne de lui. Alors...

Il n'avait pas un atome d'instruction, il savait à peine lire et encore moins écrire. Mais il avait du nez.

Et il a flairé que l'avenir c'était le béton.

Il ne l'a pas flairé tout seul. Des ingénieurs sortis de Centrale, des entrepreneurs un chouia plus marioles que les autres commençaient à s'en occuper sérieusement, du béton.

Mais papa qui ne savait même pas ce que c'était Centrale et qui aurait logiquement dû croupir toute sa vie, les mains pleines de cloques, sur les chantiers des autres, il s'est démené pour en avoir à lui, des chantiers.

Des tout modestes d'abord, du bricolage qui ne pouvait vraiment intéresser aucun patron un peu conséquent. Tout petit il a commencé, le Giovanni Giacommo. Mais tout malin. En allant rôder du côté de Bercy, de la Halle aux vins où — comment il avait eu vent de ça, allez savoir ! — des pinardiers astucieux se mettaient à bazarder leurs foudres et futailles pour les remplacer par des cuves cent pour cent en béton et verrées dans leurs intérieurs.

Une petite commande en poussant une autre, il s'était retrouvé avec un compagnon, puis deux, puis trois, papa. Des compagnons qu'il engageait lui. Venant de son patelin ou des environs, de préférence. Pour pouvoir s'entendre avec eux. Pas en italien. En bergamasque. Pas un patois, une langue. Gutturale. Que ne parlent plus guère que les ploucs des films à palme d'or d'Ermanno Olmi.

Ses Bergamasques durs à la tâche et pas exigeants question salaire, papa allait les cueillir à l'arrivée du train des macaronis faméliques, à la gare de Lyon.

À part maman, il a toujours tout trouvé à la gare de Lyon.

Il y a trouvé ses amis, ses ennemis, les femmes qu'il lui fallait en plus de la sienne. Et l'appartement grand genre de ses années de magnificence.

Parce qu'il y a eu les années de magnificence.

Après un pas trop héroïque intermède guerrier, de mil neuf cent quatorze à mil neuf cent quinze, dont il est revenu avec une oreille rendue sourde par un canon peut-être même pas ennemi, l'industrieux bétonneur s'est remis à l'ouvrage. Et à Bercy et à la Halle aux vins. Et ce ne fut plus un, deux ou trois Bergamasques qu'il a embauchés. Mais des douzaines, des cinquantaines.

Jusqu'à des dix chantiers en même temps, il avait. Alors : bureau avec secrétaire blonde platinée que papa sautait comme le voulaient les traditions, deux lignes téléphoniques, comptable payé au mois, papier à en-tête m'as-tu-vu et voiture décapotable pour faire le mylord d'un bout à l'autre du douzième arrondissement.

Et l'appartement.

Rue Traversière. Au vingt-six. Une maison bourgeoise. Au premier étage. Avec escaliers cirés et tapis à motifs floraux. Même que c'est là que je suis né. Né à domicile. C'étaient les mères fauchées qui enfantaient à l'hôpital. Alors, bien sûr...

Rien. Il n'y avait rien d'assez beau pour mon père et les siens dans ces années-là.

Mon frère était pensionnaire dans un collège tenu par des abbés au grand air de la province. Où il apprenait le latin et le tennis. Et une dame pas souriante appelée la miss lui donnait des cours d'anglais quand il était en vacances à la maison.

Et maman lui offrait du thé à cette miss. Dans un service en porcelaine fine. Et pas qu'à elle. À toutes ses amies, ma mère offrait du tea darjeeling avec un nuage de lait, rue Traversière.

Le café au lait de quatre heures dans lequel on trempait des tartines, c'était bon à Charenton dans la loge de sa mère, bon encore quand elle n'était que la femme d'un gagne-petit logé à l'étroit rue Buffon — en bordure du jardin des Plantes — là où était né mon frère et aussi deux filles, deux petites Dora, des grandes sœurs mortes si jeunes que je ne devais jamais les connaître.

Mais... rue Traversière...

On n'y mangeait pas dans la cuisine. Que non. Nous avions une salle à manger avec table à rallonges pour les repas à convives, avec buffet et desserte et assez de chaises, fauteuils et poufs pour permettre à tous les courtisans du nouveau riche de caler leurs sales culs.

De l'argent il y en avait à profusion.

De l'argent qui ne tenait pas aux mains de papa.

Maman, économiser, faire sa pelote pour de possibles moins beaux jours, ça lui aurait plu. Mais elle n'avait pas droit de regard sur les rentrées et encore moins sur les sorties. Elle pouvait puiser tant qu'elle voulait dans la grenouille tirelire que papa farcissait, dès qu'elle sonnait le creux, de billets tout froissés qu'il sortait par poignées de sa poche de pantalon. Mais c'était tout.

Les vraiment fortes sommes, le pactole, c'était les oignons de papa. Pas les siens. Une épouse d'Italien parvenu ça se laisse vivre. Sans fourrer son nez.

La grenouille je l'ai encore en tête.

J'ai encore aussi en tête ma timbale en argent de baptême... Un coquetier carrément en or... Les meubles pas Galeries Barbès, pas Lévitan, faits pour nous à la main et garantis pur Louis XV, par mon parrain Onorato dans son atelier du passage Saint-Bernard... Le carillon Westminster qui faisait plus chier qu'une meute de coqs en sonnant le réveil quatre fois par heure... La glace « psyché » de la chambre en bois de rose Marie-Antoinette de mes parents avec maman se faisant des révérences dedans en essayant une capeline achetée aux Trois-Quartiers... La madone lumineuse de la salle de bains qui me terrorisait... Des lampes, peut-être Gallé, inquiétantes comme des champignons vénéneux et bouffis... L'ours empaillé dépassant de toute sa gueule nantie de crocs finement aiguisés le marmot que j'étais... Des objets d'art en pagaille et en bronze... Vénus aux tétons arrogants... Faune figé pour pas que la feuille de vigne qu'il tenait en équilibre sur sa bite dégringole... Vache miniature et son bébé veau... Portrait d'ancêtre peint à l'huile...

Ancêtre à qui ?

Pas à maman dont la famille ne remontait qu'à l'irascible mémé Eugénie et à son père écrabouillé par une grosse méchante pierre. Ni à papa qui n'avait derrière lui qu'un père sabotier, une mère dont il n'y avait rien à dire et huit ou dix frères abrutis — comme mon zio Giuseppe qui était arrivé à Paris par le même train que papa mais qui, même pas fichu de gâcher convenablement du plâtre, se retrouva boueux à Juvisy.

Non. C'était un ancêtre que papa s'était acheté dans une salle des ventes.

Très digne. Avec un col dur aussi haut que son cou, une cravate à épingle représentant une abeille grandeur nature et, sous son œil gauche, une verrue peinte à la perfection.

Papa achetait tout ce qui était à vendre quand ses poches étaient pleines.

Et il payait toutes les tournées. Toutes.

Que le plus de gens possible boivent à sa santé.

— Salute ! Salute !

Par litres, par bonbonnes, par tonneaux, le chianti, la grappa, l'asti et tous les apéros tape-au-foie d'avant-guerre, la Suze, le Claquesin, le Byrrh, le Campari, le Guignolet...

Des fleuves de vinasse et d'alcool.

Des beuveries qui font désormais partie de la mythologie des bistrotiers du douzième. Je ne fabule pas. Il n'y a pas un an de ça je suis tombé par hasard sur le fils du fils d'un des loufiats de *Chez Gozzi* qui, entendant mon nom, m'a demandé si je n'étais pas un parent de ce fameux Bergamasque que son aïeul évoquait si souvent avec des rires nerveux quand il allait lui rendre visite dans son asile de vieux.

Et comment que nous étions parents moi et ce grand gros homme pétant le feu, qui ne mettait pas d'eau dans ses Pernod, qui ne mettait d'eau dans rien et empilait ses soucoupes à des hauteurs pas croyables et insistait pour rincer même ceux qui n'avaient pas soif. Même les bonnes sœurs à cornettes qui ne franchissaient le seuil d'un troquet que pour quémander pour leurs œuvres. À un billet grand format, elles avaient droit. Mais il fallait qu'elles trinquent avec papa.

Le meilleur client de *Chez Gozzi.*

Un homme qui ne prenait pas une mais trois ou

quatre bitures par jour et qui passait ses nuits à picoler des rhum-Fernet-Branca pour pas succomber à des torpeurs.

À croire qu'il avait autant peur de se retrouver cervelle désembrumée que moi j'avais peur de cette bougresse de madone qui continuait à me cligner de l'œil une fois la lumière de la salle de bains éteinte.

C'était peut-être aussi d'avoir si vite, si facilement gagné autant d'argent qui le perturbait. D'avoir été pauvre, pauvre au point de grimper dans un train pour fuir son pays avec pas de valise, avec juste le pantalon et la veste élimée qu'on a sur soi et le prix de son billet en troisième classe, et se retrouver pas bien longtemps après avec du blé à ne pas savoir qu'en faire, ça peut vous chambouler, vous saouler encore plus que de boire jusqu'à plus soif.

Ça peut.

Il s'affairait comme un fou perdu, faisait trimer des quinze seize heures par jour et dimanches et jours de fête de plus en plus de macaronis dans tous les coins de Bercy, de la Halle aux vins et jusque dans des campagnes à vignes où il fonçait surveiller son petit monde au volant de son arrogante Ballot huit cylindres en écrasant hérissons et lièvres, et il ne dormait jamais, ne se couchait pour ainsi dire pas et l'argent rentrait, rentrait, rentrait.

Et ça a bloqué. Net.

À cause de la crise. Qui est arrivée à peu près en même temps que moi et qui a engendré le chômage et les grèves et bien d'autres désastres encore.

Il s'agitait, il s'agitait, mon fou de père. Mais il n'y avait pas que lui à s'agiter.

Dans tous les coins et recoins de la carte d'Europe ça se mettait à tourner à l'aigre. Déjà qu'il y avait eu les Lénine et Staline pour casser, ratiboiser la Sainte Russie, voilà que se pointaient un duce Benito Mussolini en Italie et un Führer Adolf Hitler en Allemagne, pendant qu'en Espagne, parce que les corridas ne devaient plus combler leur goût de la boucherie, des forcenés du Frente popular se mettaient à incendier les couvents après avoir violé les bonnes sœurs, et les bons amis desdites bonnes sœurs, pas en reste de sauvagerie, organisaient des guernica.

Aux actualités du cinéma Lyon Pathé rue de Lyon c'était horreur sur horreur.

Et place de la Concorde, gardes mobiles à matraques, Croix-de-Feu à cravates fleurdelisées et cocos casquettés comme Jean Gabin s'étripaillaient.

Ce qui nous a menés au Front populaire.

Une victoire pour le prolétariat.

Une catastrophe pour mon père.

Payer et des tournées à toutes ses rencontres de bistro et des heures supplémentaires et des congés payés à sa tribu de cimentiers bergamasques, c'était au-dessus de ses moyens.

D'autant que le zélé et fidèle comptable qui lui tenait lieu de cerveau, à papa, il a profité des circonstances pour s'en aller faire du tourisme loin, très loin de la gare de Lyon. Avec les livres de caisse et ce qu'elle avait dans le ventre, la caisse.

Bref, l'année de mes neuf ans, maman s'est

retrouvée avec plus de quoi payer la miss qui enseignait les finesses de la langue anglaise à mon grand frère.

Avec pas de quoi non plus faire le marché place d'Aligre.

Avec plus une pièce de cinq francs dans la panse de la grenouille tirelire.

La voiture décapotable a été revendue dix fois moins qu'elle avait coûté. La miss s'est fait poliment remercier après une ultime cup of tea. Pour la rentrée, on a fait ressemeler mes chaussures plus tout à fait à la taille de mes pieds au lieu de m'en acheter des neuves.

Et le grand appartement de la rue Traversière est devenu trop petit pour contenir et nous et les vaches maigres qui se sont mises à mugir comme des dératées.

Mon frère, qui avait treize ans de plus que moi et se destinait à quelque belle grande carrière dans les finances ou la diplomatie — il hésitait —, s'est retrouvé garçon dans un des établissements où papa avait claqué des sommes folles.

Maman, la pauvreté, les épinards sans beurre, les bas de coton avec plus de reprises que de bas proprement dit, ça avait été assez longtemps son lot pour qu'elle encaisse avec philosophie.

Mais quand même. Ça lui en a fichu un coup. Rieuse elle était, rieuse elle est restée. Mais avec, derrière ses grands rires si agréables à entendre, un robuste paquet de tristesse. De neurasthénie on disait du côté de chez nous.

Et papa ?

Papa n'a pas flanché, pas pleuré sur son sort, pas dépéri. Il en avait vu d'autres lui aussi.

La voiture huit cylindres, l'appartement avec une baignoire dont il ne se servait que très occasionnellement, les objets d'art, le portrait d'ancêtre, il pouvait s'en passer. Mais quand il a compris qu'il ne pouvait plus offrir des tournées qu'à lui tout seul, ça l'a désarçonné, vexé. Il avait sué sang et eau, il en avait bavé et rudement pour devenir quelqu'un. Et on le déboulonnait. Merde. Au nom d'idées, de principes auxquels il ne voulait rien comprendre, on le déboulonnait. Alors pour faire comme les autres en ne faisant surtout pas comme les autres, il s'est mis à porter aux nues le macaroni qui en valait le moins la peine : le duce. Mussolini — ce gros lard qui se prenait pour un césar.

Là encore je n'invente rien. Je me contente de relater. Mon père, qui ne s'était jamais soucié de politique, mon père, qui savait tout juste que l'Italie était un royaume et la France une république, brusquement il s'est décrété fasciste.

Et pas fasciste honteux, fasciste avéré, tonitruant, entrant *Chez Gozzi* et dans les autres cafés et, hélas, aussi dans la cour du soixante-quatorze et chez Max le coiffeur juif de la rue Traversière, en levant bien haut la main droite et en clamant avec ce splendide accent rital qu'il n'a jamais su perdre : « Evviva il duce ! »

Ce qui eut tôt fait de le brouiller avec une bonne partie de ses amis et connaissances. Car énormément de citoyens du douzième arrondissement se mirent à virer eux aussi. Mais pas fachos. Communistes. Ou, pour le moins, socialistes.

Une page d'Histoire ! La politique qui n'intéressait que peu, très peu de gens, s'est mise à tout envahir. C'était à qui brandirait son petit fanion, agiterait sa petite banderole. L'employé se mettait à traiter son employeur d'opprimeur et l'employeur son employé de bolchevique, de hyène au couteau entre les dents. Qui avait trois sous devant lui devenait un ignoble capitaliste et qui ne les avait pas, les trois sous, ne rêvait plus que révolution, barricades, lanternes pour les aristos. C'était grève sur grève, meeting sur meeting, défilé sur défilé. De la Nation à la Bastille. Avec des centaines de milliers, des millions de poings levés et autant de voix clamant à l'unisson : « Les soviets partout ! Les soviets partout ! Les soviets partout ! »

Et nous étions aux premières loges. Pour aller de Nation à Bastille il faut couper l'avenue Ledru-Rollin.

Papa fermait les yeux pour ne pas les voir les nuées de communistes et de socialistes filant le train à Maurice Thorez et à Léon Blum. Et, pour la beauté du geste, il sifflait le seul chant fasciste qu'il connaissait. *Giovanezza, Giovanezza.* Mais son petit sifflotis, pour l'entendre quand quasiment tout Paris braillait *L'Internationale*, fallait les ouvrir bien grandes, ses oreilles.

Et il buvait plus encore. Et il se mettait à avoir le vin titilleur, à chercher noise à des gens qui ne lui demandaient rien, à se chamailler même avec maman qui, elle, continuait à fourrer dans le même sac et la droite et la gauche. « Un sac dont, si on l'ouvrait, on n'en sortirait que de la calamité », elle disait.

Elle n'avait pas un liard de conscience de classe, ma mère. Mais elle avait du bon sens.

Pas papa.

On redistribuait les cartes et il n'avait plus d'atout, plus la main, plus rien. Et ce n'était plus au ramino ni à la belote qu'on jouait, c'était à un jeu qu'il pigeait encore moins que la comptabilité.

Il s'est donc retrouvé lessivé, largué, foutu.

Les sept pièces de la rue Traversière, nous avons dû les quitter en catastrophe pour les deux du soixante-quatorze avenue Ledru-Rollin avec cabinets dans la cour et eau sur le palier.

C'est moche de voir, à neuf ans, sa mère verser de grosses grosses larmes.

Souvent je l'ai vue pleurer. Mais ce matin-là, elle dormait.

Ce matin du dimanche six février quarante-quatre. Longtemps après la faillite de papa.

Le Front popu ça faisait belle lurette qu'il n'était plus que dans les mémoires. Léon Blum s'était fait virer par des politicards qui ne le valaient pas, et de loin, et son bon camarade Thorez était devenu quelque chose comme l'allié de ses ennemis nazis.

C'est que le sac à calamité de maman on l'avait ouvert.

Et grand.

C'est que nous avions eu un Munich. Puis une guerre. Puis l'arrivée des Allemands à Paris. Puis une vieille baderne de maréchal qui avait fait don de sa personne à la France et était allé serrer la main d'Hitler à Montoire et qui nous bassinait avec son Travail et sa Famille et sa Patrie.

Et nous étions le six février quarante-quatre. Le matin.

J'étais descendu faire mes besoins, j'avais mangé ma soupe, j'avais fait une toilette aussi conséquente que possible à l'eau froide de palier. Et j'allais me vêtir pour me rendre au théâtre.

Parfaitement. Au théâtre. Car, depuis un an déjà, je faisais de la figuration. À la Comédie-Française et au Châtelet. Garde avec hallebarde et jupette antique dans des tragédies en vers de Racine et Corneille. Et mirliflore à queue de pie et chapeau claque quand je meublais le fond de la scène sur laquelle valsaient des danseuses en tutus dont ma traîtresse de Jacqueline — la maman du bébé du harpiste ou flûtiste ou batteur de cymbales.

Un job dans mes cordes la figuration. Et assez bien payé pour me permettre de faire le jeune homme, de m'acheter de quoi lire et payer des consommations et le cinéma à des filles sans rançonner ma mère qui se livrait à de vertigineuses jongleries pour nous faire vivre avec le peu que lui donnait papa qui était redevenu ouvrier cimentier — ouvrier cimentier de moins en moins souvent embauché.

Comment j'étais devenu figurant de théâtre ?

Je serais tenté de répondre que le Créateur avait, dans son immense bonté, décidé que l'intéressant garçon que j'étais méritait mieux que les petits travaux ingrats auxquels pouvait prétendre le fils d'un cimentier en déroute et d'une mère au foyer dans le désenchantement.

En fait c'est à mon aversion pour l'idée que

l'homme doit gagner son pain à la sueur de son front que je dois de ne pas être devenu un honnête travailleur.

Piètre écolier, sitôt nanti d'un certificat d'études primaires et élémentaires, j'avais supplié mes parents de me retirer de la communale que je détestais et — parce que j'avais la chance d'avoir une mère qui me passait tous mes caprices et un père qui croyait dur comme fer que la majorité des instituteurs étaient des communistes qui voulaient faire de leurs élèves de parfaits brigands —, à douze ans et demi, je cessais d'être écolier pour entrer dans la vie active.

Active mais, Dieu merci, pas trop exténuante.

J'ai d'abord été commis d'un Auvergnat si rougeaud de visage que ma mère l'avait baptisé Trogne-en-feu. Il vendait des marrons grillés à la terrasse du café *La Consigne* rue de Lyon. Café à l'intérieur duquel il luttait contre une grippe chronique en buvant des lessiveuses de grog pendant que moi, dehors, dans le froid, je fendais les châtaignes et je les faisais griller en psalmodiant « chauds les marrons, chauds les marrons... ».

C'était nettement plus captivant que d'apprendre par cœur les noms des colonies que nous allions perdre et des principaux os du squelette de l'homme (et de sa femelle).

Plus j'y pense et plus je me dis que, vendre des marrons à une terrasse dans une artère bien passante, j'aurais volontiers fait ça toute ma vie. C'est un métier d'intérêt public, agréable et qui vous permet de prendre langue avec nombre de gens. L'ennui c'est que c'est un métier saisonnier. Les mois ensoleillés et — nous étions alors en quarante — les Allemands survenant, je me suis retrouvé plongeur dans la cuisine embaumant le graillon d'un natif du Frioul qui jouait aux cartes avec papa.

La plonge c'est fastidieux. Et les verres, les assiettes, les raviers, les coupelles à entremets, ça a trop vite fait de vous glisser des mains et de se briser.

Viré par le Frioulin, j'ai piloté quelque temps le triporteur de monsieur Manzetti, un épicier romain de la rue Parrot qui cuisinait et livrait à domicile de l'excellent rizotto alla milanese et de la pâte fraîche aux œufs.

Sillonner Paris en faisant tinter le grelot d'un tri c'était tout bonnement exaltant. Et il y avait les pourboires. Souvent rondelets. Je baignais dans le bonheur, je me voyais déjà marié avec la fille Celestina de mon épicier romain et reprenant son fonds.

Mais a commencé le temps des restrictions, des cartes d'alimentation. Plus d'œufs pour les pâtes fraîches, plus de bœuf à pot-au-feu pour faire mitonner le riz du rizotto dans son bouillon gras. Mon patron romain très démoralisé a remisé son triporteur et m'a congédié.

Papa qui bricolait par-ci par-là m'a alors engagé comme manœuvre. Un vrai martyre cet emploi-là. C'était l'hiver et il fallait que je charrie des sacs de ciment, que je touille du ciment, que je pousse une brouette avec, dedans, des tonnes de ciment. Et dans la gadoue et des coulis d'air froid vous arrivant de partout. Et dès l'aurore. Et tout ça pour partager, en plein vent, le peu de nourriture qui suffisait à papa et ne recevoir, le samedi, qu'une méchante pièce de cent sous.

Je le savais que nous étions des pauvres et que, leur pain quotidien, quand un pays vient de perdre une guerre, ses habitants doivent durement peiner pour le gagner.

Mais envisager que j'étais parti pour gâcher ma vie en faisant un sale boulot qui était, en plus, un boulot salissant, non, merci. Comme j'avais un assez chic coup de crayon quand je copiais Félix le chat, Mickey et la vache Bellecorne et le cheval Dusabot dans mes illustrés d'enfance, ou quand je tirais à la gouache le portrait d'un chat ou d'un chien du quartier, je décidais que je serais artiste peintre.

Ça m'avait l'air peinard comme métier et payant convenablement et on ne peut plus distingué.

Un après-midi qu'elles faisaient la queue ensemble au marché d'Aligre pour un arrivage de poisson, qui se révéla être du poulpe plus très frais, ma mère avait parlé à une dame de cette extravagante ambition, et cette dame, qui avait un ami dessinateur industriel, avait conseillé à maman de m'aiguiller du côté de l'école des Arts appliqués. Vu que, dans cette école, on n'y apprenait pas que la peinture mais aussi de vrais métiers lucratifs et sérieux comme laqueur sur bois ou miniaturiste sur porcelaine.

Maman, qui trouvait flatteuse l'idée d'avoir un fils peignant de minuscules bigoudens dansant la gavotte sur des jattes « Souvenir de Bretagne », m'y expédia dare-dare aux Arts-za. Où je fus dans les tout derniers du concours d'entrée, mais reçu quand même.

C'était rue Dupetit-Thouars, au métro République. C'était une vraie école. Triste comme une communale. Avec des professeurs sadiques qui vous inculquaient les rudiments de la géométrie « plane et dans l'espace » pas à la cravache mais presque. C'était l'enfer les Arts-za.

Dans cette école que je n'ai guère aimée, j'ai quand même appris à tenir à peu près correctement un crayon, un compas, un pinceau et ce que c'est qu'une « ligne de fuite », et j'y ai rencontré des garçons qui venaient d'autres quartiers que le mien, des garçons qui, pour la plupart, étaient plus âgés que moi et appartenaient à un monde où, quand on sortait les enfants le dimanche, ce n'était pas pour les emmener s'empiffrer de polenta chez un oncle et une tante illettrés à Juvisy ou voir le dernier Fernandel au ciné du coin, mais pour leur faire découvrir les chefs-d'œuvre du musée du Louvre ou aller écouter du Wolfgang Amadeus Mozart ou du Gabriel Fauré à la salle Pleyel.

Il y avait des crétins, des infatués, de foutument sales péteux chez ces garçons-là. Mais il y avait aussi des types épatants qui m'ont appris, rien qu'en me faisant la causette, cent fois plus que les minables enseignants qui m'avaient fait périr d'ennui durant six interminables années.

Il y avait surtout Jeanjean — qui prenait le même bus que moi pour aller à République car demeurant à trois pas de l'avenue Ledru-Rollin, rue Saint-Nicolas où son père et sa mère avaient leur atelier de tapissiers.

Comme moi, Jeanjean voulait devenir peintre. Mais, lui, il n'avait pas seulement un vague désir de devenir quelqu'un. Il avait la vocation et était décidé à égaler, voire surpasser ses dieux : Poussin, Vélasquez et Goya.

Ce sont les premiers noms de peintres qu'il m'a révélés, ces trois-là. Et il y en a eu une foule d'autres. Et il m'a fait découvrir des auteurs qui allaient drôlement me secouer. Et il m'a fait connaître bon nombre des amis « choisis » qu'il avait le don de se faire un peu partout. Il connaissait aussi bien des comédiens qui jouaient dans des pièces à succès que des barmen voyous de Pigalle ou des Champs-Élysées, Jeanjean. Même Charles Trenet, il connaissait. Un peu. Pour l'avoir traqué, dans la banlieue où il avait sa maison, pour lui dire combien il l'admirait.

C'est lui qui avait déniché la filière pour devenir figurant à la Comédie-Française.

Et, le dimanche six février quarante-quatre à treize heures cinquante, on y jouait *Le Soulier de satin*, au Français — une épopée mystico bassinante dans laquelle Jeanjean et moi campions des marins, des seigneurs et des soudards espagnols au fil des tableaux qui étaient multiples.

Et, à treize heures pile, Jeanjean allait venir dans la cour du soixante-quatorze et me siffler pour que nous arrivions dans les temps au maquillage. Et je descendrais le rejoindre. Et il verrait mon pardessus, le pardessus d'un si affreux marron si désastreusement taillé par la cousine Baffi.

Et j'en tremblais d'avance.

C'est que ce n'était pas pour moi qu'une manière de maître à penser, Jeanjean, c'était aussi un très sûr arbitre des élégances.

Et quand il le verrait ce pardessus...

J'avais des siècles à attendre avant qu'il vienne et me siffle. Il était encore tôt. Maman dormait encore, il fallait qu'elle se lève, qu'elle improvise avec le moins que peu qu'on avait dans notre buffet un semblant de repas de midi, il fallait qu'on le mange, il fallait...

J'ai enfilé le manteau marron.

Il était aussi importable que la veille au soir.

Il n'y avait pas que Jeanjean qui allait en rire. C'étaient tous les passagers de la ligne de métro Vincennes-Neuilly, c'étaient tous les frimants de la Comédie-Française qui allaient éclater de rire en me voyant.

De tous ceux qui allaient me voir, j'allais être la risée.

Même l'Occupant, qui n'était pas vraiment porté sur la marrade, de me voir ainsi vêtu, il n'allait pas pouvoir s'empêcher de se boyauter.

Il fallait que je me fasse à l'idée que j'étais parti pour vivre dans l'humiliation tant que durerait ce vêtement.

Il le fallait.

La glace devant laquelle papa se rasait était bien trop petite pour que je m'y voie en entier. Ça la diminuait un peu, ma honte. Mais qu'un peu.

Pour me voir en dessous de la taille, je suis monté sur une chaise.

Quel idiot je faisais.

Si maman déboulait de sa chambre et me voyait perché en train de me mirer comme une cocotte, elle n'allait pas me louper.

Elle n'a pas déboulé. Elle a crié.

— Remo. Remo. Remo.

— Ouais. Quoi ?

— Je peux pas me lever. Mes jambes. Mes jambes, Remo, mes jambes !

Elle voulait dire quoi ?

J'ai sauté de ma chaise, j'ai foncé dans la chambre où il n'y avait place que pour le grand lit et l'armoire Marie-Antoinette vestiges des jours fastes.

Sous sa couverture, maman se débattait comme un énorme bébé en proie à une peur. Elle avait les yeux écarquillés.

— Qu'est-ce que t'as, m'man ?

— Mes jambes. Je peux plus les bouger. Je ne sais pas ce qui m'arrive. Je peux pas me lever. Je te jure. Je peux pas.

De me voir avec mon pardessus grotesque, ça l'a distraite un instant, elle a eu un petit rire.

Vraiment petit.

Et le dernier de tous ceux qu'elle s'était arrangée pour avoir dans sa chienne de vie.

Oui, elle a ri en me disant : « Si mes jambes se mettent en grève, va falloir que tu me portes. Comme ça, t'auras une bonne occasion de l'étrenner ton habit de croque-mort. »

Le temps que je me glisse dans la petite ruelle entre le mur et le lit, il était parti son rire et elle avait la tête de quelqu'un qui souffre, qui souffre beaucoup.

— Ça me monte des jambes dans le corps. Ça fait comme si j'avais plus de sang.

— Plus de sang ?

Elle a serré les dents et tenté de se redresser en s'aidant de ses bras et elle est retombée sur son oreiller. Elle n'avait plus de couleur aux joues.

— T'as quoi ?

— C'est rien. Ça va aller. T'inquiète pas. Ça va aller. C'est sûrement rien.

Elle ne voulait pas m'effrayer alors elle s'est redressée, elle a même réussi à les poser par terre ses jambes qu'elle ne sentait plus.

— Tu vois que c'est rien du tout.

Je voyais qu'elle n'arrivait pas à tenir debout même en s'appuyant au mur, qu'elle n'arrivait pas à faire un pas.

— Je ne sais pas ce qui m'est arrivé. Ç'aura été une mauvaise position que j'ai prise en dormant. C'est que de l'ankylose. Allez. Un bon café et tout ira mi...

Et elle est tombée le nez sur ses pantoufles qui traînaient au pied du lit. Tombée comme une masse.

Mon cœur s'est mis à battre si fort qu'il aurait pu se décrocher.

Il fallait que je la relève, que je la remette sur le lit, que...

Je l'ai attrapée comme j'ai pu, toute molle sous les trois quatre chemises ou robes en gros tissu qu'elle mettait pour dormir dans cette glaciale piaule. Elle était lourde. Elle ne m'aidait pas. Elle ne pouvait pas, elle ne pouvait plus m'aider.

J'ai réussi à la hisser avec ses chemises et robes

qui se relevaient et découvraient ses jambes épaisses, fatiguées.

Elle se laissait faire. Me regardant que d'un seul œil. L'autre s'était fermé.

— Je vais aller téléphoner pour faire venir un médecin.

Elle a cligné le seul œil qui me regardait comme pour me dire oui.

— Je vais aller téléphoner au café en face.

J'ai tiré sur ses nippes pour lui cacher ses jambes.

— Je reviens. Je fais vite.

Comme j'allais sortir de la chambre, elle a dit mon nom pas très fort.

— Remo.

Oui.

— Faudrait pas que...

Elle n'avait plus de voix, c'était comme si sa langue était attachée, comme si...

— Faudrait pas...

Les mots ne sortaient plus. Et ses yeux, les deux à ce moment-là, étaient devenus immenses et clairs comme ils l'étaient toujours. On aurait dit deux flaques d'eau. D'eau de mer.

— T'inquiète pas, m'man. Je fais vite. Je reviens.

J'ai filé.

J'ai donné de grands coups de poing sur la porte du Gaucho qui m'a ouvert avec sur lui juste une canadienne pas assez longue pour lui cacher son bazar.

La môme Piaf goualait si fort sur son phono que j'ai dû brailler.

— Y a maman qui est tombée, elle sent plus ses jambes et elle arrive plus à parler.

— Ça alors.

C'est tout ce qu'il a su me répondre. Mais déjà je dégringolais à l'étage en dessous pour alerter madame Nantes qui m'a dit de vite aller téléphoner au docteur et qu'elle montait voir ce qui se passait exactement chez nous.

Quand l'Auvergnate sèche comme un coup de trique qui était assise à la caisse du café à l'angle de l'avenue Ledru-Rollin et de la rue de Charenton m'a vu débouler elle m'a tout de suite annoncé que, si c'était mon père que je cherchais, elle ne l'avait pas vu.

— Je voudrais téléphoner. Au docteur Jullien. Pour ma mère.

— Un dimanche à c't'heure-ci si tu le trouves, ton docteur Jullien... T'as son numéro au moins ?

Non. Je ne l'avais pas. Elle l'avait, elle, dans un carnet qui était soigneusement coincé entre deux bouteilles sur une étagère. C'était Diderot zéro-trois vingt.

Il était en visite le docteur Jullien. Mais la voix au téléphone me promit qu'il passerait dans le moins longtemps possible.

Quand je suis remonté c'était la grande agitation chez nous. Il y avait madame Babaguine — une des rares juives du soixante-quatorze qui n'avait pas encore été embarquée par les flics — qui était en train de faire bouillir une marmite d'eau sur notre réchaud à gaz.

— Alors, le médecin ? elle m'a demandé.

— Il va venir. Je sais pas quand. Mais il va venir.

— Ça serait aussi bien que ça ne soit pas à minuit qu'il vienne, parce que ta maman c'est pas bon du tout ce qui lui arrive.

— Elle a quoi ?

— C'est pas bon.

Dans la chambre, penchées sur le lit de maman, il y avait madame Morel que maman appelait Belle-en-cuisses et la blonde à lunettes du cinquième à qui tout le soixante-quatorze faisait grise mine parce que son mari s'était engagé pour aller se battre en Russie avec les crapulards de la Légion des Volontaires français contre le bolchevisme.

C'est à peine si madame Nantes m'a laissé ouvrir la porte.

— On a pas besoin de toi ici, Remo. Tu ferais que nous encombrer. Et ta maman c'est sûr que ça lui plairait pas de savoir que tu la vois comme elle est.

— Mais elle a quoi ?

— Ça peut être un petit malaise de rien du tout comme ça peut aussi bien être grave. Elle nous fait comme une petite attaque. Une attaque, avec la tension qu'elle a, ça n'aurait rien d'étonnant. Mais c'est peut-être qu'une poussée. Ça va ça vient la tension. Si ça se trouve, dans une heure elle sera debout à gambiller.

— Moi, a dit Belle-en-cuisses, je lui ferais ce que mon cousin Marcel a fait à sa femme quand elle s'est trouvée à plus pouvoir bouger même un doigt et à plus arriver à parler de manière à ce qu'on la comprenne. Un bon coup de rasoir dans le gras de l'oreille. Bien net bien franc. Ça provoque un grand pissement de sang et ça dégorge le cerveau. Parce que c'est dans le cerveau que ça se tient. Le tout c'est d'y aller franchement. Et que le rasoir soit désinfecté à l'alcool.

Le coup de rasoir dans le gras de l'oreille, madame Nantes et la blonde du cinquième n'étaient pas du tout pour. Que le cousin de l'autre bêtasse saigne sa femme comme un cochon ça le regardait. Mais, elles, elles faisaient plus confiance à la médecine qu'à la charcuterie.

En tendant le cou, j'ai vu maman. Les deux yeux fermés, les lèvres pincées. Immobile. Mais n'ayant pas l'air de dormir.

Ayant l'air de souffrir.

— Elle a mal. Ça se voit qu'elle a mal.

Madame Nantes m'a repoussé dans ma chambre-cuisine.

— Te chamboule pas la tête pour ça. C'est une personne solide ta maman. Pas plus tard qu'hier, elle est venue boire le café chez moi et elle a mangé au moins trois tartines de confiture. Si c'est pas un signe de solidité, ça ! T'as mangé ton petit déjeuner au moins ?

— Oui.

— Crois-moi, faut pas que tu t'en fasses, mon grand. La maladie c'est du tintouin et du souci. Mais c'est que de la maladie. Ça se soigne. Regarde, moi, les deux hernies dont une étranglée que j'ai eues à trois ans d'intervalle, elles m'ont jamais empêchée de faire et mon ménage et mes courses et de m'occuper de mes hommes comme si de rien n'était.

Ses hommes c'étaient un mari pas plus haut

qu'un nain et leur fils Paul, un dévoreur de romans policiers qui savait tout d'Hercule Poirot, du mystérieux docteur Fu-Manchu, de l'Homme au pied bot et des autres figures marquantes de la collection « Le Masque ». À part ça il ne connaissait rien à rien. Ce qui ne l'empêchait pas d'être fréquentable.

L'eau bouillait à gros bouillons dans la marmite sur le gaz et madame Babaguine s'était assise près de la table où traînaient encore les deux bols et la casserole du riz au lait sans lait.

Elle était immobile, ses deux mains avec des vieilles bagues à tous les doigts posées à plat sur notre toile cirée qui représentait une scène de chasse à courre tellement effacée par des années et des années d'usage qu'on avait l'impression de voir des fantômes de clébards courir après un fantôme de bête à cornes.

— Ta pauvre maman a une attaque. C'est ça qu'elle a. Une attaque.

— C'est quoi une attaque ?

— C'est comme tout ce qui nous arrive à tous et à toutes depuis que je suis de ce monde. C'est de la misère.

Elle avait les larmes aux yeux en me disant ça. Mais ça ne voulait pas dire qu'il fallait que je m'affole. Parce que la douce et fragile madame Babaguine, depuis qu'elle avait été obligée de fuir sa Russie pour ne pas être zigouillée comme ses frères et sœurs par les Rouges, tout lui était occasion de chialer un petit coup.

Il fallait que je l'aiguille d'urgence sur un sujet un peu moins affligeant que ce qui arrivait à maman sinon elle allait se transformer en cascade.

— La marmite d'eau c'est pour quoi faire ?

— Chez nous, quand la maladie était là ou même seulement quand on sentait qu'elle allait arriver, on faisait bouillir autant d'eau qu'on pouvait. On y pense pas, on y pense plus. Mais l'eau bouillie c'est souverain. Je me souviens, petite fille à Simferopol. C'était l'hiver. De la neige sur tous les toits et des traîneaux avec leurs chevaux, leurs chiens et...

D'accord. Elle était en route pour me raconter *Le Général Dourakine.* Alors je ne l'ai plus écoutée.

J'aurais dû. C'est que, pas bien longtemps après ce satané dimanche, ça a été son tour à madame Babaguine. Ils l'ont cueillie avec son mari, le fabricant de toques et bonnets en astrakan imitation.

Ils rentraient de faire une petite promenade digestive. Même pas ils les ont laissés monter chez eux prendre du linge de rechange et de quoi grignoter pendant le voyage, les flics. À coups de godillots dans les côtes, ils les ont fait monter dans le camion déjà bondé de juifs polonais, de juifs russes, de juifs juifs. Et le camion est parti comme tant de camions déjà. Direction on n'osait pas imaginer où.

Depuis, on a su.

Les juifs du soixante-quatorze je les connaissais tous. C'étaient des gens comme tout le monde. Plutôt moins bruyants que les autres locataires. De braves gens — comme on dit des humains qui vivent leur vie aussi calmement que possible et sans nuire ni même faire la plus petite miette d'ombrage à autrui.

Et on les a emmenés et assassinés.

Si j'avais pu savoir, ce matin-là, madame Babaguine avec ses larmes qui lui coulaient sans arrêt des yeux et trop de bagouses pour les dix doigts qu'elle avait, je l'aurais écoutée religieusement me raconter ses histoires d'eau bouillie souveraine et de neige russe blanche et de traîneaux.

Mais je ne savais pas. Et puis j'étais con.

On devrait toujours écouter ceux qui vous parlent, même si ce qu'ils vous disent est chiant comme la fumée. Parce que les gens, tous, ils sont mortels.

Mais, ce matin-là, ça non plus je ne le savais pas.

C'est farce la vie.

Enfin... bizarre.

Gare de Lyon-Palais-Royal, depuis que le monde est monde et le métro métro, ça fait en tout et pour tout sept stations. Autant dire rien.

Et moi, il suffisait que je me les avale ces sept méchantes stations pour totalement changer d'univers.

À un bout c'était le taudis, la crasse, la pénurie à tous les étages, des converses souvent fabuleusement cocasses mais volant bien bien bas, l'ignorance désolante des pauvres qui n'ont pas eu la chance d'avoir été éduqués, la bêtise grave des un peu moins pauvres qui croient qu'il suffit d'avoir plus d'argent que son voisin pour être quelqu'un.

À l'autre bout c'était les dorures, les lumières, le clinquant, le beau monde portant beau, parlant beau, la culture, l'art et ses fioritures.

À la gare de Lyon, j'étais le fils du cimentier alcoolo et impécunieux, un jeunot maigrichou et pâlichou qu'on pouvait croiser dans des escaliers pleins de rats avec, à la main, le seau hygiénique familial en fer émaillé bleu qu'il allait, discrètement, sournoisement, vider dans les cabinets communs.

À Palais-Royal, j'étais un futur peintre immensément célèbre qui — pour se faire un peu d'argent de poche — campait d'impérissables silhouettes dans *La Reine morte* et *Le Soulier de satin* et faisait pendant les entractes assaut de culture tape-à-l'œil avec d'autres petits prétentiards avant d'aller boire des bières sans alcool, sans saveur, sans mousse à la brasserie *Ruc*, à *La Régence*.

À la gare de Lyon, je côtoyais des madame Nantes, des Belle-en-cuisses, des Gaucho et des monsieur Carité.

À Palais-Royal je croisais des Jean-Louis Barrault, des Marie Bell, des Pierre Dux, des Madeleine Renaud.

À la gare de Lyon je n'étais que moi.

À Palais-Royal...

C'était Remo docteur Jeckyll et Remo mister Hyde, presque.

Quand nous avons pris le métro à gare de Lyon avec mon ami Jeanjean, j'étais plusieurs crans en dessous du trente-sixième dessous.

C'est que j'avais dû abandonner maman à ces dames qui m'avaient promis de veiller sur elle jusqu'à l'arrivée du docteur et, s'il le fallait, de s'arranger pour trouver les médicaments qu'il prescrirait. Il n'y aurait eu que l'autre évaporée de Belle-en-cuisses avec ses idées de saignées au rasoir, je serais resté. Mais madame Nantes et madame Babaguine étaient femmes de confiance. N'empêche que... Il y avait aussi le fait que c'était ma première vraie sortie — de jour et en direction de Palais-Royal ! — avec *le* pardessus.

En plus, il y avait papa qui était encore en train de faire des siennes.

En allant à la gare de Lyon, j'avais fait un crochet par la rue Parrot pour lui laisser un message *Chez Gozzi* au sujet de maman et la patronne, la vieille Mathilde Gozzi qui dirigeait l'établissement depuis la disparition de son frère tué par les vermouths, m'avait appris que papa avait quitté Paris, qu'il avait été obligé de filer en province de toute urgence. Pour affaires.

C'était bizarre. Très bizarre même. Car il n'était pas parti seul. Il était parti avec un certain Pepino Barbaculo. Lequel Barbaculo, plombier de son état, avait la réputation bien établie de n'avoir pas débouché un évier ou une tinette depuis une éternité et de vivre de combines on ne peut plus louches.

En camion, ils étaient partis, papa et Barbaculo. Pour une destination inconnue et sans dire quand ils seraient de retour.

C'était tout mon père, ça. Maman n'était plus maîtresse de ses jambes, plus capable d'articuler un mot, et monsieur allait faire du tourisme, on ne savait pas où, avec le type le moins fréquentable du quartier.

Le wagon était presque désert. Nous nous sommes assis. À propos de mon pardessus, Jeanjean s'est contenté de constater « qu'il allait très bien avec mon côté tantouze ». Pour ce qui arrivait à maman il a trouvé les mots qu'il fallait. Savants et rassurants.

À l'entendre, on aurait juré qu'il sortait, diplôme en poche, de la fac de médecine. Il n'en finissait jamais de m'époustoufler, Jeanjean. Qu'il soit question de peinture, bien sûr, mais aussi de théâtre, de cinéma, de bouquins, de sport même ou de sciences occultes ou de bouffe, il avait toujours à dire. À bien dire. Il n'aurait pas voulu surpasser pinceaux en main Poussin, Vélasquez et Goya, il aurait pu devenir encyclopédie, ce mec.

Selon lui, le petit et momentané engourdissement des membres inférieurs qu'elle avait, ma mère, ce n'était rien de plus qu'un avertissement, qu'un petit tour que lui jouait son système nerveux pour lui signaler qu'elle avait atteint un certain âge et qu'elle devait songer à s'astreindre à une hygiène de vie en rapport avec cet âge.

C'était si bien venu que j'ai retrouvé ma belle humeur.

À Palais-Royal, il y avait foule.

C'est que c'était la belle époque pour les spectacles en tous genres. Parce que les cinémas et théâtres étaient assez correctement chauffés. Parce que voir des films français bêtauds comme *Pontcarral colonel d'empire* avec l'exécrable Pierre Blanchar et des films allemands à vilaines couleurs et vilains sentiments comme *Le Juif Suss* ou les pompeux gugusses du Français dans du

Claudel ou du Montherlant, c'était quand même moins déprimant que de rester chez soi à écouter les éditorialistes pousse-au-crime et les comiques collabos de Radio-Paris.

Et *Le Soulier de satin* il fallait l'avoir vu. C'était l'événement théâtral. Le must des musts.

Pensez ! Une épopée mystique qui durait trois fois autant que les plus copieuses pièces de Shakespeare, avec une négrillonne à poil, une mer dont les vagues étaient des filles, une madone qui descendait des cintres, avec de la musique « moderne », avec de la pantomime, avec des paquets et des paquets de tirades si profondément profondes que les méchantes langues disaient que même Paul Claudel, qui avait passé des années à les écrire au lieu de faire son boulot du temps qu'il était ambassadeur, n'en saisissait pas toute la profondeur.

Pour moi, qui en entendais de belles longues bribes du *Soulier* à chaque représentation depuis la première, c'était de l'hébreu, du chinois.

La tête sur le billot, je n'aurais pas été fichu de dire après quoi courait Jean-Louis Barrault-Rodrigue et à quoi rimaient les envolées ampoulées, emberlificoteuses de ses partenaires.

Mais puisqu'il était convenu que qui ne prisait pas *Le Soulier* était un ignare, un vulgaire, j'en étais fou, moi, du *Soulier*.

Comme j'étais fou, le plus souvent sans y rien comprendre, de tout ce que Jeanjean et quelques autres garçons m'en imposant portaient aux nues.

Et — à Palais-Royal — le Remo-mister Hyde fallait le voir frimer.

Car, pour frimer, je frimais. Et aucun sujet, pourvu qu'il soit un peu relevé, ne me rebutait.

De tout, je pouvais discuter avec l'aplomb des ados « qui se gobent ». De tout.

Et, attention ! Je ne me mêlais pas de discuter que de ce que j'avais vu et lu de mes yeux à moi. D'œuvres et de gens que je connaissais que par ouï-dire je pouvais aussi parler. Et à l'aise. Du théâtre de Strindberg, de celui des élisabéthains, des poèmes de Mallarmé, des peintres du Quattrocento, des périodes bleues, roses, vertes, tête-de-nègre, gris perle, caca d'oie de Picasso qui était alors clandestin de luxe, de la musique de Debussy, Wagner, Mahler...

Je sais qu'il faut commencer par être jeune, que c'est la coutume depuis Abel, Caïn et autres morveux. Mais je me demande pourquoi il a fallu que je sois aussi désastreusement sot et snob que ce Remo qui, un dimanche de quarante-quatre, abandonna sa mère dans les sales draps où elle était pour aller faire l'Espingot sur la scène du Français.

Arrivés place du Palais-Royal où ça se bousculait, le Remo et le Jeanjean s'engouffrèrent dans le haut lieu par la petite porte réservée à la piétaille et, après avoir montré patte blanche au grand manitou de la figuration, qui devait s'appeler monsieur Gence, ils foncèrent se vêtir en seigneurs du Siècle d'or.

Tout ça dans l'agitation, le boucan, les fous rires. Parce que, Occupation ou pas, les apprentis comédiens, les futures têtes d'affiche, les plus vieux que nous qui se planquaient là pour échapper au Travail obligatoire en Allemagne, ou parce qu'ils étaient des juifs, faisant semblant de ne pas l'être et survivant en cachette, et les vrais pros, les ratés des planches qui frimaillaient depuis Mounet-Sully, tout ce joli monde déconnait plein gaz.

Revêtir des costumes de théâtre, c'est se déguiser et même avec le père Gence (ou un nom comme ça) à nous gueuler dessus, à nous menacer de nous foutre à la porte à la première incartade, dans la cave à figurants de la Comédie-Française c'était toujours carnaval.

Mon pardessus, je n'ai laissé à personne le temps de le remarquer, je l'ai vite troqué contre un pourpoint et j'ai chaussé mes chausses, enfilé mes bottes.

Depuis le métro et les bonnes paroles de Jeanjean, j'étais convaincu que maman serait la première à en rire de ses jambes refusant de faire leur métier de jambes.

Et à rire encore plus de nous voir grimper quatre à quatre les escaliers qui menaient à la scène et les redescendre encore plus quatre à quatre car, au moment précis où les trois coups allaient être frappés, il y a eu les sirènes.

Une alerte au début du *Soulier* qui durait cinq heures qui en valaient dix, c'était pire qu'un fâcheux contretemps. C'était Waterloo, l'apocalypse. À croire que Satan en personne avait poussé les vaillants aviateurs de la Royal Air Force à piquer un petit raid sur Paris rien que pour faire bisquer le père Claudel qui était à tu et à toi avec le Très-Haut.

C'était des parenthèses, des récrés, les alertes.

Mais inquiétantes quand même. C'est que nos alliés s'étaient mis à le pilonner de plus en plus furieusement l'occupant, à le régaler de vraies bombes. Et que, à la guerre comme à la guerre, elles tombaient où elles tombaient, les bombes british. Parfois sur des points stratégiques et c'était gagné. Parfois ailleurs. Ouais. Des Français pouvaient être tués par leurs alliés anglais. Alors mieux valait leur obéir, aux sirènes.

Celle-là, c'était une alerte pour rien. Mais le rideau ne s'est levé qu'à quatorze heures quarante-cinq au lieu de treize heures cinquante et il faisait nuit noire quand je me suis précipité dans le métro pour rentrer à la maison. Sans Jeanjean qui allait, lui, s'offrir un film sur les grands boulevards avec une Nicole étudiante en philo que j'avais entrevue un soir qu'il la culbutait sur les poubelles de la maison de ses parents rue Saint-Nicolas.

Le métro était archibondé. Coincé entre deux dames qui se refilaient des recettes de mayonnaise à l'eau tiède et à la farine de son et d'autres gourmandises encore moins ragoûtantes, j'ai recommencé à m'inquiéter.

Et si c'était grave ce qui lui était arrivé à maman ?

Arrivé au soixante-quatorze, chez nous, j'ai vu depuis la cour qu'il n'y avait de lumière ni dans l'une ni dans l'autre de nos deux pièces.

Maman devait dormir.

Comme à chaque fois que je rentrais la nuit

tombée, j'ai sorti une grosse boîte d'allumettes de ma poche avant d'attaquer l'ascension de notre escalier. Je ne fumais pas encore mais, des allumettes, j'en avais toujours sur moi. Des allumettes pour les rats. Pour la horde, la multitude de rats qui nichaient sous le toit, dans le grenier plein de sacs de laine, de coupes et rognures de tissus que MM. Salomon et fils, tapissiers, avaient dû abandonner pour cause de déportation.

Ces enflures de rats, ça ne pouvait pas louper, sitôt qu'ils entendaient des bruits de pas en bas, ça leur donnait une envie irrépressible de les descendre, les escaliers. À leur allure à eux. Et par douzaines. Et c'était à tous les coups le même souk. Arrivés à l'étage de madame Nantes, nous nous croisions ces redoutables carnassiers et moi. Et ils se cognaient dans mes jambes, me frôlaient les mollets, cherchaient à me mordre, me terrorisaient, quoi.

Alors, à chaque marche, je m'allumais une allumette.

Dieu merci, ce soir-là, je n'y ai pas eu droit au face-à-face avec mes monstres gris poussière sale à queues roses plus longues qu'eux.

Au moment où j'atteignais le premier palier, madame Nantes ouvrait sa porte, dispensant une réconfortante lumière dans les escaliers seulement éclairés par des ampoules grosses comme des noyaux de cerises et recouvertes de bleu défense passive.

Elle me guettait madame Nantes. Elle avait des choses à m'apprendre.

Il a fallu que j'entre chez elle et que je me pose

sur un pouf orné de broderies maison dans le style Mille et Une Nuits.

Son minuscule mari et son fils Paul étaient assis, eux, sur des chaises et ils avaient des bonnets de laine sur la tête et d'épais cache-nez. Paul avait d'ailleurs le nez cramoisi et les yeux mouillés d'un garçon qui n'arrive pas à se débarrasser d'un rhume tenace.

Je ne sais pas comment ils s'arrangeaient les Nantes, mais il faisait encore plus froid chez eux que chez nous.

Il y a eu un grand bout de silence. Avec juste une quinte de toux de Paul. Un silence pas engageant du tout. Puis madame Nantes s'est lancée.

— Bon ben alors voilà, Remo. Faut que je te dise. Ta maman, le docteur Jullien il l'a trouvée tellement pas bien, qu'une heure après qu'il est parti, une ambulance est venue la prendre. Sur un brancard ils l'ont emmenée. À Saint-Antoine.

Maman à l'hôpital ! C'était si dingue que madame Nantes a été forcée de me le répéter et de m'expliquer que, faute de soins intensifs et de médicaments pas trouvables en pharmacie et de toubibs spécialisés pour la prendre en main, maman, elle risquait de se retrouver paralysée tout à fait, clouée dans un lit pour toujours, pouvant même plus saucer son assiette ou se gratter où ça la démangerait.

Ce n'était pas possible que maman en soit là. Elle causait pour causer, elle divaguait, la mère Nantes. Ou alors c'était le docteur qui avait diagnostiqué de traviole, qui avait tout confondu et qui, comme l'incapable qu'il était, avait envoyé à

Saint-Antoine une personne qui n'avait aucune raison d'y aller.

En plus, les hôpitaux, maman elle les exécrait.

Des mois elle avait remis au lendemain et encore au lendemain mon opération des amygdales et végétations parce qu'il fallait, pour qu'elle ait lieu, franchir le portail de Saint-Antoine justement.

Et quand, une fois l'an, nous allions porter cent vingt-cinq grammes de berlingots et un cabas de vieux journaux à notre nonagénaire et grabataire tante Fine dans sa salle commune à la Salpêtrière, c'était la croix et la bannière.

Et ils l'avaient emmenée à Saint-Antoine ! Sans même que mon père son mari et moi son fils ayons été avisés.

Quand il allait apprendre ça, papa...

— Vous savez comment je peux la trouver à Saint-Antoine ?

— À l'heure qu'il est, tu sais... Demain tu pourras aller la voir. Demain dans l'après-midi. Aux heures de visite. Mais à l'heure qu'il est, sûrement pas. Peut-être au téléphone ils te donneraient des nouvelles, te diraient comment elle est. Mais faudrait avoir le numéro. Et ça serait quand même mieux que ça soit son mari qui téléphone. À un gamin comme toi, ça m'étonnerait que...

Elle était d'attaque pour jaboter toute la soirée.

Je me suis levé du pouf. J'avais un pincement aux entrailles.

— Te voilà tout pâle, Remo. Tu te sens pas bien ?

— Le mieux ça serait qu'il reste avec nous manger un morceau, a suggéré monsieur Nantes.

— Si ça lui dit de nous aider à finir le peu de ragoût qui nous reste.

Du ragoût de quoi ?

Je ne l'ai pas su.

J'ai pris poliment congé et vivement remercié madame Nantes de tout le dérangement que...

Et je me suis retrouvé tout seul. À la maison. Et c'est à peine si j'ai eu la force d'allumer la loupiote à abat-jour à pompons au-dessus de mon divan et de m'allonger tout habillé.

Ça ne m'était encore jamais arrivé d'être aussi désorienté, aussi, aussi...

Je ne vais pas vous leurrer, vous raconter des craques. La pure et simple vérité, c'est que ce grand désarroi qui s'emparait de moi, cette déboulonnante tristesse qui m'envahissait ce n'était pas seulement l'amour que j'avais pour ma mère qui en était la cause. C'était d'abord sur moi que je m'attendrissais comme le parfait égoïste que j'étais déjà.

Mais si.

Que maman soit dans les draps rêches d'un des lits d'une salle commune peuplée de cracheurs de sang, de roteurs de pus, de péteurs de fétidités, de pousseurs de derniers soupirs et qu'elle souffre peut-être atrocement, qu'elle ait conscience de ce qui lui arrivait et qui allait, ce n'était pas exclu, peut-être tourner encore plus mal, ça me faisait de la peine, bien évidemment.

Mais que, moi, je me retrouve seul, sans elle pour boire mes paroles, me faire la conversation et à dîner et me sourire et me dorloter, ça, ça me semblait tellement injuste et cruel que j'en aurais pleuré.

D'ailleurs j'en ai pleuré.

J'ai versé quelques larmes. Des larmes de grand idiot.

Puis je me suis mouché.

Puis je me suis mis à avoir faim. Très. C'est que je n'avais rien ingurgité, pas même un verre d'eau depuis mes bols de soupe réchauffée d'avant les cris de maman.

Ça ne m'a pas pris longtemps l'inventaire de nos réserves. Elles se limitaient à des patates de taille moyenne, sept en tout, qui avaient la mine défaite de patates qui ont souffert de la gelée, à une boîte de tapioca pas ouverte, une boîte de tapioca entamée, un bout de beurre qui n'avait pas couleur de beurre, un faisceau de spaghetti brisés dans une soupière, des oignons, trois, un petit paquet de faux sucre, des gousses de vanille, une vieille sardine à l'huile dans une soucoupe, un quignon de pain et pas mal d'épices.

Nous avions aussi, dans le garde-manger sous l'une des fenêtres, des poivrons rouges, deux poireaux, une chicorée très défrisée et un saucisson maigre enveloppé dans du papier de soie.

De quoi, pour maman, improviser un balthazar pour dix personnes, voire un repas de noce.

Mais maman...

Il était huit heures et demie au carillon Westminster qui avait échappé aux huissiers et survécu à tout mais ne voulait plus sonner qu'à certaines heures.

J'ai entamé le saucisson maigre.

Un aliment aussi rigoureusement exempt de toute substance susceptible de vous faire prendre des grammes ou de faire grimper votre taux de cholestérol, au jour d'aujourd'hui, dans les supermarchés, on se l'arracherait.

C'en était à se demander s'il était en viande.

Et d'un sec, d'un coriace. Mais avec un arrière-goût de pois cassé pas déplaisant du tout.

Je n'en ai laissé que la peau et j'ai été fourrer mon nez dans l'armoire de la pièce de mes mère et père dans l'espoir d'y découvrir, sous une pile de linge, une sucrerie, une quelconque douceur que maman aurait cachée. Un en-cas d'envie irrépressible.

Je n'ai même pas trouvé une dent de petit-beurre.

J'allais faire quoi de ma soirée ?

Pas rester dans cette chambre en tout cas.

Je suis retourné dans la mienne qui était aussi notre cuisine, notre salon, qui était une sorte de boxon, on peut dire. Et pas même reluisant si on y regardait de près. C'était trop exigu, trop plein de trop de choses ayant fait leur temps et papa et moi n'étions que des sans-soin, des pagailleurs, et balayer, lessiver, torchonner, maman avait de moins en moins d'allant pour le faire. « Si ça vous chante de vivre dans une étable à cochons, elle n'arrêtait pas de répéter, c'est pas moi qui vous en empêcherai. »

Et le fouillis et la saleté gagnaient. Et ça ne dérangeait personne.

C'est qu'à part nous trois, quelques voisins vivant encore plus chichement que nous et de rares parents ou intimes très intimes, nul vivant n'y mettait jamais les pieds dans notre cahute.

Pas même Jeanjean qui était pourtant plus un frère que mon frère trop âgé et trop loin de moi. Pas une fois il n'avait ne serait-ce que mis le nez dans nos escaliers. Pas une fois. Je l'avais supplié de ne pas le faire et il ne le faisait pas. Quand il voulait me voir, il me sifflait depuis la cour. Et je descendais. Ou, certaines fois, comme quand j'avais mes angines ou des grippes qui m'empêchaient de sortir, nous bavardions un moment, lui dehors en bas et moi à ma fenêtre.

Il aurait vu comment c'était chez nous, ça ne lui aurait fait ni chaud ni froid à Jeanjean.

Mais j'avais décidé que notre crèche était taboue, pas montrable. C'était de la fierté mal placée. Mais c'était comme ça.

Et je m'y retrouvais seul comme jamais dans notre minable chez-nous et j'avais la gorge nouée. Tout juste si j'arrivais à avaler ma salive. Ou c'était le siflard synthétique qui commençait à ne pas vouloir se laisser digérer ou c'était de la peur.

Mais pas une peur nette comme celle que j'avais des rats de grenier ou celle qui me paralysait dès que je croisais une patrouille allemande ou des miliciens ou de ces flics en civil qui avaient des têtes et des touches qui les faisaient repérer plus sûrement que s'ils avaient été en uniforme et qui alpaguaient et fouillaient et finissaient souvent par arrêter n'importe qui au petit bonheur de leur malfaisance.

J'étais en train de succomber à une peur sans raison. Confuse, mollassonne, crapoteuse.

On aurait eu l'eau chaude, des commodités, je crois que je me serais fait une grande grande toilette. Mais on n'en avait pas.

Dans une casserole, sur le gaz, il restait un fond de soupe. J'ai allumé en dessous et, dès qu'elle m'a semblé à bonne température, je l'ai liquidée à la cuillère, cette bouillasse, debout près du réchaud.

Je devais être beau à voir, me nourrissant comme ça, même pas assis à table et avec toujours mon si coquet pardingue.

C'est quand j'ai cessé de faire du bruit avec ma bouche que j'ai remarqué qu'il n'y avait aucun bruit nulle part autour de moi. Aucun.

Comme au cinéma quand les images du film continuent à défiler mais que le son tombe en carafe.

Le jeune premier, la jeune première, les seconds rôles n'en finissent pas de se démener sur l'écran. Mais le film d'amour ou d'aventures est devenu une danse de mort. Et ça fait peine à voir. Ça angoisse.

De l'autre côté du palier, chez le Gaucho, la môme Piaf s'était tue. Normal. Il était porteur de journaux et se levait aux toutes petites heures, notre manchot.

Mais aux autres étages ? Dans les autres escaliers de la cour et ailleurs, plus loin ?

Aucun écho de converse, d'engueulade, de musique de radio venant de nulle part, pas un miaulement, un couinement, pas de voitures, de motos, rien.

J'ai regardé par une des fenêtres. Dans notre

cour, c'était éteint partout. Le vrai total black-out recommandé par les chefs d'îlots. Dans les logements vides des juifs, ça se comprenait. Mais les autres locataires ? Ils faisaient quoi, les Aryens ? Ils étaient tous dans leurs toiles à tenter de se réchauffer les uns les autres en niquant ? Sans même respirer, haleter, gémir de plaisir ?

C'est papa qui l'a cassé ce bon Dieu de silence. En faisant claquer la porte du couloir voûté qui menait de l'avenue à notre cour.

Il n'y avait que lui pour faire un pareil boucan à pareille heure. Et à entendre ses pas sur les pavés de la cour, à l'entendre trébucher, il était « fait ». Et à point.

Et il n'était pas seul. D'autres pas, encore moins assurés, suivaient les siens.

Par la fenêtre j'ai entrevu deux silhouettes titubantes. Celle de papa et une autre moins imposante. Ça devait être le fameux Pepino Barbaculo qu'il ramenait avec lui. Nous avions bien besoin de cette fripouille chez nous.

Je les entendais se dire des choses, se les crier même. Mais c'était en bergamasque et ils étaient dans de telles vapeurs. Monter les étages ça leur a pris un sacré bout de temps et ils devaient si fort empester l'alcool que ça a dû ôter aux rats l'envie de venir à leur rencontre.

Je leur ai ouvert.

Pour être « faits », ils l'étaient. Surtout Barbaculo. Il avait l'œil vitreux, le col de sa vareuse déchiré, une cigarette pas allumée au bec et la main droite qui pissait le sang.

En bouillie elle était, sa main.

Ni l'un ni l'autre ne m'a rien dit. Ils ne m'ont même pas regardé.

À peine entré, papa s'est accroupi, il a été prendre la cuvette sous le réchaud à gaz, il est sorti la remplir d'eau au robinet du palier, il est revenu, il a posé la cuvette sur la table, il a poussé une chaise en direction de Barbaculo qui s'est assis et qui a plongé sa main saignante dans la cuvette sans même penser à retrousser sa manche de vareuse.

Alors, seulement alors, papa a retiré son chapeau, son borsalino tout cabossé, plein de taches, pour le jeter sur mon divan et il m'a expliqué. Expliqué avec cet accent bien à lui, son langage bien à lui, un accent et un langage pour initiés, que Barbaculo et lui revenaient de loin, de si loin que c'était miracle qu'ils en soient revenus et revenus vivants.

D'un patelin perdu nommé Villiers-de-l'Île qui était un peu avant ou un peu après Orléans, ils revenaient. Un patelin où on ne pouvait arriver qu'en prenant des routes faites exprès pour se perdre, des petites routes dans des forêts. Di merda. Des petites routes di merda. Dans des forêts di merda. Qu'est-ce qu'ils allaient y faire dans ce patelin ? Ça me regardait pas ce qu'ils allaient y faire. Personne ça regardait. Pour des affaires qui regardaient qu'eux, ils y allaient, à Villiers-de-l'Île, Barbaculo et lui. Et c'était un nom de patelin que je devais oublier. Parce que même moi valait mieux pas que je le sache qu'ils étaient allés à Villiers-de-l'Île. Toujours est-il que, sur la route du retour, un des pneus du camion de

Barbaculo avait crevé et que, comme ils étaient en train de vouloir le changer, le pneu, le cric avait déconné et que comme Barbaculo, sa main elle était là où il aurait mieux pas valu qu'elle soit...

Il ne pipait pas, l'accidenté. Immobile, hébété, il faisait toujours faire trempette à sa loque de main. L'eau de la cuvette était devenue toute rouge. Et il était là. Absent.

C'était peut-être un patelin perdu leur Villiers-de-l'Île, mais ça ne devait pas être un patelin sans bistros. Ou alors ils avaient emmené de quoi se désaltérer, les salauds.

Heureusement que maman n'était pas là. Elle aurait piqué une de ces colères. C'est que, seul ou pas seul, quand il rentrait saoul à ce point, papa, il n'y coupait pas à la sérénade, au grand air exécuté par une soliste donnant si vigoureusement de la voix que tout le douzième arrondissement en profitait.

Mais elle n'était pas là et c'était si peu normal que papa m'a soudain demandé :

— Ta mère où elle est ?

Que je lui réponde qu'elle n'était pas là parce qu'elle était dans un lit à Saint-Antoine, sentant plus ses jambes et malade peut-être très gravement, ça l'a dessaoulé net.

— À Saint-Antoine, ta mère ? À Saint-Antoine ?

Je lui ai tout résumé. Son réveil, ses cris, sa chute dans la chambre, les voisines secourables, et le docteur Jullien qui était venu pendant que j'étais au Français et...

— Non ! il a crié. Non ! Pas ma Flavie à l'hôpital. Non.

Et, regardant soudain Barbaculo comme s'il le découvrait, il lui a demandé ce qu'il faisait là. Et comme il n'a pas eu de réponse, il l'a saisi par le col de sa vareuse, soulevé de sa chaise, traîné jusqu'à la porte et viré, sorti de chez nous et poussé dans les escaliers.

— Va via ubriaco. Va via.

Il s'est laissé faire, le sac à vin endommagé. Il s'est laissé jeter dans les ténèbres de notre escalier avec sa main en capilotade. Comme un automate, il marchait. Et papa a claqué la porte sur lui et il s'est assis, a écarté la cuvette en faisant dégouliner plein d'eau rougie sur la toile cirée, et il m'a demandé de tout lui redire depuis le commencement.

Quand j'ai eu fini, tout ce qu'il a trouvé à dire c'est : « C'est pas juste, Remo. C'est pas juste. Les conneries, les saloperies, c'est moi, que moi qui les fais toujours. Et c'est sur elle que ça tombe. C'est pas juste. »

Je lui ai dit que madame Nantes m'avait dit que si c'était son mari à maman qui téléphonait à l'hôpital, peut-être quelqu'un voudrait bien lui en donner des nouvelles.

Mais papa ne voulait pas téléphoner à Saint-Antoine. Il ne voulait avoir à faire avec aucun salaud des hôpitaux.

Il avait ses idées à lui, des idées bien arrêtées, sur tout. Et là, son idée, ça a été qu'on mange, qu'on aille vite se coucher et qu'il se lève de bonne heure pour aller rechercher maman, qu'elle ne reste pas un jour de plus à l'hôpital, qu'elle revienne ici avec nous deux pour la soigner, la bichonner.

Et il a entrepris de faire cuire ce qu'on avait de spaghetti et de faire rissoler des oignons avec le rogaton de beurre et ça a senti bizarre et beaucoup cramé et il a fallu qu'on s'attable et que j'en mange trois grandes assiettes de ses pâtes et lui à peine la moitié d'une.

Pendant qu'on mangeait, il n'a pas parlé, il n'a fait que penser.

À maman c'est sûr. Il l'adorait sa Flavie.

Pour faire passer ses pâtes, il a bu plusieurs verres. De flotte du palier, et quand il m'a dit « buona notte » il avait l'œil clair d'un qui n'aurait jamais même humé un verre de vin.

À dix heures et demie nous étions couchés.

Et, ce qui m'arrivait de moins en moins souvent, une fois dans mes draps, lumière éteinte, j'ai prié. Pour demander à Dieu de faciliter les choses quand, le lendemain, papa irait faire sortir maman de Saint-Antoine.

Puis je me suis branlé. Trop vite pour que ça soit bien. Et je me suis endormi en pensant que, tels qu'ils étaient, mes parents je les aimais énormément. Surtout ma mère.

J'ai été réveillé par des miaulements sauvages.

Ou c'était le chat des Paposki devenu bête fauve folle furieuse depuis que toute sa famille avait été raflée et qui pour ne pas crever de faim en était réduit à chasser des rats parfois plus gros que lui. Ou c'était celui de Carité l'ébéniste imbécile. Un chat qui était une chatte rouge feu en chaleur douze mois sur douze.

C'était et le chat Dobrévietch des Paposki et la chatte nympho de Carité qui se livraient à une partie échevelée de nique-moi nique-moi-pas.

Ils s'en donnaient les greffiers. Ils dansaient une de ces gigues.

Pour bien les voir se faire avec ardeur et du mal et du bien dans le jour brouillasseux, il a fallu que je dégivre un carreau avec un ongle.

Il faisait un froid de pôle Nord.

Ma couverture enroulée autour de moi par-dessus mon pyjama de coton épais et un chandail trop rétréci pour sortir avec mais encore assez bon pour dormir dedans, je grelottais.

Il n'était pas sept heures. En faisant attention de ne pas réveiller papa, j'ai vidé la moitié du seau de boulets qui nous restait dans notre petit poêle Godin et j'y ai glissé par en dessous un tampon de papier journal que j'ai enflammé avec une allumette. Ç'aurait été plus sûr avec quelques morceaux de petit bois. Mais sans, ça prenait moins vite, et le but c'était de faire durer le plaisir, de ne pas voir le feu s'éteindre sitôt allumé.

Ça a fumaillé comme prévu.

En n'allumant aucune lumière, en me contentant du peu de jour qui arrivait par les fenêtres, je me suis fait un café-orge que j'ai sucré avec de la sucrette qui avait goût de médicament.

Du café-café, quand on en avait il était pour maman qui ne pouvait pas vivre sans. Pour elle, c'était comme pour papa les boissons raides. Tasse sur tasse elle pouvait en boire. Et noir comme encre. Ce qui expliquait les envolées affolantes de sa tension. Et peut-être bien ce qui lui était arrivé la veille.

Que papa veuille aller la chercher à Saint-Antoine j'étais pour. Même gravement malade elle se sentirait mieux ici que dans un endroit sans aucune intimité.

Et nous allions nous occuper d'elle. Et bien.

J'ai d'ailleurs pris des résolutions. À commencer par celle de me mettre sans tarder à faire le ménage. Ce qui était très audacieux de ma part car, un balai, à peine je savais par quel bout il fallait le tenir et pas une seule fois je n'avais fait la vaisselle ou même mon lit.

Les travaux domestiques, papa et moi nous nous serions fait couper en petits morceaux plutôt que d'en priver maman. Comme si nous n'avions pas voulu empiéter sur ses privilèges d'épouse et mère.

Mais ça allait changer.

En faisant le moins de raffut possible, j'ai été sur le palier rincer à grande eau la cuvette souillée par le sang de la main de cette espèce de gangster de Barbaculo, j'ai nettoyé tout ce que papa avait sali pour préparer ses spaghetti et la vaisselle que nous avions salie pour les manger et aussi la casserole et les bols et les cuillères du riz au lait sans lait surprise de maman qui attendaient encore qu'on s'occupe d'eux.

À l'eau froide, c'était coton. Heureusement que nous avions une récurette en paille de fer. Ça rayait mais c'était efficace.

Souverain, aurait dit madame Babaguine.

Tout ce que j'ai lavé, je l'ai bien essuyé, bien

rangé. Et j'ai nettoyé la toile cirée au savon, bien balayé le carrelage par terre, dépoussiéré ici et là.

Les boulets n'avaient pas voulu prendre. Dans le Godin c'était le calme plat. Je lui ai remis un tampon de papier journal dans le ventre, au poêle, j'ai refrotté une allumette.

Ça a refumé.

Dehors les chats ne faisaient plus les zigotos. Soulagés ou ayant renoncé à leurs batifoleries, ils roupillaient sous la voiture à bras de monsieur Carité. Et le peu qu'on voyait de ciel depuis chez nous nous promettait une journée bien froide bien cafardeuse. Une de plus.

Et papa ?

Il comptait y aller quand à l'hôpital ?

J'ai frappé à la porte de l'autre pièce, pour qu'il se réveille et aille vite chercher maman.

Comme il faisait son sourd j'ai ouvert.

Il n'était pas dans son lit.

Il était parti avant mon réveil à moi. En douce.

Bonne chose.

J'allais pouvoir faire leur lit. Comme ça maman n'aurait qu'à s'installer comme une reine en arrivant.

Là, j'ai joué le grand jeu. J'ai tout viré par terre, l'édredon, les trois couvertures, les draps du dessus et du dessous, les oreillers, et j'ai pris des draps propres, des taies propres dans l'armoire.

Comme une reine dans un lit de reine, elle allait être, maman.

Le faire, ce lit qui avait été bâti sur mesures démesurées pour l'appartement de la rue Traversière et qui se retrouvait dans une pièce de la taille d'un clapier pour lapins nains, c'était une foutue gymnastique. D'un côté il était collé au mur et de l'autre, pour se glisser dans la ruelle, il fallait s'aplatir comme une limande. Pas commode pour un débutant.

Mais je me suis appliqué. Ça, je me suis appliqué. Pas un pli ils faisaient, les draps. Et les couvertures, l'édredon, on les aurait crus tirés au cordeau. C'était superbe à voir.

Maman n'allait pas en revenir.

J'ai aussi fait autant de rangement que j'ai pu. Tout ce qui traînait, j'ai ramassé. Vêtements, linge, numéros de *L'Écho de la mode*, du *Journal de la femme*, magazines de cinéma, pantoufles appareillées et dépareillées, j'ai tout fourré dans l'armoire. Fourré un peu n'importe comment. Mais ça a dégagé.

J'étais content de moi. Très.

Il ne me restait plus qu'à me laver, m'habiller.

La toilette, depuis qu'il avait fallu dire adieu à la baignoire à pattes de lion et au lavabo à eau chaude et eau froide de la rue Traversière, c'était la corvée, le calvaire. Surtout pour maman, qui avait des pudeurs de dame et à qui nous abandonnions les lieux quand elle se livrait à de minutieuses ablutions à base de marmitées d'eau chaude qu'elle transvasait dans la plus grande de nos deux cuvettes.

Ce qui pouvait lui prendre des heures et des heures.

Papa ou il ne se lavait que le dedans et de préférence au rhum qui, en plus de nettoyer, prévenait les maladies, ou il allait faire ça ailleurs. À la

Halle aux vins, à Bercy où, hiver comme été, lui et quelques rares trompe-la-mort se décrassaient gaiement à grandes giclées de flotte bien sûr froide, avec des tuyaux d'arrosage.

Moi, j'avais les douches de la piscine Ledru-Rollin une ou deux fois la semaine et, chaque jour que Dieu faisait, le robinet du palier aux heures où les rats vivaient leur vie de grenier.

De me retrouver sur le palier avec sur moi que mon slip ou même rien du tout, à la fois ça me contrariait et ça me semblait original, donc rigolo.

Le Gaucho, depuis le temps, mon anatomie tout en os il la connaissait aussi bien que moi la sienne. Alors...

Le désastre, c'était quand surgissait un releveur de compteur à gaz ou qui que ce soit que je n'avais pas entendu monter.

Mais se faire choper nu et ensavonné, c'était tellement moins grave que de savoir que tous les gens de l'immeuble savaient quand vous aviez vos besoins.

Ça, c'était ma hantise, mon drame.

Les chiottes, dans la cour, jamais je ne m'y suis fait.

Dans les années soixante, devenu adulte, époux, père et — ceci entraînant cela — grand névrosé, je me suis livré aux torturantes délices d'une analyse. Chez un vrai psy. Se faisant payer des fortunes et se contentant de fumer sa pipe l'air absent quand j'aurais voulu qu'il réponde à des questions qui étaient des appels au secours. Cet excellent praticien, j'ai dû lui en parler pendant des centaines d'heures, des chiottes du soixante-quatorze. Je ne lui ai fait grâce de rien. Durant les quatre années de nos séances bihebdomadaires. Il a été contraint d'avaler le récit de toutes mes branlettes, de toutes mes turpitudes d'enfant et d'ado et d'homme pas encore tout à fait homme. Il a eu droit à la relation détaillée de tous mes déculottages de petites filles à l'époque où je ne pensais pour ainsi dire qu'à ça et à celui de mes toujours calamiteuses entreprises de séduction quand je me suis attaqué à des filles moins petites. Je ne lui ai rien celé de mes innombrables trouilles, lâchetés, déballonnages, phobies. Mais ce dont je l'ai le plus régalé, c'est d'histoires de coliques, de diarrhées, de constipations alarmantes provoquées par la hantise d'aller à la selle au su (sinon au vu) d'une madame Nantes ou d'un monsieur Carité. Le docteur Wildocher, avenue de Versailles (Paris seizième), je lui ai parlé caca pendant quatre ans.

Eh bien, il m'arrive quand même d'en rêver encore, des cabinets de la cour du soixante-quatorze avenue Ledru-Rollin.

Deux chiots à la turque, jamais nets, toujours dans des odeurs pas racontables. Deux. Pour bien quatre-vingts personnes. Plus les hôtes de passage et des resquilleurs, des passants, des clodos du coin qui avaient repéré les lieux et venaient se soulager, ces sans-gêne, à la bonne nôtre.

Dieu sait que j'en ai oublié des belles choses, des chefs-d'œuvre de musées vus ici, à Rome, à Florence, à Sienne, à Venise, des visages admirables, des images de films, des paysages d'une beauté sidérante, qui méritaient de rester gravés à tout jamais dans ma mémoire.

Mais aucun de mes pipis, de mes cacas à la turque et dans la honte ne m'est sorti de la tête.

C'est ancré solide, définitif. Indélébile.

Qui n'a pas eu une chiasse carabinée et pas le courage de descendre s'en débarrasser parce que la fille d'un voisin d'en face était à sa fenêtre ne peut pas me comprendre.

Ils me gâchaient la vie, nos cabinets de pauvre.

Et le seau hygiénique de papa et maman que, ce matin-là, je suis descendu vider ? Hein, le seau ?

La pauvreté c'est déjà pas la fête. Mais l'humiliation...

Et pourtant et quand même, il y avait de la bonne humeur, des fois, du côté de nos vécés. Des fois.

Je m'y revois, dans ces cabinets perturbants, accroupi et riant aux éclats parce que, de l'autre côté de la mince cloison mitoyenne, un autre gamin de l'immeuble, froc baissé lui aussi, m'en racontait une bien bonne ou, simplement, pour lui tout seul, ajoutait au plaisir de se vider les boyaux celui de débiter à haute et intelligible voix toutes les saloperies, tous les mots canailles de son répertoire.

Et la fois où David Falkenberg (mort à Treblinka) avait fait sa merde porte ouverte devant moi et d'autres jobards parce qu'il avait appris à l'école que le Roi-Soleil faisait les siennes devant des ambassadeurs et des courtisans pour qu'ils en retirent de l'honneur.

Aux bains-douches aussi il y avait de grands moments d'euphorie défoulante. Quand isolés, chacun dans sa cabine, sans plus rien sur soi, bite à l'air, couilles à l'air, tout à l'air et grisés par de bonnes odeurs de savon, shootés par des pluies, des rafales d'eau brûlante, nous nous laissions aller à chanter ce qui nous passait par la tête, à siffler *La Marseillaise, L'Internationale* ou *C'est un mauvais garçon* et à hurler des obscénités et à nous traiter de tous les noms d'une cabine l'autre, à nous insulter, nous quereller pour de rire. Les vannes étaient ouvertes, on pouvait y aller, donner de la voix et débloquer tant qu'on voulait. Sûrs que nous étions tous de notre impunité puisque ni vus ni connus par les autres.

C'était grand les séances de beuglerie, de déconnade générale aux douches de Ledru-Rollin.

Cela valait largement certains mémorables happenings des années soixante-dix auxquels j'ai été convié. Largement.

Ce matin-là, personne ne m'a troublé pendant ma toilette de palier.

Une fois habillé, je me suis gratté la couenne des joues, à sec, avec le rasoir coupe-chou de papa. Je n'avais pas encore à proprement parler de la barbe. Mais, pour fêter son retour, maman aurait droit à un baiser tout en douceur.

Et il a été huit heures, puis huit heures et demie et j'ai commencé à m'inquiéter. Ils devaient faire des difficultés pour laisser sortir maman, à Saint-Antoine. Et papa, même si pour une fois il était à jeun, devait râler, pester, hurler comme il savait le faire, traiter docteurs et infirmiers de tous les noms, maudire les Français et leur administration et, je le connaissais, ne pas se priver de faire remarquer aux crétins qui lui tenaient tête que ce qui leur manquait c'était un duce pour les faire marcher au pas. Et en italien il devait leur dire ça, dans son italien à lui, son italien barbare.

À neuf heures toujours rien.

J'avais le nez collé à une vitre. Je trépignais.

Dans la cour, il y avait le concierge, un type de trente ans qui en paraissait cinquante tellement il s'était rabougri depuis qu'il avait (on ignorait pour quelles mystérieuses raisons) été libéré de son stalag. Il avait un balai mais ne balayait pas, il regardait monsieur Carité qui alignait des chaises Empire devant son atelier pour que leur vernis sèche. À sa fenêtre, Belle-en-cuisses rêvassait. À une autre fenêtre, je voyais monsieur et madame Bernard qui nettoyaient les leurs, de vitres.

Ce n'était pas intéressant de voir ces connards vivre leur conne de vie.

J'ai décollé mon nez de la vitre et j'ai été ouvrir mon coffre. C'était une vieille malle un peu défoncée qui fermait à clef, un cadeau de papa pour que j'y entasse mes biens. Elle était trop encombrante pour une chambre-cuisine-salle-à-tout-faire cette malle. Mais elle m'était indispensable. Elle était pleine de bouquins, de canards, de pages arrachées dans des canards, de découpures de pages de canards, et elle renfermait aussi et surtout mes dessins, mes œuvres et mon matériel d'artiste peintre.

C'est que, depuis mon bref et peu concluant passage aux Arts appliqués, je n'avais pas renoncé à l'idée de devenir peintre célèbre. Au contraire.

Ayant avalé avec gloutonnerie pas mal de livres sur la peinture que m'avait révélés Jeanjean, ayant été rôder sur ses conseils dans des musées, des expositions, j'avais découvert combien l'art c'était encore mieux que je me le figurais. Et combien c'était raffiné, gratifiant d'être un Matisse, un Dufy, un Derain, un Vlaminck plutôt que cimentier comme mon père, marchand de minestrone comme monsieur Pipolina ou tapissier ou ébéniste ou flic ou fonctionnaire ou d'exercer n'importe lequel des métiers sans éclat, sans mystère et exténuants et peu payés que le commun des mortels exerçait.

C'était réglé. Je serais un grand peintre et rien d'autre.

Mais quel grand peintre ?

C'est qu'il y avait l'embarras du choix, c'est que les voies étaient multiples qui pouvaient me conduire à une réussite — fatalement grandiose.

L'échec, je ne l'envisageais même pas.

Je réussirais. Mais sous quelle bannière ?

Jeanjean — encore et toujours lui — c'était clair. Quoique parfaitement au fait de toutes les expériences, qu'il appelait des dérives, de l'art moderne, c'était un tenant de la Tradition. Pour lui les impressionnistes n'étaient que d'aimables collectionneurs de souvenirs bucoliques, les fauves des descendants d'Ingres confondant tamtam et violon et les cubistes des coupeurs de Joconde en quatre. Des médiocres, des m'as-tu-vu. Qui faisaient beaucoup de bruit pour rien. Ce qu'il ambitionnait, lui, c'était de renouer le fil avec les vrais géants de la peinture. Il rêvait de peindre à l'œuf comme les maîtres flamands, de redécouvrir le secret du Nombre d'or, de dresser des perspectives à la Paolo Uccello, de brosser des ciels plus célestes que celui qui nous surplombait comme le magicien Claude Lorrain, de faire tenir l'univers entier dans l'ombre du cil d'une humble servante comme Vermeer.

Je n'en voulais pas tant.

Je ne voulais que la gloire, moi. Et qu'on en fasse état, de ma gloire, dans les magazines, aux actualités, partout.

D'où mes hésitations. Était-il plus facile de le devenir — glorieux — en marchant sur les pas de Rouault, dont les clowns et les Jésus tartinés à grands traits me réjouissaient si fort ? En imitant Dufy ? En imitant Vlaminck ? En faisant mon cubiste comme Juan Gris, comme Braque ?

En fait, de tous les peintres en vogue ces années-là, mon préféré c'était Matisse. Parce que c'était beau comme tout sa peinture. Et aussi, pour ne pas dire surtout, parce que je me figurais qu'allonger des odalisques sans ombres portées sur des carpettes à rayures bicolores c'était moins tuant à faire que de peindre des Visitations avec des anges et toutes leurs plumes ou des Pietà avec chaque épine de la couronne du Christ exécutée à la perfection avec un pinceau numéro double zéro.

Il y avait aussi la tentation du surréalisme qui, à en juger par des reproductions de Dali et de Max Ernst vues dans des bouquins, me faisait me gondoler comme un bossu mais impliquait, hélas, des connaissances techniques un chouia rebutantes.

Très tentante aussi, l'idée de devenir peintre moderne mais maudit. Comme Van Gogh et Gauguin. Et donc de se faire chier atrocement, d'être l'objet de moqueries, de sarcasmes, de ne pas rouler sur l'or, de crever la dalle même, mais d'accoucher dans une fièvre permanente et mâtinée de délire d'œuvres dont l'évidente splendeur n'éclatait que longtemps après votre trépas.

La gloire posthume, c'était encore plus smart, non ?

Faute d'être fichu d'y répondre, à mes bêtes questions, je me disais que l'avenir me dirait.

Et — tout en perdant beaucoup de temps en faisant le figurant de théâtre et en glandant parce que rien n'était et ne sera jamais plus amusant que glander — je faisais empiriquement, sottement, mon apprentissage.

Je faisais des dessins. Portraits de ma mère, autoportraits de moi me matant dans la glace à se raser de papa, portraits à la sauvette de locataires du soixante-quatorze, portraits de filles exécutés de mémoire ou de filles imaginaires, natures mortes selon arrivage : pommes, oranges, rutabagas, topinambours.

J'avais beau m'appliquer, tirer la langue, gommer et regommer et cent fois sur le métier... tout ce que j'arrivais à faire sortir de mes crayons, de mes fusains était cafouilleux, confus, sans style, grisâtre.

Mes tentatives de peinture, gouache ou huile, n'étaient pas merveilles non plus. J'étais assez habile pour les fonds, pas mauvais pour la disposition des objets et fruits et légumes mais, dès que j'allais plus loin que la mise en place et des indications de couleurs, de valeurs à larges coups de brosse numéro dix-huit ou vingt, ça devenait n'importe quoi. Du travail d'amateur. Et peu doué.

Comme mes « œuvres », les rares que je n'abandonnais pas en cours de route, ne sortaient jamais de chez nous et que chez nous c'était entrée interdite, Jeanjean lui-même ne les avait jamais vues.

Ma mère, qui était une femme à trouver le Sacré-Cœur de Montmartre beau monument et à s'attendrir devant des angelots d'images de première communion maquillés comme des tapettes, même m'aimant aussi fort qu'elle m'aimait, elle n'a jamais réussi à m'en dire vraiment du bien de mes peintures. Au mieux, elle trouvait que c'était du travail soigné ou que mes couleurs se mariaient bien ensemble.

Papa, il lui arrivait d'en regarder une et de rigoler dans sa moustache. De rigoler sans méchanceté.

Et il a ouvert la porte, papa, il est entré alors que je tentais de me persuader que mon autoportrait (en peintre de la Renaissance avec fraise d'un blanc fromage caillé) était ressemblant.

Il était seul, papa. Sans maman.

Il n'a pas enlevé son chapeau ni sa canadienne. Il est allé se servir un verre de chianti du fiasco qui était sur le buffet.

— Et maman ? Tu ne l'as pas ramenée ?

— Elle viendra pas, Flavie.

— Ils ont pas voulu ?

— Non. Ils ont pas voulu.

Son verre, il le tenait dans sa main. Il regardait. Il avait les yeux clairs lui aussi. Pas aqueux. Métalliques.

— Pourquoi ils ont pas voulu la laisser sortir ?

Le verre de vin, il l'a posé sur la table.

Puis il a fait quelque chose de vraiment bizarre. Il l'a repris et il a ouvert la porte et il est allé le vider dans la fontaine du palier, là où je me lavais. Et il est revenu le poser sur la table. Bien au milieu de la toile cirée.

Et il restait debout, l'air si malheureux, si malheureux.

Et il a fini, mais ça a été long, il a fini par me dire qu'à l'hôpital un bureaucrate très poli lui avait dit qu'elle était morte, maman.

Morte dans la nuit.

Ni papa ni moi n'avons pleuré ce matin-là.

Nous n'avons pas échangé dix mots une fois qu'il m'a eu dit ce que le type très poli de l'hôpital lui avait appris.

Ce qui nous arrivait c'était trop dur, trop moche. Et rester ensemble, tous les deux, même que pour se regarder, on ne pouvait pas.

Il a filé comme un lièvre.

Et moi, tout ce que j'ai trouvé à faire, ça a été de me faire chauffer une pleine cafetière de café-orge et de le boire à petites gorgées, assis sur mon divan. À toutes petites petites gorgées.

Il devait être au moins midi quand je me suis décidé à sortir.

Au passage, madame Nantes, qui était en train

de secouer de la salade sur son palier à elle, m'a demandé : « Alors ? Des nouvelles, ton père il en a eu ? »

Je lui ai répondu : « Non. »

Je ne pouvais pas dire que maman était morte.

Le dire ç'aurait été comme l'accepter. Et je ne voulais pas que ça soit vrai. Je ne voulais pas.

Je suis allé à la boulangerie et j'ai sorti tout ce que j'avais de tickets de pain dans mon portefeuille. Ce qui ne faisait pas bézef. La boulangère m'a pesé, comme si c'était de l'or ou de la pierre précieuse, les cent grammes de pain gris auxquels j'avais droit. Un petit morceau, même pas un croûton, que j'ai mangé en me dirigeant vers la rue Saint-Nicolas pour voir si Jeanjean était chez lui.

— Non, jeune homme, il est pas là Jeanjean. Il est dans les banlieues. À Ivry. Chez son copain Vendredi. Soi-disant pour travailler, m'a dit son père le tapissier.

Aller chez Vendredi, dans le petit pavillon où il créchait derrière la porte d'Ivry, ça faisait une trop grande trotte. Je n'en avais pas le courage.

Me laissant guider par mes pattes, j'ai fait demitour et j'ai remonté la rue de Charenton.

Je crois que j'ai eu vaguement, très vaguement envie de pousser une pointe jusqu'à l'hôpital Saint-Antoine pour aller vérifier, pour aller voir s'il n'y avait pas eu erreur de malade, si...

Arrivé à la hauteur de la rue d'Aligre, j'ai pensé à Routier.

Ce n'était pas un ami comme Jeanjean pour qui j'avais une admiration qui était une sorte d'adoration qui frisait l'amour, Routier.

Jean-Christophe Routier, c'était seulement ma plus ancienne connaissance. Ça remontait à la petite école payante de bonnes sœurs de la rue Hector-Malo, Saint-Raphaël, où ensemble nous avions découvert les délices du dessin, de l'écriture et de la lecture et appris combien c'était ingrat le calcul et minant de dire des prières en commun et de chanter des cantiques ineptes. Au temps de la splendeur de papa, c'était arrivé très souvent qu'il vienne goûter le jeudi chez nous rue Traversière, Jean-Christophe Routier, qu'il vienne s'empiffrer de bonnes choses et jouer au nain jaune, au jeu de course ou à simplement faire des tas de singeries. Il venait accompagné de sa bêcheuse de mère, une maman boulotte très propre sur elle qui donnait du « chère madame » à maman et n'arrêtait pas de faire des ronds de jambes et des mines.

Nous avions été au cathé ensemble avec Routier et fait ensemble notre communion solennelle. Mais ce jour-là, sa mère n'appelait plus ma mère « chère madame », c'est même tout juste si elle l'avait gratifiée d'un petit signe de tête à l'entrée de l'église, maman, parce qu'elle n'était plus dame friquée dans un bel appartement et que, si le fils Routier avait, lui, un smoking de communiant de chez *Tom* et des souliers vernis qu'il fallait presque mettre des lunettes noires pour les regarder tant ils brillaient, moi, ma communion je la faisais avec un vieux costume à mon grand frère retaillé je ne vous dis pas comment par la cousine Baffi.

Jean-Christophe Routier était un poil poseur,

un poil arriéré. C'était de famille. Mais même si on ne se voyait plus bien souvent parce qu'il était tout à ses études (de futur préfet ou sénateur ou ministre) au lycée Charlemagne, quand nous nous rencontrions, c'étaient les grandes tapes amicales dans le dos et les bonnes grosses vannes copineuses.

Peut-être parce que, de tous mes amis, c'était celui qui la connaissait depuis le plus longtemps, maman, c'est lui que j'ai eu envie de voir à ce moment-là.

Ils devaient être à table les Routier. J'allais déranger. Mais tant pis.

Ils demeuraient dans une maison à cariatides lourdingues et ascenseur dominant un square où, à la belle saison, les mélomanes qui savaient que l'art n'a pas de patrie allaient écouter du Strauss et du Beethoven exécuté par des fanfares de Fritz en uniformes.

Je n'étais pas venu voir Jean-Christophe depuis l'époque de la petite école et leur concierge a contrôlé, derrière le rideau de sa loge, que je n'enjambais pas le paillasson, que je patinais bien cinq six fois dessus avec mes semelles comme un écriteau accroché à la boule de cuivre de l'escalier me priait de le faire.

Le tapis de l'escalier était si moelleux, si propre que même des rats aussi gonflés que ceux de chez nous n'auraient pas osé cavaler dessus.

Ce n'est pas Jacques qui m'a ouvert. C'est sa mère. En robe de chambre à chichis — et soufflée de me voir moi.

— Ah ! Remo. J'ai cru que c'était la demoiselle

qui vient pour mon dos. Le lundi c'est son jour. Une fille très bien qui me fait un bien fou. C'est que mon dos... j'ai des problèmes de lombaires. De gros problèmes de lombaires.

Pourquoi elle me racontait ça ? Pourquoi surtout elle ne me faisait pas entrer ?

— Jean-Christophe, il est là ?

— Non. Depuis la rentrée il déjeune à la cantine. Trop d'allées et venues ça ne vaut rien pour les études. C'est que notre Jean-Christophe s'y donne de toute son âme. Et toi ? Où en es-tu ? Je suppose que tu as trouvé ta voie ?

Elle m'a lancé un de ces regards. Peut-être pas de mépris. Mais ça y ressemblait.

— Tu fais quoi ? Tu vas sur les chantiers avec ton papa ?

— Non. Je fais des études moi aussi. La peinture, j'apprends.

— La peinture ?

— Oui. Pour devenir peintre. Artiste peintre.

Nouveau regard. Aussi chaleureux que l'autre.

— La peinture c'est plutôt une distraction. Un hobby comme on dit chez les Anglais.

— Y a plein de peintres qui...

Je venais de commencer une phrase que je ne voyais vraiment pas comment finir. J'ai laissé tomber. C'est elle qui a relancé.

— Si tes parents trouvent que c'est une situation.

Elle ne me regardait plus. Elle me toisait.

— Jean-Christophe ne rentrera pas avant six heures, six heures et demie même. Le lundi il a cours d'allemand. La langue de Goethe, de

Mozart. Tu avais quelque chose de précis à lui dire ?

— Non.

— En ce cas, mon petit Remo...

Elle a reculé d'un pas. Elle allait me refermer la porte au nez. Et je ne voulais pas.

Je n'avais rien à lui dire à elle et, en même temps, je ne me sentais pas la force de me retrouver dans la rue tout seul.

— Madame Routier.

— Quoi encore ?

— Ça vous embêterait que je rentre un moment ?

— Je viens de te dire que Jean-Christophe n'est pas là et c'est tout en désordre et cette demoiselle qui va arriver, ma masseuse, pour mon dos.

— Madame Routier, ma mère. Elle est morte.

Là, je l'ai quand même un peu intéressée.

— Morte ta mère. Mais quand ça ? Je n'en ai absolument rien su.

— Cette nuit. Hier elle a eu une attaque et cette nuit...

Que je sois à pas un mètre d'elle les jambes si molles que j'aurais pu m'affaler sur son paillasson, elle n'en avait rien à beurrer, madame Routier. Mais la perspective de recueillir des informations macabres toutes fraîches, bien croustillantes, ça, ça l'a excitée.

— Si tu veux, entre t'asseoir un instant, elle m'a dit en s'écartant de la porte.

L'appartement des Routier, c'était quelque chose comme le musée de l'Ordre et de la Connerie humaine réunis.

Parce que tout y était si bien rangé, si propret, qu'on osait à peine y respirer, y battre un cil de peur d'attenter à l'immaculée propreté des lieux. Et parce que sur les meubles louis-philippards encaustiqués dix fois la semaine, sur les murs, partout il y avait des « œuvres d'art », des objets, des bibelots, des bricoles d'une laideur et d'une vulgarité difficilement surpassables.

Une Jeanne d'Arc en bronze boutant l'Anglais (un Anglais à genoux et suant la pétoche) trônait au milieu de la cheminée. Avec, de chaque côté, pour lui tenir compagnie, un poilu de quatorze-dix-huit, lui aussi en bronze, une fleur à la bouche et un de ses godillots martialement posé sur le bidon d'un Teuton mort en lâche, et un buste d'un réalisme affligeant de l'héroïque aviateur Guynemer.

Pas en bronze, le buste, en métal brillant manifestement récupéré sur une carcasse d'avion abattu en plein vol.

Autour de la porte intérieure de la salle à manger, gracieusement disposés en quinconce, les écussons en feutre de nos belles provinces de France.

À côté de cette porte, dans un cadre de bois doré faisant honneur au talent des fabricants de faux Louis treize-quatorze-et-quinze du faubourg Saint-Antoine, il y avait un portrait en tapisserie au petit point du maréchal Pétain. Avec, autour de sa trogne de papy hypocrite, une guirlande de lauriers. Il était encore sur un autre mur, le Sauveur de la France. En photo. Dédicacée à monsieur Charles Routier qui avait, en excellent Français qu'il était, fait le voyage de Vichy pour y entendre la bonne parole.

Je vous fais grâce des six verres à orangeade en cristal ornés de francisques finement gravées, des cendriers Pétain et, bien alignés sur les planches d'un meuble bibliothèque en acajou, des livres reliés pleine peau de Saint-Ex, Péguy, Giono, Mauriac.

De quoi dégueuler un an de repas, petits déjeuners inclus, non ?

Je me suis laissé choir dans un fauteuil en cuir, quand madame Routier m'a fait comprendre du geste que, si vraiment j'y tenais, je pouvais m'asseoir.

— Alors comme ça, ta maman...

Elle a posé son massif postérieur sur une chaise en bois doré. Mais sans s'affaler. Elle s'est penchée vers moi pour ne surtout pas perdre une miette de ce que j'allais lui raconter. Elle était tout ouïe, elle salivait à la perspective de se faire décrire non seulement une agonie, qu'elle devait espérer bien douloureuse, mais aussi la maladie, si possible longue et cruelle, qui l'avait précédée. Ses petits yeux marron crotte de poule étaient tout écarquillés.

— Elle est morte de quoi ?

Elle ne m'a pas laissé le temps de lui répondre. La crainte a dû lui venir de me cueillir si brutalement que j'allais me croire obligé de lui répondre en style télégraphique, sans prendre le temps d'entrer dans les détails. C'est qu'elle ne voulait pas en louper même un milligramme du récit de la mort de ma « chère maman ».

— Je ne te propose pas un café. Le café, ce n'est pas qu'on n'a pas des occasions de s'en procurer. Et même du meilleur. Mais monsieur Routier, le marché noir, il ne veut pas en entendre parler. Il trouve, et c'est bien mon avis aussi, que subissant les cruelles épreuves que nous subissons, si, en plus, on s'octroie des passe-droits parce qu'on a les moyens de le faire, la France on la conduit tout droit à la catastrophe. Ici, ce n'est pas compliqué, si pas de café attribué par ceux qui ont la délicate mission de répartir équitablement les denrées nécessaires à notre alimentation, pas de café dans les tasses ! Tout ce superflu dont les soi-disant crève-la-faim n'arrêtaient pas de s'empiffrer, on peut très bien s'en passer. Et puis nous avons de la ressource. Tiens ! La frênette. Je parierais que tu ne sais même pas ce que c'est la frênette. C'est à base de feuilles. De feuilles de frêne. Mais pas une tisane. Une décoction. Ça se boit ou chaud ou glacé. Tu vas voir, c'est délicieux.

Elle a disparu, est revenue avec un pichet, a empli un des verres à francisque de liquide pisseux et l'a posé à portée de ma main sur un guéridon.

— Glacée. One-ze-roque. J'en garde toujours un pichet sur le bord de la fenêtre de la cuisine.

Elle s'est réinstallée sur sa chaise.

— Alors, ta maman ?

Je n'avais pas plus envie de lui répondre que de boire sa décoction.

— Ça se voyait qu'elle était plus la même depuis que ton papa avait eu ses problèmes financiers quand les juifs et tout ce joli monde se sont mis à faire la loi. Mais elle n'était pas malade. Si ? Elle l'était ? Elle avait quoi ?

Ça l'énervait que je la fasse comme ça languir.

Elle attendait.

Moi aussi j'attendais.

Sur le moment, ce jour-là, je ne comprenais pas ce que j'attendais.

Maintenant, je le sais.

J'attendais que cette grognasse maniérée qui avait, à peu de chose près, l'âge de ma mère, qui avait un fils qui avait le mien, d'âge, j'attendais que cette femme qui était la première personne à qui je venais de révéler la chose peut-être la plus terrible qui puisse arriver à un garçon, j'attendais qu'elle se lève et se rue sur moi et me prenne dans ses bras et m'embrasse.

Une giclée de chaleur humaine, de la consolation, je venais chercher chez les Routier.

Mais je pouvais crever comme ma mère. À rien je n'ai eu droit. Pas une parole apaisante ne lui est venue à la bouche, pas une lueur de tendresse elle n'a eue dans ses yeux.

Était-elle plus salope que conne, plus conne que salope ?

Ça...

Mais c'est chez elle, sous le portrait en tapisserie de son bien-aimé Maréchal, que j'ai été brutalement saisi, foudroyé par l'immensité de mon malheur.

Maman était morte. C'était fini, je n'avais plus de mère.

Elle n'a pas su de quoi elle était morte, maman,

mais elle a vu les larmes se mettre à jaillir de mes yeux, la mère Routier.

Mes dernières larmes de gosse.

Et ça lui a fait ni chaud ni froid. Ou peut-être qu'elle a un peu paniqué, eu les flûtes que mes grosses larmes dégoulinent sur le cuir de son fauteuil et l'abîment.

Son fauteuil, il ne l'a pas couru longtemps, le risque d'être taché par mes larmes. Je me suis levé et je me suis sauvé. Sans un mot.

Dehors, sur un banc du square Trousseau, je suis allé pleurer.

Il n'y avait pas foule. Il y avait le gardien qui faisait les cent pas à tout petits pas et moi dans les sanglots, et des oiseaux, pas beaucoup, qui tapaient du bec sur le sol gelé, se figurant qu'ils allaient glaner un petit quelque chose de mangeable.

Pour chialer, j'ai chialé.

Je ne faisais plus ça depuis la communale. Et chialer autant ça ne m'était, j'ai l'impression, jamais arrivé. Et je n'avais pas de mouchoir sur moi. Avec mes mains je me suis essuyé les yeux, les joues. Avec ma langue aussi. Ce qui m'a fait retrouver un goût du temps où j'étais le monarque d'un royaume miniature dont les seuls sujets étaient mon baigneur Titine, ma poupée noire en chiffon Bamboula et mon nounours Nounourse.

Le goût salé des larmes, je retrouvais sur ce banc de square. Et ce n'était pas si désagréable qu'on pourrait le penser.

Non.

J'étais triste. Mais un peu soulagé. Parce que quelque chose se dénouait. Comme si une gêne, une douleur presque que je trimbalais aux environs de mon estomac, dans mes tripes depuis le moment où je m'étais précipité dans la chambre de maman la veille au matin, était en train de se faire la malle.

Mes larmes de square elles me délivraient.

La preuve : une fois versée et séchée la dernière, je me suis senti une faim de loup.

C'est vrai. Sitôt taries mes larmes, j'ai eu envie de faire le gourmand, de dévorer.

Et j'ai d'autant moins de vergogne à l'avouer que, maman, elle ne s'en serait pas offusquée de cette violente poussée d'appétit. Loin de là. Ses chagrins, toujours elle les noyait dans des bols de café accompagnés de tartines de beurre. Et plus le chagrin était conséquent, plus lui en fallait, de tartines. Un deuil comme celui qui me frappait il lui aurait fallu pour le liquider au moins deux cafetières bien pleines et un pain de quatre livres.

Et pas un quart, une demi-livre de beurre.

Et j'étais son fils et il fallait que vite vite je me cale les joues. Avec du bon.

Je me suis retrouvé rue Traversière. Au restaurant *Pipolina.* Un petit resto italien de bien avant l'ère des pizzas cuisinées à la chaîne pour piliers de fast-food.

Une pizza, monsieur Pipolina savait que c'était du bourre-coquin pour Napolitains impécunieux et il aurait préféré se faire enfiler par le diable que d'inscrire le mot pizza sur son menu.

Lui, ce qu'il proposait à son aimable clientèle d'employés aisés, de voyageurs en transit dans les parages de la gare de Lyon et d'Italiens attachés à leur cuisine, c'était le lundi osso-buco, le mardi polenta con uccelli, le mercredi vitello alla saltimbocca, le jeudi gnocchi, le vendredi scampi fritti, le samedi spaghetti alla carbonara et le dimanche pollo alla fiorentina. Et trente-six sortes de pâtes avec trente-six sortes de sauces. Et du chianti, du valpolicello et un petit vino bianco fripon qui venait direct de son patelin natal.

Évidemment, depuis les restrictions, les tickets ce n'était plus tout à fait comme avant. Mais...

Pour moi, le restaurant *Pipolina,* c'était plus qu'un établissement de confiance. Un peu comme ma seconde maison, ça avait longtemps été.

J'étais né au vingt-six rue Traversière, nous y vivions et *Chez Pipolina* c'était au vingt-quatre. Et il y avait une fille d'un an mon aînée. Une Ottavia qu'on appelait Vava qui fut ma première fiancée en titre. Et la première fille qui voulut bien que je la déleste de sa petite culotte.

Papa tel qu'il était et monsieur Pipolina, un petit homme sec ne buvant que de l'eau et ennemi de toute folie, de toute fantaisie, ne se parlaient que pour s'engueuler.

Mais maman et madame Pipolina étaient grandes grandes amies. Chaque jour elles se voyaient. Pour boire des cafés et se raconter tout ce qu'elles avaient appris sur le plus de gens possible.

Quand je sortais à quatre heures, d'abord de ma petite école de bonnes sœurs, puis de ma communale rue Charles-Baudelaire, je filais direct chez *Pipolina* où j'étais sûr de retrouver maman un espresso fumant sous son nez et expliquant en pouffant à madame Pipolina et à ses serveuses comment le retraité du dix-sept s'y prenait pour faire cocu en même temps et le crémier et le boulanger ou ce qui était arrivé de pas banal à une locataire du vingt-deux ou du trente pendant ses vacances en Touraine avec sa grand-mère sourde.

Bien des choses m'échappaient des papotages généralement perfides de ces dames. Mais le peu que je décryptais m'apprenait beaucoup sur le penchant effréné des adultes pour les turpitudes de toutes sortes.

Depuis notre déménagement et la guerre et les Allemands, maman n'y allait plus aussi régulièrement faire sa bavarde au restaurant *Pipolina.* Mais encore bien une ou deux fois la semaine, elle y passait une heure ou deux ou trois.

Ce n'est pas compliqué, nous étions lundi et le vendredi elles l'avaient vue, ma mère, madame Pipolina et Gina et Lina, ses deux filles de salle.

Même qu'elles se souvenaient qu'elle les avait fait rire comme de vraies folles en leur racontant une prise de bec suivie de gifles entre une des locataires du soixante-quatorze avenue Ledru-Rollin, une certaine Belle-en-cuisses, et son mari, au sujet d'un homme qu'elle avait dû cacher dans sa cave, un soi-disant agent secret anglais qui était marseillais et qui la forniquait dans du charbon.

Jamais elle n'avait été aussi bien portante et amusante, ma mère.

Et voilà que je déboulais, les yeux et le nez tout rouges et que je leur annonçais que...

— Mais c'est pas vrai, Remo. C'est pas possible.

Il a fallu que je leur explique posément ses jambes qu'elle ne sentait brusquement plus, sa voix qu'elle s'était mise à perdre, le docteur qui était venu pendant que ni moi ni papa n'étions là.

C'est Lina qui s'est mise à pleurer la première. Lina qui était une fort jolie jeune femme brune qui, son jour de congé étant le mercredi, allait presque toutes les semaines au cinéma Novelty voir avec maman des films sentimentaux dont l'une comme l'autre étaient très friandes. Elle n'a pas lâché le couteau avec lequel elle était en train d'éplucher une patate, ni la patate, mais elle a eu des larmes sur ses joues qu'elle avait très blanches. Madame Pipolina aussi a eu les yeux qui se sont mouillés. Et Gina s'est mouchée avec le bas de son tablier.

Ç'aurait été convenable que je m'y mette aussi. Mais, des larmes, il ne m'en restait plus une.

Et elles ne disaient rien. Pas un mot. Ces cancanières avec jamais la langue en repos, ce que je venais de leur annoncer, ça les pétrifiait.

À quoi elles pensaient ? À maman qu'elles ne verraient plus, qui ne viendrait plus jaboter avec elles et que, déjà, elles regrettaient ? Ou à la maladie, à la mort qui pouvait venir les prendre elles aussi à tout moment ?

C'est Gina qui l'a rompu, le silence. En me posant la question que j'attendais.

— Tu veux boire quelque chose, Remo ? Manger un petit morceau ?

— Je mangerais bien quelque chose, oui.

Madame Pipolina a retrouvé la parole elle aussi.

— Bien sûr qu'il faut qu'il mange, ce garçon. Donne-lui donc un peu de viande froide.

Ce fut du veau. Deux belles tranches de veau baignant dans de la sauce figée. De la sauce au marsala.

C'était lundi. Le jour de l'osso-buco. Mais c'était du veau pas au menu.

C'était un de ces « extras » qu'on ne servait qu'en douce (camouflés par une nappe de purée de févettes ou de ratatouille de queue de poireau) et qu'aux habitués ayant les moyens.

C'est que ce n'était pas qu'aux Halles et avec des tickets qu'il faisait son marché en quarante-quatre, le signor Pipolina. Il avait des fournisseurs aux quatre coins de Paris et à Vincennes et à Villemomble et à Meudon. Qu'il allait visiter sur sa bécane et en changeant sans arrêt d'itinéraire pour ne pas se faire repérer. Des fournisseurs de viande pour les jours sans viande et de beurre et de tout. Un filou c'était, Pipolina.

Un filou, que j'ai revu dans les années soixante. Une rencontre vraiment inattendue un été que je faisais faire du tourisme à mon gamin du côté du lac Majeur.

« Remo », m'avait crié un vieillard tout sec coiffé d'un panama.

C'était lui. Pipolina. Lui, veuf de la madame Pipolina de mon enfance, marié (ou seulement collé) à une brunette avec trente ans de moins que lui et une croupe à la Claudia Cardinale. Le gros lot pour ce pépé lubrique qui attendait de clamser en savourant tranquille le blé amassé au temps béni du marché noir.

Mais il faut reconnaître que ce n'était pas de l'argent vraiment volé. Parce que son veau il était à s'en lécher les babines. Une bénédiction du ciel, une pure et simple bénédiction, ce veau froid.

Après, j'ai eu droit à du parmesan et à une part de tarte maison. À la confiotte d'abricot. Une part qui en valait deux.

J'ai eu droit aussi à des baisers de Lina — qui avait une odeur de femme qui se mettait des crèmes de beauté, une odeur à vous tourner la tête.

Puis nous avons parlé. Surtout elles. Parlé de maman. Dont il n'y avait que du bien à dire. De maman qui, c'est madame Pipolina qui en aurait donné sa tête à couper, était autant morte des suites de tous les désagréments qu'elle avait subis, que de son trop de tension et de ses fragilités de système nerveux.

Puis Gina m'a demandé quand auraient lieu les obsèques.

Les obsèques ?

Mais c'était vrai qu'il allait falloir l'enterrer.

Les enterrements, le peu que j'en savais c'était ce qu'en disaient les livres, les films et les gens qui en parlaient comme d'obligations extrêmement éprouvantes.

Maman, qui était aussi peu portée sur les enterrements que sur les hôpitaux, ne m'avait emmené à aucun de ceux qu'elle avait dû suivre. Même celui d'un élève de la même classe que moi à l'école Charles-Baudelaire qui avait trépassé à onze ans d'une péritonite elle m'avait interdit d'y assister.

— T'intéresser aux corbillards et aux cimetières, t'as bien le temps, elle disait. La saison des De profundis elle arrive toujours assez tôt.

Mais ce coup-ci...

En buvant du café avec moi, du café pour faire passer le quatre heures royal que je venais de me taper, madame Pipolina et les serveuses ont parlé obsèques. Avec intérêt.

Elles ont commencé par évoquer les funérailles encore toutes fraîches et très réussies de la tripière de la rue Abel qui s'était jetée de son sixième sur le trottoir à la suite d'un accouchement qui s'était si mal passé qu'elle en était sortie avec plus sa tête. Puis elles ont émis le vœu que celles de ma mère soient encore plus réussies que celles de cette marchande de mou de veau devenue cinglée.

— Comme on connaît ton papa, ça serait étonnant qu'il fasse pas très bien les choses, a dit madame Pipolina.

— Après tout ce qu'il lui a fait voir, à sa femme, un enterrement de première classe il pourrait lui payer. Et ça serait même pas du luxe, a ajouté Gina.

Lina lui a lancé un regard noir.

— T'as besoin de dire ça ?

— Faut croire que oui puisque je le dis. Parce que, son père à Remo...

Gina, qui était très laide surtout de visage, était

la seule des bavardes de *Chez Pipolina* à balancer à l'occasion des vacheries vraiment vachardes. Qui faisaient mal.

Et c'était une insisteuse.

Tout en mettant deux morceaux de sucre dans sa tasse, elle a enfoncé son clou :

— S'il avait dépensé en médecins pour sa femme même que le centième de ce qu'il a dépensé à des comptoirs, sûr qu'elle serait encore là à boire un bon jus avec nous.

Ni Lina ni madame Pipolina n'ont rien répliqué. Pour redonner un peu de gaieté à la conversation, Lina m'a demandé si papa et moi avions déjà décidé comment nous allions l'habiller, maman.

L'habiller ?

C'est que, des morts, ça a droit à une toilette. C'est que ça ne se met pas en route pour le cimetière vêtu n'importe comment.

Madame Pipolina a fait remarquer que ce qui lui allait le mieux, à ma mère, c'était des robes sans ceinture, un peu amples, qui ne lui marquaient pas la taille et l'amincissaient.

— La verte à rayures qu'elle avait à la communion de Vava, c'était celle qui lui allait le mieux, a dit Lina.

— Le vert, c'est pas bien une couleur pour...

Madame Pipolina n'était pas pour le vert.

Moi, j'étais en train de comprendre que plein plein de problèmes nous attendaient papa et moi et qu'il fallait que je le trouve et qu'on s'y attaque, à ces problèmes.

J'ai bu ce qui restait de moka-espresso au fond

de ma tasse, j'ai laissé ces dames m'embrasser aussi maternellement que l'exigeaient les circonstances et je suis parti.

L'après-midi était déjà bien entamé et le ciel s'était encore noirci.

J'avais le bidon plein et le cœur lourd et aussi comme une sorte de fierté à la pensée que non seulement j'allais participer à un spectacle fatalement un peu grandiose — des funérailles — mais qu'en plus j'allais être un des acteurs principaux de ce spectacle.

Pour retrouver mon père, le mieux, comme toujours et depuis toujours, c'était d'aller voir *Chez Gozzi*.

— Moi, ça a d'abord été mon père, de ses intestins, puis ma mère, d'un refroidissement pourtant en plein été et, pour finir, mon buveur de frère. Et m'y faire à l'idée que, quelle que soit la manière dont on s'y prend c'est toujours comme ça que ça finira, je peux pas. Je le dis comme je le pense : mourir, celui qui a des gens qui tiennent à lui, il devrait pas.

C'est Mathilde, la patronne, qui a dit ça. Très émue. Et Nicolas, le loufiat, a enchaîné.

— Mon père, qui était coiffeur, c'est au Chemin des Dames que ça lui est arrivé. Un éclat d'obus en pleine figure. Et on l'a su que des semaines après. C'est qu'il avait tellement plus de visage que personne de son régiment était capable de décider si c'était lui ou pas lui qui était mort. Qu'en dix-huit, on a été sûr. Et ce qui me tarabuste encore et me tarabustera toujours, c'est que j'arrive pas à me souvenir quelle voix il pouvait avoir, mon père.

Un client, un rouquin en uniforme de contrôleur des chemins de fer du réseau P.L.M., a dit que sa mère et son père, le même jour et dans le même lit, ils étaient morts. De la grippe espagnole. Et il a fait signe avec son pouce à Nicolas de lui resservir un bouillon chaud.

Vu que le café était pas mal plein de buveurs et de joueurs de cartes et de dés, si chacun y allait de son couplet, nous étions bons pour parler macchabées jusqu'à l'heure du couvre-feu.

Je n'ai pas laissé l'autre garçon, Léon, nous révéler comment les siens, à lui, s'étaient débrouillés pour quitter cette vallée de larmes. Je lui ai demandé s'il avait une idée de l'endroit où je pouvais trouver papa.

— Il est passé, sur les midi, ton père. Ça faisait déjà un bout que son ami Barbaculo l'attendait en buvant même pas un demi, un bock. Et en arrêtant pas de regarder l'heure. Il a même pas pris le temps de s'asseoir, ton père. Il nous a juste appris votre deuil. Et ils ont filé, avec Barbaculo. En dehors de Paris, j'ai l'impression.

En dehors de Paris !

Ils devaient être retournés dans leur bled perdu. Là où un pneu de camion avait crevé et où, par la faute d'un cric, Barbaculo s'était fait écraser la main. Et ils allaient encore en revenir ayant trop bu et...

Quel chieur mon père. Quel inconséquent. Au lieu d'être avec moi à s'occuper de choses aussi importantes que de décider si maman allait faire son dernier voyage dans sa robe verte qui la faisait paraître plus fluette ou dans une autre robe, il était reparti fricoter je ne pouvais imaginer quoi avec l'autre collabo de bas étage. Et il allait en revenir à pas d'heure et fait comme dix Polonais.

J'ai refusé le remontant que Mathilde Snèffle tenait à me faire avaler. Qu'elle se la boive elle-même sa fausse fine à la vraie flotte. Et grand bien lui fasse.

J'ai quitté le café *Gozzi* sans savoir où j'allais ni où j'en étais.

Quel homme impossible, mon père.

Mais... en même temps... Qu'il soit l'extravagant qu'il était, qu'il passe le plus clair de son temps à boire, honnêtement, je ne voyais pas pourquoi j'aurais été contre.

Ni pour, d'ailleurs.

Il était ivrogne. Et alors ?

Je l'avais toujours connu buvant ou ayant bu. Toujours.

Et j'ai dû, c'est évident, croire très longtemps que, comme toutes les mères avaient des mamelles appelées poitrines ou niniches et se faisaient faire des indéfrisables et se mettaient les jours de fêtes carillonnées un soupçon de rouge Baiser sur les lèvres, tous les pères portaient des moustaches qui vous chatouillaient quand ils vous faisaient des câlins, rentraient ou ne rentraient pas manger et dormir à la maison, et ingurgitaient une multitude de liquides qui les faisaient parler trop fort et dire des bêtises et parfois choir sur le parquet ou le carrelage et s'y endormir en ronflant.

Quand j'ai compris — à quatre ans, à cinq ? — que, si presque tous les pères arboraient des moustaches à la Charlot, pas mal d'entre eux ne se saoulaient que très occasionnellement, voire même jamais, ça m'a surpris grandement.

Il y avait donc sur la planète Terre des alcooliques et des pas alcooliques. Comme il y avait et des Blancs et des gens de couleur.

Mais qui avait la preuve que c'était mieux d'être blanc que noir ou jaune ou rouge et sobre que buveur ?

Je me le demandais et je me le demande encore.

Parce que mon père pochtron comparé aux autres pères, il avait diablement son charme.

Même si je ne pousse pas le vice jusqu'à le comparer à une tare comme un monsieur Routier avec sa face blême de chef de bureau, ses cols de chemise en cellulo de chef de bureau, son chapeau bords roulés et ses gants en pécari qu'il ne devait même pas enlever pour se la tenir quand il faisait son pipi, mon père il les surclassait tous, les autres.

Question allure d'abord. Avec son mètre quatre-vingt-huit, ses larges épaules de travailleur manuel capable d'arracher du sol un sac de ciment comme on cueille une pâquerette, avec ce sourire rital qui faisait fondre maman au pire des colères qu'elle avait contre lui, avec ses yeux d'un bleu qui riait — parfaitement : qui riait —, avec...

Il faudrait mille pages et un stylo-feutre mille fois plus lyrique que le mien pour dire combien il était bel homme, mon père.

Et il n'était pas que plus beau, plus surprenant à voir que tous les autres hommes de notre quartier et d'ailleurs. Il était aussi plus drôle à écouter avec son parler étrange parce que à moitié étranger et émaillé de mots de son invention, de grossièretés rien qu'à lui. Comme un poète, il s'exprimait. Un barde de bistro. À jeun, comme parti, il fallait qu'il débloque, qu'il délire. C'était sa méthode pour dérouter qui l'écoutait avec les oreilles d'âne de la logique. Papa avait le goût de la provoque et disons... une dinguerie qui nous valait de vivre, lui, maman et moi, une vie nettement plus excitante que celle de la quasi-totalité des Parisiens macaronis ou pas.

Les horaires, la routine, le trantran, nous ne connaissions pas.

Au gré des humeurs de papa, nous existions.

S'il décidait de faire une polenta pour dix personnes à minuit passé, il la faisait. En prenant bien son temps pour que ça ne grumeaute pas. Et il fallait qu'en appétit ou pas on la mange à trois, la polenta pour dix et qu'on s'en réjouisse.

Maman ronchonnait juste un peu, pour le principe. Elle disait que si soigneusement mitonnée qu'elle soit, une polenta c'était rien de mieux que de la pâtée pour péquenots italiens pas raffinés. Et papa lui rappelait qu'italienne elle l'était aussi depuis qu'elle l'avait épousé. Et il débouchait une bouteille et il voulait qu'on trinque avec lui à la santé des péquenots italiens pas raffinés. Et maman commençait à râler plus sec, à s'énerver pour de bon. Et le rire de papa se faisait plus sonore. Et, c'était réglé comme du papier à musique, un voisin avec qui nous n'étions pas au mieux ouvrait une de ses fenêtres pour lancer un énergique « Vos gueules les macaronis » en direction de la nôtre. Et papa ne lui répondait pas à ce stronzo. Mais il me faisait signe de sortir le phono de sous mon divan et de le remonter. Et toute la cour du soixante-quatorze avait droit à un air de *La Tosca* ou de *La Vie de bohème.* Par Caruso. En italien. Avec papa ponctuant la mesure à coups de cuillère en bois sur le couvercle de la marmite à polenta. Et maman commençait à faire sa valise pour partir à tout jamais loin de ce « sac à vin » qui, si elle restait une minute, une seconde de plus sous le même toit que lui, c'était certain, la ferait mourir.

Et elle ne partait pas. Et elle humectait ses lèvres avec le vin du verre que papa récupérait pour le finir d'un trait. Et il me laissait stopper le phono pendant qu'il entraînait maman en direction de leur lit pour sûrement la cajoler si expertement qu'il s'endormait pardonné.

Et le lendemain, rebelote !

Ce n'était pas forcément une polenta monstrueuse à des heures pas chrétiennes. Mais rebelote !

Ça pouvait être une poule vivante qu'il avait gagnée aux dés ou à une tombola dans un rade fréquenté que par des clochards et des fous de son espèce, et qu'il sortait d'un sac et qui se mettait à caqueter et à gambader dans ma chambre-cuisine en se cognant dans tout, en faisant choir de la vaisselle et en nous flanquant une trouille indescriptible à maman et à moi. Et, la poule, papa entreprenait de lui faire le coup du lapin et, une fois estourbie non sans peine, de la plumer.

Ça pouvait être des amis qu'il ramenait n'importe quand sans avoir prévenu. De très chers amis déjà bien imbibés et chacun apportant une ou plusieurs bouteilles. Ou des amis de fraîche date. Genre des clodos qui caillaient de froid sous le porche du soixante-quatorze et qu'il invitait à venir déguster un authentique minestrone « en famille ». Genre des aveugles des Quinze-Vingts qui lui avaient juste demandé de les faire traverser l'avenue et qu'il invitait à boire un petit verre et qui en buvaient tant qu'ils partaient de chez nous saouls au point de ne plus voir qu'ils ne voyaient pas. Genre ce bonhomme fort inquiétant qu'il avait trouvé une nuit sur le pont d'Austerlitz et qui portait soutane et se faisait appeler l'abbé et qui est resté deux nuits et deux jours à nous faire gober qu'il était envoyé en mission secrète par Rome et qui a mangé tout ce qu'on avait de mangeable et qui a fini par s'en aller sans même un merci en ayant discrètement raflé six des huit cuillères à café en argent qu'on avait dans un tiroir.

Il pouvait aussi, mon cher papa, disparaître, nous laisser sans nouvelles de lui et sans un centime pour subsister des trois, quatre jours d'affilée. Une semaine entière même.

Il pouvait — deux années de suite il l'a fait — se déguiser la semaine de Noël en père Noël et aller dans les rues, sur un chantier, dans le métro ainsi vêtu et se laisser courser par des nuées de mioches.

Il pouvait... C'était sans limites.

Mais ce qui me frappe en y pensant sérieusement, en me remémorant bien tout et aussi fidèlement que possible, c'est que ses méfaits, ses coups d'éclat, à papa, n'étaient que drôleries, débordements pas méchants, extravagances sans une once de cruauté ou de haine pour qui que ce soit.

Les alcoolos qui ont le vin mauvais ça ne manque pas, ça pullule.

Papa, pas une fois je l'ai vu l'avoir déplaisant, agressif, son vin.

Pas une fois il n'a donné une gifle, même petite, à maman, pas une fois il ne m'a battu, moi.

Nuire, vraiment nuire, il ne l'aurait ni voulu ni pu. Mais faire enrager son prochain, l'asticoter, le déboussoler, le pousser à bout, à l'extrême bout, ça, c'était son passe-temps favori, son vice.

Fallait qu'il surprenne, qu'il dérange. Et que maman vienne de nous quitter si brutalement, ça ne suffisait pas pour qu'il arrête, ne fût-ce qu'un jour ou deux, de ne vivre qu'à sa guise et en dépit du bon sens.

Qu'est-ce qu'il avait besoin de reprendre la route avec un Barbaculo ? Il croyait quoi ? Que les funérailles, j'allais m'en occuper moi, moi tout seul, moi qui ne savais même pas en quoi ça consistait.

Peut-être qu'il s'imaginait que j'allais lui fabriquer un cercueil, lui creuser une tombe dans notre cour, à maman, et l'ensevelir et aussi lui dire une messe en latin tant que j'y serais.

Il emmerdait trop des fois. Bien trop.

Qu'est-ce que je pouvais faire ? Comment je

pouvais me dépatouiller, sans lui, sans un sou en plus ? C'est que des cercueils, des tombes, des messes, ça devait coûter gros.

Ce que j'aurais pu faire, c'était aller m'informer à l'agence des pompes funèbres boulevard Diderot près du pont d'Austerlitz. Un magasin luxueux tout noir avec des inscriptions à la peinture argent devant lequel je passais en pressant le pas, parce que les photos de catafalques, de pierres tombales, les échantillons de poignées de cercueil, je n'en étais pas client, vraiment pas, moi...

Pourquoi une mort, en plus de la tristesse que ça vous cause, ça vous force à penser à des choses angoissantes ?

Encore une réjouissante question.

Qui m'est, heureusement, sortie de la tête quand, arrivant à l'angle de la rue de Charenton et de mon avenue, j'ai vu Jeanjean. Tout essoufflé, avec ses grandes mèches blond mandarine qui dansaient autour de sa tête.

— Je te trouve enfin. Depuis midi je te cherche. Je ne sais pas comment elle l'a appris, mais la marchande de journaux m'a dit. Alors je voulais te voir. Pas pour te faire un discours, rassure-toi. Qu'est-ce que je pourrais te dire, hein ? Je voulais te voir. C'est tout. Il fallait que je te voie. Comment t'es ? Ça va ?

Il ne m'a pas embrassé. On ne faisait pas ça. Il ne m'a pas serré la main non plus. Il m'a juste regardé. Dans les yeux. Nous nous sommes tenus l'un face à l'autre. À rien nous dire. Ça a un peu duré.

Puis il a sorti un paquet de gauloises de sa poche de blouson. Il s'en est planté deux dans le bec, les a allumées avec son briquet à amadou et il m'en a tendu une.

— Tu as oublié que je fume pas ?

— Fume celle-là. Ça peut aider.

J'ai pris la cigarette, j'ai tiré une bouffée, sans conviction, et soufflé aussitôt la fumée.

— Je ne voudrais pas être à ta place, il m'a dit. Je voudrais vraiment pas. Elle était belle ta mère. Elle savait sourire. C'est rare un sourire qui a l'air d'un sourire.

Lui tirant de grandes bouffées et recrachant que dalle et moi tétaillant ma cigarette comme une vraie fillette, nous avons marché jusqu'au banc devant le soixante-quatorze et nous nous sommes assis. Il ne me regardait plus.

— C'est curieux. On n'est venu sur terre que pour ça, si on y pense. C'est notre seule, vraiment notre seule certitude. Et, toujours, elle nous surprend, la mort. Jamais on ne l'attend. Jamais. Tu sais ce qu'il en a dit, de la mort, Shakespeare ?

— Non. Et je m'en fous. Shakespeare je l'encule.

Ma cigarette, je l'ai balancée dans le ruisseau.

Jeanjean a pris le temps de finir de fumer la sienne et, après l'avoir éteinte en la pinçant délicatement entre son pouce et son index, il a rangé le mégot dans une petite boîte qui avait l'air d'être en argent. Il n'avait pas que de belles idées, Jeanjean. Il avait aussi des trésors plein ses poches.

— Moi, ton chagrin, je veux bien le partager. Mais comment ?

— Laisse tomber. D'être avec toi ici ça me remet un peu sur mes pattes. Je vais mal mais... mieux. Je suis content de te voir. C'était quoi le film hier avec ta chérie ?

— *La Main du Diable.*

— Et alors ?

— Pas mal. C'est *Faust.* Mais pour les midinettes.

— *Faust* de Goethe ? T'as lu ça, toi ?

— Et même relu, camarade. La littérature allemande c'est pas seulement *Mein Kampf.* Faudrait pas croire.

— C'est ça. Fais-moi bien sentir que je suis ton petit frère débile.

— Il y a encore plus inculte que toi, Remo. T'inquiète pas. Je te le passerai si tu veux, *Faust.* Les autres pièces de Goethe ça vole moins haut, moins loin. Mais *Faust.* C'est une belle parabole. Et ta répète ? Du coup tu l'as loupée.

— La répète ? Je l'avais oubliée, la répète.

La répète, c'était la répétition du spectacle à Mercadet, un copain à nous, figurant comme nous à la Comédie-Française et futur grand homme de théâtre. Poussé par le démon de la création, il avait décidé de monter trois pièces en un acte. Une de Jules Supervielle et deux de l'Irlandais John Millington Synge. Des pièces courtes qu'on ne devait jouer qu'une seule fois dans une salle proche de la place Wagram, qui se louait pour des conférences, des ventes de charité et des réunions d'adeptes de religions aussi marginales que celle des Adorateurs de l'Oignon ou de la Verrue de sainte Ursula.

L'argent pour la louer, cette salle, et payer de quoi bricoler des semblants de costumes et quelques rudiments de décors, il l'avait fait jaillir d'une source mystérieuse ô combien, notre copain Mercadet. Mais la foi l'animait et une volonté irrépressible de jouer les démiurges.

Jeanjean avait salué la mise en route de cette entreprise d'un hautain « Bon courage, mes chéris. Il n'y a que ceux qui ne font rien qui ne risquent pas de sombrer dans le ridicule ».

Moi, c'était avec enthousiasme que je m'étais laissé engager (bien entendu, à l'œil) pour dire une réplique dans une des deux piécettes irlandaises et pour fabriquer un masque de diplodocus et interpréter le rôle de ce gigantesque bestiau dans *La Création du monde* de Supervielle qui avait pour cadre le paradis terrestre. Notre Ève c'était Lolleh Bellon, la plus douée de toutes les élèves du Centre du spectacle de la rue Blanche. Il y avait aussi dans la distribution un certain Jean Poiret qui a pas mal fait parler de lui depuis.

Que j'aie manqué une répète c'était moche pour les autres. J'avais des excuses. Mais quand même je m'en voulais.

— T'énerve pas. Je ferai un saut jusqu'*Au Bon Jésus* ce soir pour lui dire ce qui t'est arrivé, à Mercadet.

Le *Bon Jésus* c'était le bistro des parents de Mercadet, dans une petite rue qui coupait la rue Lepic dans ses hauteurs. Un troquet à l'ancienne fréquenté par des bohèmes de Montmartre et des artisans du coin qui chopinaient avec entrain et ne parlaient que pour se raconter des blagues, des drôleries pas terribles, qui cherchaient à oublier et l'Occupation et ses vicissitudes, quoi.

Certains soirs, il y avait l'encombrante chanteuse Fréhel qui venait frayer avec les chopineurs. Fréhel de *Pépé le Moko* en chair et en graisse. Les frisettes huileuses, la langue pâteuse. Ne chantant pas. Mais nous offrant volontiers des pots, à Mercadet, Jeanjean et moi parce qu'elle avait un penchant pour la jeunesse.

Ça s'appelait *Au Bon Jésus* à cause du Sacré-Cœur tout proche.

Nos répétitions avaient lieu dans l'arrière-salle. Là où il y avait la trappe qui donnait sur la cave dans laquelle, pendant que les parents de notre ami jonglaient avec des verres à cul trompeur et des bouteilles de rouquin, nous descendions comme des voleurs, des voleurs que nous étions, prélever une petite dîme d'artiste dans des piles de boîtes de thon et de sardines qui attendaient là d'être vendues plusieurs fois leur prix à des amateurs de casse-croûte dignes de ce nom.

Comme Jeanjean s'allumait une troisième cigarette avec le mégot de la deuxième, je lui en ai demandé une.

— Tu vois que tu fumes.

— Je sais pas encore. On verra.

Je l'ai coincée entre mes lèvres, la cibiche, et Jeanjean m'a tendu son briquet. J'ai aspiré. C'était âcre, pas agréable. Mais j'ai réussi à inhaler une bonne bouffée sans tousser.

Jeanjean a émis un petit gloussement admiratif.

— Ça te va bien de cloper. Ça te donne un petit côté mec louche de film américain.

On s'aimait vachement tous les deux.

Il devait faire zéro degré. Si pas moins. Mais je n'avais pas froid.

Jeanjean a regardé sa montre.

— Je vais y aller.

— Tu vas retrouver la fille d'hier ?

— Faut bien. Elle ne peut plus se passer de moi. J'ai l'impression qu'elle est amoureuse. Oui. Amoureuse.

— Et toi ?

— Moi, je pourrais caresser des heures la peau de ses cuisses. À l'intérieur. C'est là le meilleur des filles. Le plus doux.

En se levant il m'a tendu son paquet de cigarettes qui était à moitié plein.

— Je te les laisse. Fais le mec. Ça te va très très bien. Et ton pardessus de grande folle il est beaucoup moins rebutant à seconde qu'à première vue. Je sens que je vais m'y faire. Allez. Sois bien. Salut.

— Salut.

Je l'ai regardé traverser, remonter la rue de Charenton et s'engouffrer dans la sienne, la rue Saint-Nicolas.

Une dame dans les quatre-vingt-dix-neuf ans emmitouflée dans un intéressant assemblage de peaux de chats ou de chiens m'a fait me retourner. Elle pointait son parapluie en direction d'un autocar vert plein de soldats allemands qui passait et elle leur hurlait qu'ils étaient des diables, aux soldats. Des diables de l'enfer.

Moi, je trouvais que c'était surtout de tristes, très très tristes cons.

L'autocar avait déjà disparu qu'elle criait encore, la sympathique grand-mère.

À regret, je me suis arraché du banc.

Un banc où maman pouvait rester assise des après-midi entiers quand c'était la saison de s'aérer. Assise à regarder qui passait. Assise à attendre peut-être des choses. Mais quelles ?

Qu'est-ce qu'ils avaient pu faire d'elle, à Saint-Antoine ?

Je savais que chaque hôpital avait sa morgue. Mais comment ça pouvait être, une morgue ?

Comme j'entrais au soixante-quatorze, madame Paposki en sortait.

Elle m'a embrassé à m'étouffer et m'a chuchoté des mots dont le sens m'a échappé.

Dans la cour, monsieur Carité m'a gratifié de quelques phrases toutes faites qui m'ont semblé appropriées.

Il faisait encore trop jour pour les rats. J'ai escaladé nos étages sans allumettes et à petite vitesse.

J'ai mis la clé dans notre trou de serrure mais la tourner pour ouvrir, j'ai cru que je ne me déciderais pas à le faire. J'ai dû me faire violence.

La première chose que j'ai vue une fois la lumière allumée, ça a été le poudrier à maman sur le petit bahut sous le compteur à gaz. Un cadeau de Lina. Qu'elle lui avait rapporté d'un voyage en Italie. « Ricordo di Venezia. »

Je l'ai ouvert, faisant s'envoler un nuage de poudre rose. Ça sentait maman quand elle se voulait coquette, quand elle disait qu'elle allait faire sa vamp, sa Marlene Dietrich.

Je l'ai vite refermé, le poudrier, et planqué dans le bahut.

En attendant papa, s'il daignait rentrer, il fallait que je m'occupe. J'ai un peu garni et allumé le poêle qui s'est mis à ronfler et à rougir et à chauffer si fort que j'ai été obligé de l'enlever, mon pardingue de grande folle.

Il était louf, ce poêle. Ou il refusait de chauffer ou il s'emballait.

J'étais sur le point d'aller choisir dans l'armoire de maman celle de ses robes qui irait le mieux à son cadavre quand on a frappé.

C'était Barbaculo. Pepino Barbaculo. Plus hébété comme au retour de sa première virée à Villiers-de-l'Île avec papa. Barbaculo avec une vareuse presque nette et sa main dans des mètres et des mètres de bande Velpeau.

Sitôt entré dans la chambre-cuisine, il s'est rué sur moi et je n'ai pas eu droit à des baisers mais à une accolade d'homme.

Lui aussi il aurait pu être mec louche dans un film américain. Grand chef des mecs louches, même.

Tout en me donnant de vigoureuses tapes dans le dos avec celle de ses mains qui n'était pas endommagée, il m'a dit, moitié en bergamasque, moitié en français, que la perte d'une mamma c'était la plus grande cagade qui pouvait arriver à un fils et que lui, quand la sienne était morte dans leur cabane à moutons près du lac Majeur, il avait couru pour aller se pendre dans un arbre et que sans son père qui l'avait ressuscité à coups de pieds...

Il ne donnait pas l'impression d'être fait. Mais énervé, ça oui.

Quand il a consenti à me lâcher, il a sorti une grande enveloppe d'une poche intérieure de sa vareuse. Une enveloppe froissée, sale. Il l'a posée sur la table.

— Pour ton père. Il attend après.

— Je croyais qu'il était avec vous, papa. Il est où ?

— On était ensemble mais a fallu qu'on se sépare. Je l'ai laissé à un train. À Orléans. Ce qu'on avait à faire, ça s'est pas passé comme prévu. Il nous est arrivé une couille. Une couille comme une couille d'éléphant. On a eu chaud. J'aurais pas eu dans ma tête le numéro de téléphone qu'il fallait avoir, ton père et moi on serait dans un sac tu peux pas savoir lequel. Tout nous est tombé dessus. Tout. Mais je l'avais, le bon numéro. La combine, Remo, la combine pour toujours se sortir de tout, c'est d'avoir le bon numéro. Et je l'avais, moi.

Barbaculo était à peine parti que je l'ouvrais l'enveloppe.

Sept billets de mille francs il y avait dedans.

Ça m'a fait chaud au cœur de palper ces gros billets. Maman allait l'avoir son bel enterrement.

Quand papa est rentré il était une heure pile sur le cadran de notre carillon Westminster.

Il avait l'œil frais et le teint rose d'un homme qui n'a pas levé le coude depuis son dernier biberon.

— Tu dors pas encore, toi ?

— Je t'attendais. Qu'est-ce que tu faisais ?

Il avait un grand sac qu'il a posé par terre. Un sac en toile de jute, un sac à ciment.

— Ce qu'il fallait que je fasse, je faisais. C'était pas des choses à faire mais fallait que je les fasse. Et je reviens pas les mains vides. T'as mangé quoi, ce soir ?

— Rien. Mais tantôt j'ai été chez Pipolina et...

— Ça a dû leur faire de la peine quand tu leur as dit. Surtout à Lina. Lina, ta mère, c'était plus qu'une amie pour elle. Elle a un cœur, Lina. Oui. Elle en a un.

Il s'est assis sur la seule de nos cinq chaises qui n'avait aucun pied branlant. Moi j'étais assis sur mon divan.

— J'arrête pas de me répéter qu'on la reverra plus. Mais j'y crois pas quand même.

— Comment elle est morte ? Ils t'ont expliqué à Saint-Antoine ?

— Ils m'ont dit qu'elle s'était pas vue partir. Elle a l'air de dormir.

— Tu l'as vue ?

— Oui. À midi. Elle est comme quand elle dormait. Elle a l'air de plus s'en faire. De se reposer.

— Je pourrais aller la voir moi aussi ?

— À quoi ça servirait ? Elle est rangée dans une espèce de grande glacière. Même si elle a l'air de dormir c'est pas bien de la voir comme ça. Je suis content d'y être allé. Mais c'est pas bien de voir les gens morts. Faut leur foutre la paix. Oui. Faut leur foutre la paix.

C'était rare qu'il soit aussi calme.

Il a vu le paquet de gauloises posé à côté de moi sur le divan.

— Depuis quand tu t'es mis à fumer ?

— C'est Jeanjean qui me les a données.

— Pas une seule cigarette elle a fumé de toute sa vie, Flavie. Toujours de l'eau dans son vin. Et privée de toutes les bonnes choses qu'elle aimait depuis leur saleté de guerre. C'était bien la peine.

— Va falloir s'occuper de l'...

Le mot enterrement n'a pas voulu sortir.

— Te tracasse pas pour ça. Banaque, avec toute la famille qu'il a, il arrête pas d'avoir des frères et des sœurs et des cousins qui cassent leur pipe. Il m'a tout bien expliqué. Il m'a même refilé des prospectus avec les prix. On va faire ce qui se fait de mieux. De mieux.

Banaque c'était un des plus émérites buveurs de *Chez Gozzi*. Mais pas italien. Et riche. Un monsieur replet, aux joues roses, à la moustache taillée chaque matin par un coiffeur et ne portant que des costumes croisés avec le gilet et la montre gousset à chaîne avec des pendeloques et, été comme hiver, des guêtres beurre-frais sur ses chaussures vernies. Il avait démarré dans le bâtiment en même temps que papa, Banaque. Aussi petitement que lui. Et ils avaient opté, lui pour la construction de villas *Sam Suffit*, et papa pour la construction de cuves en béton pour les pinardiers. Et, ensemble, ils avaient vieilli, bâti et pinté.

Et Banaque se retrouvait patron d'une des entreprises les plus florissantes de la région parisienne avec des deux cents, des trois cents ouvriers, et il édifiait des constructions aussi importantes (et utiles !) que le mur de l'Atlantique, alors que papa en était réduit à des travaux minables, des bricolages qu'il exécutait en solitaire. Mais ça ne les empêchait pas de picoler ensemble, papa et Banaque, de jouer aux cartes ensemble, d'avoir des prises de bec si violentes que les vitres et les lustres de *Chez Gozzi* en tremblaient. Et d'être aussi solides amis qu'on l'était moi et Jeanjean.

— Tu sais ce qu'il m'a proposé ? De me prêter de quoi payer le corbillard et les croque-morts et la place au cimetière. C'est un vrai connard. Mais, quand il faut, il oublie de l'être.

Je lui ai montré l'enveloppe sur la table.

— Barbaculo est venu. Il t'apportait ça.

— Celui-là... Une vraie saloperie vivante c'est, comme homme. Un bandit. Mais quand le monde il est comme il est devenu. Aujourd'hui, Jésus il inviterait ses copains apôtres à bouffer, c'est pas un Judas qu'il aurait à sa table, c'est douze. Alors pourquoi pas Barbaculo ?

Il ne l'a pas ouverte, l'enveloppe.

— Ta mère, elle saurait comment on va pouvoir lui payer son enterrement, elle en sortirait en courant de leur glacière à Saint-Antoine et pour brailler, elle braillerait. Son camion, à Barbaculo, qu'on a été récupérer dans la campagne de merde où on s'était perdus l'autre jour, c'est un camion de sucre.

— De sucre ?

— Oui, Momo, de sucre. De sucre d'un train qui venait du Nord. Un train avec assez de sucre pour pourrir les dents à la terre entière et qui s'est retrouvé sur une voie de garage. À Orléans-les-Aubrais. Dans le Midi il allait, ce train. Mais y a eu des erreurs d'aiguillage. Des erreurs qui en étaient pas, des erreurs. C'était un train parti de là pour aller là et que des types des chemins de fer se sont débrouillés pour pas faire arriver là. Mais ailleurs. Faut pas chercher à comprendre. Faut juste piquer un peu de pèze au passage. Parce que c'est plus que ça qui intéresse les gens, le pèze. Barbaculo, des combines comme celle-là, il en a tout le temps. C'est un plombier qui fait pas de plomberie. Mais des coups pourris, pour en faire, il en fait. Les communistes à Staline et les nazis à Hitler qui sont aussi des communistes à leur manière, ils m'auraient pas réduit à la misère, Barbaculo, j'en voudrais même pas pour me lacer mes godasses. Mais on est pauvres, Remo. On est pauvres. Et ça faisait trois jours qu'il me pleurait après. « C'est juste un petit service que je te demande de me rendre, Giovanni. Un petit service. Entre Bergamasques, faut s'aider. » Pour rouler dans son camion plein de sucre c'était mieux s'il avait avec lui quelqu'un avec une licence, quelqu'un dans le bâtiment. Parce que, le sucre, il était dans des sacs à ciment. Du sucre en poudre. Et on venait juste de changer la roue et de démarrer, on tombe sur un barrage. Des gendarmes avec des fusils. Et des vaches ! Contrôle d'identité. Contrôle des papiers du véhicule. Ce qui était dans les sacs qu'étaient dans le camion ils s'en foutaient. Mais Barbaculo il avait pas les papiers d'assurance qu'il fallait avoir. Il s'est énervé. Les gendarmes se sont énervés. On s'est retrouvés dans une gendarmerie. Et il aurait pas les sales relations qu'il a, Barbaculo... Ils nous avaient pas arrêtés pour le sucre, les gendarmes, mais quand ils ont vu de quoi il était plein, le camion... D'être sans arrêt avec pas d'argent, moi, je m'en fous. Moi, je pourrais dormir sur des bancs et manger que des épluchures. Les petits oiseaux du Bon Dieu, ils ont pas de fourneau à gaz, pas de moulin à café, pas de phono et ça les empêche pas de chanter. Mais toi, t'en es pas un, de petit oiseau. Tout ce qu'il te faut je voudrais que tu aies. Mais si la caisse elle est vide, hein ? Rien que ton pardessus tu sais combien il a coûté ? Et je voudrais que t'en aies quatre ou cinq, des pardessus. Et d'autres godasses. En peau de vache. En croco. Des godasses de Napolitain. Mais faut le fric. Et j'en dois à tout le monde. J'ai un chantier que je vais peut-être finir par décrocher à Bercy. S'ils me la font, la commande, faut absolument que j'avance l'argent pour les matériaux. C'est un coup d'au moins cinq mille balles que j'ai, bien sûr, pas. Alors, comme tout le monde en croque de l'argent du marché noir, pourquoi pas moi aussi ? Ce qu'il y a dans cette enveloppe c'était pour m'en sortir un peu. Et aussi pour lui acheter la cuisinière qu'elle réclamait depuis des années, ta mère. L'autre jour, j'ai été les regarder au Bazar de l'Hôtel de Ville. Des cuisinières émaillées qui font aussi chauffage. Avec le four pour les tartes. Et elle l'aura pas, sa cuisinière. Elle aura plus rien.

Je ne lui ai vu qu'une larme. Une seule.

Mais tellement tellement de tristesse.

— T'es malheureux ?

— Le Bon Dieu, ça doit pas lui arriver souvent, mais là il s'est foutu le doigt dans l'œil. C'est moi qui devrais être dans le frigo à Saint-Antoine. Pas elle.

Sa larme, il l'a effacée sur sa joue avec son pouce.

Et il s'est penché et a sorti ce que contenait son sac à ciment. Ce n'était pas du sucre. C'était un pot de rillettes, un morceau de pâté de foie d'au moins une livre, une miche de pain bien pansue bien dorée, des pommes reinettes et deux choux.

— Après les flics, tous les micmacs qu'on a eus, on s'est engueulés avec Barbaculo et il m'a foutu dehors de son camion. Devant une gare. Comme c'était dans une campagne et que j'avais une heure à attendre le train, j'ai fait un peu de marché. Ils ont de tout les paysans. J'aurais eu l'argent de cette enveloppe, un cochon entier j'aurais pu ramener. Ou un bœuf.

J'ai été prendre notre plus grand couteau qui pendait à un clou au mur. Papa a entamé la miche après avoir esquissé un signe de croix dessus avec la pointe du couteau.

C'était du pain qui avait goût de pain. Et des rillettes tout en cochon. Suant la graisse.

Et j'avais grand-faim.

Papa a replongé son bras dans le sac et en a sorti deux bouteilles. Pas de vin. D'alcool. Il en a débouché une. A humé.

— Ils m'ont dit qu'ils fabriquaient ça avec de la pomme tapée. Ça a l'air bien.

Il s'est levé, a pris deux verres.

— J'en veux pas, moi.

— Qu'une goutte je t'en mets. Tu peux même la recracher. Mais me laisse pas boire tout seul, Momo. Pas aujourd'hui.

Il n'a versé qu'une larmichette dans mon verre et il a empli le sien qu'il a cogné contre le mien.

— Salute.

— Salute.

J'ai posé ma tartine de rillettes, ma troisième tartine de rillettes, et j'y ai goûté à son alcool de campagne. Ça brûlait la langue mais ça sentait la pomme.

Lui, son verre, il en a éclusé la moitié d'une seule lampée et il a vite reversé de l'alcool dedans pour combler le vide.

— À leur gare là-bas, une eau minérale j'ai bu. Plus chère qu'un ballon de rouge. De la flotte !

Il a rebu la moitié de son verre et l'a rerempli.

— Va falloir prévenir tout le monde. Tante Clotilde et oncle Bertrand à Rochefort. Le zio et la zia à Juvisy. Ton parrain. La cousine Baffi. Les cousins Trémiège. Les amies qu'elle avait aussi.

— On va faire faire des faire-part ?

— Banaque il dit que c'est compris dans le prix. De tout ils se chargent. Tu fournis le mort, t'aboules ton pognon et tu les laisses faire.

J'en ai rebu une petite goutte, d'alcool. Ça brûlait la langue et après ça chauffait un brin la tête.

— Elles étaient chic leurs cuisinières au Bazar.

— Ça lui aurait plu de pouvoir enfin faire des gâteaux.

— J'ai jamais été foutu de la rendre heureuse.

— Elle te râlait dessus mais...

— Que la faire tout le temps pleurer, voilà tout

ce que je suis arrivé à faire. Et c'était pas ça que je voulais. Comme j'étais amoureux d'elle quand je l'ai vue la première fois à Charenton avec ses grands cheveux blonds, je le suis encore. Amoureux autant. Amoureux comme quand je l'ai prise par la taille la première fois un soir dans la rue de sa mère et qu'elle m'a envoyé balader comme si j'étais un voyou, un apache. Cette taille. Une guêpe. Et sans corset. Alors je lui ai promis que j'allais devenir riche à pas pouvoir dépenser tout ce que je gagnerais. Et les ampoules aux mains à manier des manches de pelles, je les ai pas mégotées. Et des journées de quinze ou vingt heures. Même quand l'eau dans les seaux fallait la casser à coup de pioche parce que c'était l'hiver. Et pas de dimanches. Les grandes gueules du Front populaire ils étaient pas encore arrivés pour lancer la mode des semaines de trois jours et des travailleurs pensant plus à faire chier leurs patrons qu'à faire leur boulot. La sueur que j'ai suée, je la suais pas à l'économie. À la fin de la journée, ma chemise, tu la tordais t'aurais juré un cheval qui pissait. Mais j'avais promis. Et ses chemises, ses culottes, ses bas, que de la soie ça a été. Et que dans de la vaisselle de Limoges on mangeait. Un service de soixante-quatorze pièces. Avec filets dorés à l'or pur. Mais ça suffisait pas. Plus, je voulais lui donner. Et total...

Deux verres entiers coup sur coup il a bus.

Il s'est remis à parler. Toujours plutôt calmement. Seulement ses yeux ne brillaient plus pareil. Il s'est mis à avoir son regard d'alcoolisé. Un regard qui vous donnait l'impression que vous étiez transparent, que tout en vous fixant vous, il voyait des choses qui étaient derrière vous. Loin, très loin derrière vous.

— Même quand je lui donnais tout ce qu'elle pouvait vouloir, je lui donnais pas tout quand même. Parce que je suis comme ces pommes sur la table, Remo. Comme ces pommes. En dedans j'ai de la pourriture. Flavie, ta mère, tous les jours de sa vie je lui ai fait des sales coups, des saloperies. Pas rentrer quand elle m'attendait avec un bon dîner qu'elle avait préparé. Claquer des mille balles, des dix mille balles sur un coup de dés de zanzi ou sur un carré de roi quand j'avais à ma table un pouilleux qu'avait, lui, un carré d'as. Et engraisser toutes ces ordures de patrons de bistros. Des Gozzi, des bougnats aux mains plus noires que leur charbon. Claquer, claquer, plus s'occuper qu'à claquer du fric. Et les poules, Remo. Les poules. Toutes me les fallait. Même des si maigres que pour arriver à bander fallait que je les regarde pas.

Jamais il ne m'avait parlé comme ça, dit quoi que ce soit d'aussi intime, d'aussi cru. Jamais. Mais tout ce qu'il m'a dit cette nuit-là, ça devait être pour lui qu'il le disait, seulement pour lui.

Et ça y a été le déballage.

Tout en réglant leur compte à l'une des bouteilles d'alcool de pommes tapées puis à l'autre, il a brossé à traits bien épais, bien rudes, le panorama de sa vie amoureuse. Maman pas un instant il n'avait cessé de l'aimer. N'empêche que, pendant leurs fiançailles, à Charenton-le-Pont où il logeait dans un pitoyable garni où elle ne mettait jamais les pieds, parce qu'il ne voulait pas d'une épouse pas blanche comme la colombe le soir de leurs noces, il se tapait et la fille qui faisait le ménage des chambres et la patronne du garni qui était une femme dans la cinquantaine, avec des vergetures très vilaines et qui se poivrait à l'éther. Pendant leur voyage de noces à Nantes, où s'était déroulé le mémorable concours de buveurs d'absinthe dont il était sorti vivant par pur miracle, il avait été plusieurs fois s'arsouiller chez les putes. Puis ça avait été Léonie. Léonie qui par la suite devait devenir ma marraine. C'était dur à croire. Ma marraine, cette trop grande femme d'une bêtise insurpassable que j'avais toujours connue âgée et concierge, d'abord rue Monge, puis près des Halles. C'est qu'elle avait la vingtaine au moment de ses frasques avec papa et qu'elle travaillait dans la couture, la Léonie. Et que, tout en copinant ferme avec la brave Flavie, elle baisait comme une louve en folie avec le séduisant époux de la chère Flavie dans des chambres d'hôtel de la chaussée d'Antin. D'apprendre ça, ça me soufflait. Mais il y avait mieux. La zia Regina, la femme de son frère à papa, elle aussi il l'avait eue dans son lit. Et pas qu'une fois. Et si bien eue que mon cousin Dodo, eh bien, c'était mon demi-frère. Parfaitement. Même le zio Giuseppe le savait que son fils n'était pas son fils mais celui de papa. Et Lina, la serveuse de *Chez Pipolina*, Lina qui avait un cœur et adorait ma mère. Une semaine entière il était allé la rejoindre en Italie où elle était en vacances, et cette semaine entière ils l'avaient passée à boire du vin au lit et à tirer comme un couple de lièvres. Et Sylvia la fille du fruits et primeurs de la rue Michel-Chasles. Et toutes les poules pas du quartier, pas de son monde, du « beau » monde qu'il s'était envoyées à l'époque où il roulait en décapotable. Des histoires que de fesse qui duraient le temps d'un week-end à Deauville, à Pornic. Sa Flavie qu'il aimait de toute son âme, il l'avait trompée, trompée, trompée.

Pourquoi ?

Parce qu'il avait en lui de la pourriture. Comme les pommes de reinette de la campagne.

Et autant il aimait sa Flavie que le Bon Dieu avait tuée par erreur, autant il se haïssait lui, lui et sa dégueulasserie.

Dégueulasserie.

Ça a été le dernier mot de cette époustouflante confession dont il m'avait fait la faveur comme si, moi, je pouvais l'en absoudre, de son impardonnable dégueulasserie.

Il était trois heures passées au carillon.

— Demain, faut qu'on s'occupe bien de tout, il a dit, en tétant directement au goulot la dernière goutte de la deuxième bouteille.

Et, au moment de refermer la porte de la chambre au grand lit, il m'a demandé si je voulais bien venir dormir avec lui.

— Sans ma Flavie, fermer les yeux dans ce lit-là, je pourrai pas.

Ça devait être vrai qu'il n'avait jamais cessé de l'aimer.

On s'est allongés l'un à côté de l'autre, tout habillés, sur l'édredon. Il a éteint la lumière. Et presque aussitôt j'ai entendu des ronflements. Ou peut-être des sanglots qu'il étouffait dans son oreiller.

Quand je me suis réveillé, j'ai entendu papa aller et venir dans la pièce où j'aurais dû dormir. Papa qui fredonnait sans entrain un chant mussolinien qui disait que Tripoli serait italienne au grondement du canon.

Tripoli sara italiana al rombo del canone pom pom pom pom.

De me réveiller sur le grand lit et pas sur mon divan ça m'a rappelé notre arrivée dans cette pouillerie de logement après notre exode.

Comme mon lit coquet de petit garçon de riche était trop volumineux pour entrer dans une pièce où il fallait déjà faire tenir la table, le buffet, un bahut et les sièges et le fourneau à gaz que les huissiers nous avaient laissés, et en attendant que mes parents aient les moyens de m'acheter un divan de taille raisonnable, j'avais dormi plusieurs semaines dans leur grand lit à eux.

Se retrouver à neuf ans coincé entre une mère aussi rondelette que mère peut l'être et un père grand, massif et aussi gigotant qu'ivrogne peut l'être, ça fait drôle.

Il semblerait aussi que ce n'est pas sain.

Pas sain pour la santé, vu les microbes qui n'aiment rien tant que vadrouiller d'un corps l'autre.

Pas sain pour l'esprit, vu les visions, pas toutes

aimables et rassurantes, que vous impose une telle promiscuité.

Un père, une mère ayant dépassé la quarantaine, quand ça se déshabille, même en faisant dans la discrétion, ce n'est pas forcément beau à voir.

Et quand ça n'a plus aucune discrétion, aucune retenue, car ayant succombé au sommeil, ça peut devenir carrément dégoûtant, même effrayant pour un môme.

Enfin bref ! Dormir entre mes géniteurs ce n'était pas bien. Parce que je dormais d'un pas très bon sommeil et parce que mon inconscient de gniard, dans ce lit trop plein, il engrangeait une foule d'images désagréables, de pensées pas claires, qu'il aurait mieux valu qu'il n'engrange pas.

Mais j'avais fini par l'avoir mon divan des soldes de la Samaritaine, pour dormir en solo. Et ce qui s'était passé s'était passé. Il n'y avait pas à revenir là-dessus.

Et puis...

Et puis il y avait pire que le souvenir de ces désagréables nuits à trois, il y avait que, ce matin, ce mardi matin, c'était mon premier matin dans un monde sans maman.

Que de penser ça, ça m'a fait comme si je prenais une grande beigne, une mornifle à me dévisser la tête.

La veille, depuis le moment où papa m'avait appris ce qu'il avait appris à Saint-Antoine, j'avais navigué dans le flou.

Mais au réveil, là, je n'y étais plus dans le flou. J'étais dans le lit à maman. Parce que maman...

Je m'en suis arraché comme un furieux du lit, j'ai ouvert la porte de ma chambre-cuisine d'un coup de pied.

Papa avait, ça ne lui arrivait pas souvent, chaussé ses lunettes de bazar pas pour corriger la vue, juste pour grossir les choses. Et, ce qui lui arrivait encore moins souvent, il était en train d'écrire. Avec un crayon.

— Qu'est-ce que t'as ? il m'a demandé quand il m'a vu débouler, comme un chien fou.

— Je veux pas qu'elle soit morte ! Je veux pas !

J'ai dû crier. Mes mains tremblaient, j'avais la gorge nouée et, dans le ventre, des gargouillements, comme une chiasse qui m'arrivait à toute allure.

Papa a posé son crayon, s'est levé.

— Viens là, il m'a dit doucement, en écartant pour que je m'asseye dessus une des chaises de la table. Je vais te faire un café et on va tous les deux ensemble...

Comme il saisissait sur le buffet la boîte à café, il s'est rendu compte que du vrai café, on n'y aurait pas droit. Et il l'a balancée à l'autre bout de la pièce, la boîte.

— Et merda !

De le voir dans l'énervement lui aussi, ça m'a un peu requinqué. J'ai respiré un bon coup et je m'y suis assis sur la chaise.

— Je sais pas ce qui m'a pris.

— Il t'a pris que, sans elle, on va avoir du mal à y arriver. Déjà qu'ici c'était pas un palace.

Il a regardé les grains de café en orge répandus sur le carrelage. Partout il y en avait.

Il m'a regardé.

Et nous avons rigolé.

Pas un fou rire. Qu'une modeste marrade. Mais ça nous a fait du bien. Surtout à moi.

— T'étais en train d'écrire quoi ?

— Les noms. Les noms pour les faire-part.

J'ai pris une des feuilles. C'étaient des feuilles du papier à en-tête de son « entreprise ». Il s'en était fait imprimer une telle quantité au temps où il faisait son nabab qu'il lui en restait suffisamment pour faire du courrier jusqu'à l'an trois mille.

Il avait une grande écriture, tout en arabesques, en fioritures. Et en fautes d'orthographe si criardes qu'elles avaient l'air voulues.

Volontairement ou pas, il avait commencé sa liste par des noms qu'il avait prononcés la veille quand il avait tenté de me prouver combien était incommensurable sa dégueulasserie. Les noms de ses poules. Ma tante, la zia Regina, ma marraine madame Léonie Gaubert, Lina du restaurant *Pipolina*, Sylvia la fille du fruits et primeurs de la rue Michel-Chasles.

— La zia Regina, zio Giuseppe, marraine, tante Clotilde, ça serait mieux qu'on leur téléphone, tu crois pas ?

— Ça serait mieux. Mais qui c'est qui va téléphoner ? Toi ?

— Oui. Je veux bien.

— Alors tu fais ça. Moi, je vais aller aux pompes funèbres tout arranger pour la cérémonie, que ça soit le mieux qu'ils pourront.

Il a pris l'enveloppe de Barbaculo qui traînait toujours sur la table.

— Y aurait pas eu ce fric, je sais pas comment on aurait fait. Ah ! Je vais te laisser de quoi aller acheter du café. Du vrai.

— Où tu veux que j'en trouve ?

— Tu vas chez l'électricien de la rue Emilio-Castelar. Umberto. Tu l'as déjà vu. Umberto. Un à la tête de travers, avec des lunettes. Tu dis que c'est pour moi. Une livre tu lui demandes. Tu dis je suis le fils de Giovanni. De Giovanni de Bariano. Un kilo même. Du meilleur qu'il aura.

Il a ouvert l'enveloppe et...

— Oh ! non. Non !

— Qu'est-ce qu'il y a ?

— C'est ça qu'il t'a laissé ? C'est ça ?

— Ben oui.

Il a aligné les billets sur la toile cirée.

— Combien y a ? Hein ? Combien ?

— Sept mille.

— C'était dix qu'on avait convenu. Dix mille balles. Et ça les valait largement.

Du coup il ne m'a rien donné. Le café de l'électricien, c'était foutu. Il a remis les sept billets dans l'enveloppe, glissé l'enveloppe dans une des poches de sa canadienne, enfilé sa canadienne.

— Je vais le tuer, ce briccone. Ça va être comme ça et pas autrement. Le tuer. Uccidere questo maledetto.

Comme il allait ouvrir la porte du palier, je lui ai demandé de me laisser au moins de quoi aller téléphoner.

Il a fouillé dans ses poches de pantalon et en a sorti des billets froissés, des pièces qu'il m'a tendus.

— Tu te débrouilles avec ça. Pour manger t'as qu'à venir me retrouver rue de Bercy. Au bougnat. Dans les midi.

Il a ouvert la porte.

— On n'est plus que nous deux, maintenant. Que nous deux, Remo. Parce que tous les autres et leur saloperie...

Il est parti. Parti tuer ce maledetto de Barbaculo.

Il m'avait laissé cent douze francs.

J'ai ramassé un par un les grains de café en orge sur le carreau et je m'en suis fait trois tasses. Et j'ai mangé deux reinettes et fumé une des gauloises à Jeanjean.

Le tabac c'était franchement mauvais. Mais c'était plaisant de suçailler une cigarette, de la téter à petits coups, de souffler la fumée et de la voir devenir un petit nuage qui dansotait et se tortillait et finissait par se dissoudre dans l'air qu'on respirait, et de retéter. Ouais, c'était plaisant.

En regardant ma main qui tenait la cigarette j'ai vu que j'avais les ongles pas nets. En deuil. Ça tombait bien.

J'avais besoin d'une grande toilette. Mais aller aux douches ça faisait loin et il fallait que j'aille téléphoner d'urgence au moins à tante Clotilde et à nos proches les plus proches. Les laisser si longtemps sans qu'ils sachent ce qui était arrivé à maman ce n'était pas bien.

Je me suis donc contenté d'une rincette de palier.

Comme je pissais dans la fontaine, notre voisin le Gaucho a ouvert sa porte. Il était en pyjama.

— Je sais pas trop comment te dire, Remo. Ta maman, même si on se parlait plus depuis la fois où ce copain de travail qui était venu me voir avait fait du boucan qu'avait dégénéré en insultes, c'était une personne que j'estimais. Ça me peine de la savoir défunte. Elle était pas si âgée que ça, en plus.

— Cinquante-trois en septembre elle aurait eu.

— C'est pas vieux cinquante-trois ans.

L'Auvergnate du café où je suis allé téléphoner a trouvé elle aussi que, cinquante-trois ans en septembre, ce n'était pas un âge pour mourir. Et son mari, qui considérait que même très vieux on était encore trop jeune pour s'en aller, m'a offert un crème authentique en guise de condoléances. Sucré avec du sucre.

Ma séance de téléphonage ce n'était pas une mince affaire. C'est que ni tante Clotilde, ni la zia Regina, ni ma marraine, ni aucun de ceux à qui je devais téléphoner n'avait le téléphone.

J'avais trouvé, dans un carnet à maman, que des numéros de gens à appeler pour leur demander de bien vouloir « faire la commission ». Pour la zia Regina, cette belle-sœur de papa à qui il avait fait un fils, il fallait que j'appelle une boucherie chevaline dans sa banlieue. Pour ma marraine Léonie, c'était un locataire de l'immeuble dont elle était concierge rue des Halles. Des étrangers qui se branlaient éperdument du cruel deuil qui me frappait et à qui j'allais devoir arracher la promesse qu'ils allaient transmettre la pénible nouvelle au plus vite et avec le maximum de ménagement.

Pour tante Clotilde, la sœur de maman, à Rochefort-en-Yvelines, c'était monsieur Fritelle qu'il fallait que j'appelle.

Monsieur Fritelle qui était un célèbre artiste peintre pompier, grand prix de Rome et tout le tralala, dont ma grand-mère, la mère de maman et de tante Clotilde, était la bonne à tout faire.

C'est sur elle que je suis tombé. Sur ma mémé Eugénie. C'est elle qui a décroché et, après avoir commencé par ne pas reconnaître ma voix, elle s'est empressée de faire sa désagréable.

— Pourquoi donc tu téléphones, Momo ? Qu'est-ce que t'as donc de si pressé à dire que ça pouvait pas attendre que toi ou ta mère vous veniez à Rochefort pour qu'on le sache ? C'est encore ton boit-sans-soif de père qu'a fait des siennes ? C'est ça, hein ? Avec un ostrogoth comme lui, à tout on peut s'attendre. Alors il a fait quoi, encore ?

C'était mal barré. Mémé Eugénie que je n'encaissais pas trop parce qu'elle était trop dure à la tâche et trop dure à tout, mes conversations avec elle tournaient généralement à la dispute.

— Alors qu'est-ce qu'il a fait encore, ton père ? Pourquoi tu me réponds pas ? Ça doit être joli ce que t'as à m'annoncer, pour que t'arrives pas à me le dire.

Tout ce que j'ai réussi à bafouiller c'était que maman était pas bien, pas bien du tout, du tout.

— Si Flavie est malade, faut qu'elle se soigne. Les médecins c'est pas fait pour les chiens. Je suis sûre que ni ton père ni toi vous avez pensé à en faire venir un de docteur. C'est pourtant pas compliqué de...

— Si. Il en est venu un. Il a dit que c'était grave. Même que... Je peux pas t'expliquer comme ça, mémé. Je vais venir. Demain, je viendrai à Rochefort. Demain. Tu préviens tante Clotilde et oncle Vincent que je viens demain par un car du matin. D'accord ?

J'ai raccroché sans même lui avoir dit au revoir, à cette vieille rogneuse.

Les cousins Trémiège, qui demeuraient à la Nation, c'est leur voisine que j'ai eue. Qui connaissait maman. Et qui a été très compréhensive, très consoleuse.

Le locataire de ma marraine Léonie, il m'a demandé de ne pas quitter et il est allé la chercher dans ses escaliers qu'elle était en train d'encaustiquer. Tout ce qu'elle a trouvé à me dire c'était qu'elle espérait qu'on n'allait pas l'enterrer le samedi, cette pauvre Flavie, parce que le samedi elle était de mariage. Une fille de poissonnière des Halles qui épousait le fils d'un...

Ma marraine était la dernière des connasses.

Quand j'ai enfin abandonné le téléphone de comptoir, un soldat allemand qui ne devait pas être beaucoup plus vieux que moi et qui buvait une menthe à l'eau avec une paille a dit au patron :

— Les Vrançais aimer peaucoup déléphone.

Avec un large sourire, le patron lui a répondu : « Les Vrançais ils te pissent au cul, beau militaire. » Mais il a dit ça à si petite voix que le Fritz n'a pas dû entendre.

Comme je m'en allais, la patronne m'a fait remarquer que, mon pardessus qui était d'une couleur plutôt vive, ça serait bien que je mette un crêpe à son revers. Que ça se faisait. Elle a poussé l'obligeance jusqu'à me dire que, un crêpe de deuil, j'en trouverais un chez la première mercière venue.

Porter un crêpe je trouvais ça pètzouille. Mais le monde étant ce qu'il était...

J'en ai acheté un, un à cinq francs, le plus discret qu'elle avait, à la mercière de la rue de Prague qui me l'a cousu elle-même en se souvenant avec une tristesse infinie d'un bouton jaune en bakélite que ma mère avait perdu et du chiendent que ça avait été pour en retrouver un pareil.

Papa m'avait dit rue de Bercy, chez le bougnat, dans les midi.

À une heure et quart il n'était toujours pas arrivé. Et avec la dame du bougnat, qui n'avait rien de particulier mis à part un quintal de chair flasque dont elle semblait tirer quelque vanité, nous nous étions dit tout ce que nous avions trouvé à nous dire. À savoir que « la mort d'un être cher était une sacrée tuile surtout si on ne s'y attendait pas » et que « avoir un froid comme on en avait un dans un pays déjà occupé, même par des soldats dans l'ensemble plutôt bien élevés, c'en était une autre de sacrée tuile ».

J'ai donc déserté le comptoir pour prendre place à une table pour quatre occupée par un vieux tout seul qui mangeait du frichti de bougnat en faisant de peu ragoûtants bruits de bouche.

Le bougnat qui devait avoir des projets de sieste ou de joyeusetés de sieste avec sa monumentale moitié a fini par me poser sous le nez une assiette fumante.

— Après l'heure c'est plus l'heure, gamin. Alors je te sers. Ça y apprendra, à ton père, à être fâché avec les pendules.

Ça sentait bon l'oignon, les herbes.

— C'est quoi ?

— Du pèlerin. Un poisson que jusqu'ici on mangeait pas dans nos contrées. Mais goûteux. Le veau, ça rappelle un peu. Tu vas voir.

Un peu seulement, ça rappelait le veau. Mais ça rappelait beaucoup le caoutchouc de ces ballons que maman m'achetait à la foire du Trône, ou qu'on recevait en prime quand on achetait avant-guerre des chaussures chez *André* ou *Dressoir*, des ballons rouges, bleus, jaunes qu'il fallait gonfler en soufflant dedans et qui vous échappaient sitôt pleins d'air.

Le vieux s'est arrêté de faire ses odieux bruits d'ingurgitation pour charrier le bougnat.

— Pèlerin, pèlerin ! Ça t'écorcherait la gueule de l'appeler requin, ton requin ?

Le bougnat a fait celui qui n'avait pas entendu. Moi, j'ai repoussé mon assiette. Et le vieux a lourdement insisté.

— Son avantage, au requin, c'est qu'il se gave pas que de sardines, de moules et de bigorneaux. C'est un poisson qui crache pas sur le naufragé, le requin. D'où sa chair un peu spéciale. Pour ce qui est des vitamines, même l'œuf ou la cervelle d'agneau ils lui arrivent pas à la cheville au requin.

Cela dit, comme il voyait que je n'y toucherais plus, il se l'est appropriée ma portion de squale, le vieux salingue. Et je me suis contenté du dessert maison. De la compote de betterave. Honnête.

Les tables étaient déjà débarrassées et torchonnées avec une serpillière tous usages et le sol balayé quand papa est enfin arrivé. Il n'avait pas faim, il n'avait que soif. Pour un rhum.

La dame du bougnat n'était plus derrière le comptoir. Peut-être était-elle dans sa chambre à l'étage en train de déshabiller, d'asperger d'eau de Cologne ses rotondités en attendant que son homme vienne les lui pétrir. Son homme, il a attendu que papa ait sifflé son rhum pour lui en servir un autre — tournée du patron, gratis.

— Et alors, Jean ? il a demandé à papa après avoir léché le pouce avec lequel il avait torché le goulot de sa bouteille avant de la reboucher.

— Alors j'ai été eu. Comme un rat il m'a eu, Barbaculo. C'est un fumier. Un fumier sans un poil d'honnêteté. Il tuerait son père et sa mère pour un franc. Et, en plus, il a pas de parole. Et même pas j'arrive à le trouver pour lui péter la gueule. S'il me donne pas tout ce qu'il me doit avant vendredi, ma femme, la mère à mon Remo, elle ira au cimetière directement. Sans messe, sans rien.

Il a bu son deuxième rhum. Le bougnat a tenté de le raisonner.

— Tu peux pas faire ça, Jean. Tu peux pas.

— Je peux pas. Mais je le ferais quand même.

— Et les faire-part ? je lui ai demandé.

— On les aura. Les faire-part, on les aura. Ce

soir. La commande est passée. Ils sont déjà à l'imprimerie. T'auras qu'à écrire les adresses et les mettre à la poste pour la première levée de demain.

— Ça sera quand ?

— Vendredi à deux heures. Si j'ai les sous. Seulement si j'ai les sous. Le curé, avec qui j'ai discuté, il est encore pire que le bonhomme des pompes funèbres pour le fric. Son eau bénite plus chère que du champagne il te la facture. On dit : les juifs... Mais les curés...

— Ce qu'il y avait dans l'enveloppe, ça pourrait pas suffire ?

— Ça pourrait pas, non. Ça va faire de trop à sortir en même temps. Mon chantier que j'attends depuis des semaines, c'est presque sûr qu'il va se faire. Dès que j'aurai l'accord, peut-être demain ou après-demain, faut que tout de suite j'achète le ciment, les carreaux. Si t'additionnes à ça la somme pour le cimetière, le fourgon, l'église, le cercueil...

— Le cercueil on n'a pas idée des prix que ça peut atteindre, a soupiré le bougnat. Suffit que t'aies des attirances pour un bois sortant un peu du commun. Même sans aller jusqu'à l'acajou ou le palissandre. Tiens, pour la mère de ma femme, je m'étais mis dans l'idée que, de l'orme, ç'aurait été coquet. De l'orme. C'est pas le Pérou, de l'orme. Quand ils m'ont annoncé la couleur, j'ai failli avoir une syncope. Du hêtre, elle a fini par avoir. Du hêtre. C'est pas que ce soit pas un bon bois, le hêtre, mais...

Papa ne l'écoutait plus. Il avait la tête de

quelqu'un qui a le ciboulot déjà archibourré de questions insolubles et qui vient de s'en trouver une de plus. Et de taille.

— Et ton frère ? il m'a demandé. Comment on va faire ?

Bon Dieu ! Mon frère dans son stalag. On l'avait oublié, mon frère prisonnier, sur notre liste des personnes à prévenir dans les plus brefs délais. Le prévenir comment ? Le courrier des et avec les prisonniers c'était comme la viande ou le beurre, on n'y avait droit qu'à doses homéopathiques. Et que sur des cartes postales conçues pour que des bourriques de censeurs les cisaillent ou les balancent à la poubelle si ce qu'elles racontaient ne leur bottait pas. Des cartes à rédiger en style de télégramme, sans aucune place pour l'effusion, les épanchements.

Ce n'était pas possible. On ne pouvait pas envoyer à mon frère un bout de papelard avec seulement écrit dessus « MAMAN MORTE, BONS BAISERS, PAPA, REMO ».

De recevoir ça derrière ses barbelés où il devait avoir, à force de privations et d'avanies à la pelle, un moral pitoyable, ça l'aurait achevé.

C'est qu'il l'aimait, maman, mon grand frère. Peut-être encore plus que je l'aimais moi, il l'aimait.

Et elle donc. Qu'il ait été forcé de partir faire leur idiotie de guerre, son grand fils, et qu'il soit « en captivité », elle ne l'encaissait pas.

Et il ne serait même pas avec nous pour l'accompagner au cimetière le vendredi qui venait.

C'était trop injuste.

À la question « comment on va faire pour ton frère ? » ni moi ni papa n'avons répondu.

Et le bougnat a redémarré.

— Et comment vous comptez faire pour les costumes ? Parce que, le noir, pour une épouse, pour une mère, y couper vous pouvez pas.

Papa lui a demandé poliment de ne pas nous faire encore plus caguer.

Et il a bu encore un rhum, réglé et ses consommations et mon repas de requin et de compote de betterave et nous avons laissé le bougnat aller rejoindre son obèse pour, si ça se trouve, la trousser comme un prince charmant sa Cendrillon.

La rue de Bercy avait une tout autre gueule que celle qu'elle a maintenant. Elle ne donnait pas dans les buildings. C'était encore une rue à la provinciale, avec des maisons petites en pierre avec leurs volets en bois, avec des courettes avec des arbres, avec, comme dans l'endroit où papa avait sa remise, sa « succursale », des herbes folles, des petites verdures sauvages qui pointaient leur nez entre les pavés.

Son antre, à papa, ça valait d'être visité. Imaginez une baraque en bois qui avait dû être bâtie au temps de la Commune, qui avait servi de dépôt à des marchands de peaux de lapin, que papa avait rachetée le prix d'un croissant même pas au beurre et qu'il avait restructurée tout seul, à coups de truelle inspirés. Avec pas de fenêtres, avec juste un vasistas aux vitres jamais nettoyées et un sol en terre battue et, dedans, des brouettes empilées les unes sur les autres, des outils, plein de caisses d'on ne savait pas quoi et un bureau chicos de style faux Empire arraché aux mains des huissiers et une machine à écrire Underwood à peu près en état de marche, une armoire normande trop haute pour le plafond de chez nous avenue Ledru-Rollin et une harpe avec encore bien douze cordes et un canapé défoncé sur lequel papa dormait souvent. Et de la saleté à profusion.

Un lieu insalubre et inhabitable où papa passait chaque jour au moins une heure ou deux. Seul ou avec n'importe qui, ami de longue date ou inconnu, qu'il lui prenait la fantaisie d'inviter. À ne pas faire grand-chose d'autre que se rincer la luette avec les boissons au tiède dans l'armoire normande.

C'est que, si terribles que fussent les restrictions, pas un jour mon père n'a été à court de vins et spiritueux. Il a pu lui arriver de se contenter de liquides de provenance indéfinissable qui pouvaient tuer qui en buvait ou lui détériorer à titre définitif le foie, l'estomac voire le gosier. Mais il était trop soiffard pour reculer devant un verre. Et il aurait eu bien tort de se priver, puisqu'il en est sorti indemne de ces années où il y avait des vins qui étaient en tout sauf en jus de raisin et des liqueurs dont on ne voudrait pas aujourd'hui pour déboucher un évier.

Du plomb en fusion, il aurait bu, que ça ne l'aurait pas même fait roter.

Pour tenter de noyer la contrariété que lui causait le fait que nous n'allions pas pouvoir annoncer correctement à mon frère ce qui nous arrivait, il a, sitôt franchi le seuil de son capharnaüm, empli un grand verre — sale — d'un liquide verdâtre qu'il a fait jaillir d'un bidon en fer.

— Tu veux goûter ? C'est de l'anisette. Mais pas écœurante comme celle qu'ils te servent dans les cafés. C'est Titino, tu sais, le fils de Charchinelli, Titino qui est à la frontière belge. Aux chemins de fer. Dans le Nord il trouve ça.

J'ai goûté. À peine goûté. Ça n'écœurait pas. Ça se contentait de décaper la langue.

Je me suis assis sur un seau posé cul en l'air. Papa s'est assis sur le canapé. Il m'a repris le verre et l'a vidé sans trop se presser.

J'ai pris une cigarette du paquet de Jeanjean et je l'ai allumée.

— T'as vu. Je me suis acheté un crêpe.

— C'est bien.

— L'enterrement c'est vrai que tu vas pas arriver à le payer ?

— Fais confiance, Momo. Fais confiance. J'ai pas de quoi payer. Mais bon. Y a un Bon Dieu, non ? Même si elle arrive dans son Paradis sans musique, il la renverra pas d'où elle vient, ta mère. Ce qui me met en rogne c'est qu'on attende vendredi. J'aime pas qu'elle soit là où elle est. Dans leur glacière. Elle est pas bien là. C'est pas possible qu'elle s'y plaise dans cet endroit. C'est pas possible. J'y suis retourné ce matin.

— À Saint-Antoine ? Tu y es retourné ?

— Oui. J'avais envie d'aller lui dire un petit bonjour. A fallu que je les engueule, les infirmières et les docteurs avec leurs airs d'avoir inventé la maladie. Ils voulaient pas me laisser y retourner dans leur morgue. Sans blague. T'as droit d'y venir une fois pour voir que ton mort il est bien mort. Et après, t'as le droit de venir que quand ils mettent les clous au cercueil. Ils m'ont viré, ces vaches. A fallu que je rentre par une autre porte que j'avais repérée et que je donne la pièce au fonctionnaire qui est payé pour surveiller les macchabées. Des fois qu'ils iraient faire une petite promenade. Cinquante balles, je lui ai donné. Et que pour cinq minutes. Mais ça les valait. Elle est jolie, tu sais. Même à la laisser dans la glace comme ils font, ils arrivent pas à l'empêcher d'être jolie. Pas un cheveu blanc, elle a. Et plus une ride. Plus une. Y aurait pas toi et ton frère dans son stalag, je me serais allongé contre elle pour la réchauffer. Et j'aurais donné encore la pièce au mec avec sa blouse blanche pour qu'il me laisse rester là. Je me serais endormi comme elle. Et finita la commedia ! Basta per sempre.

Je ne sais pas pourquoi mais, avec sa barbe pas faite, ses yeux humectés, ses dents en toc de pas très bonne qualité, je l'ai vu vieux, mon père.

Avant, ses soixante ans, je ne les voyais pas. Mais dans sa « succursale », ce jour-là...

C'était un homme âgé. Qui m'avait eu sur le tard. Certainement par hasard. Faire l'amour à maman ça ne devait plus lui arriver souvent à l'époque. Et, une nuit... une nuit de cuite plus carabinée que les autres... Ou de tendresse.

Se les figurer en train de faire l'amour, ses parents, c'est duraille. Et pourtant, si on est de ce monde... Comme des lapinos, ils ont dû y aller tous nos pères et toutes nos mères. Et pas qu'une fois.

Les pensées qui vous viennent, ça aussi, c'est pas banal. Pourquoi de voir mon père dans le chagrin, ça me faisait le trouver vieux, usé de partout et aussi me mettre à penser à ses ébats avec ma mère qui n'était plus ? J'étais tordu ou quoi ?

J'ai tiré coup sur coup trois bouffées de gauloise et ça m'a fait tousser si fort que papa a été comme réveillé en sursaut.

— C'est pas bon de rester sur ses fesses à ruminer, il a dit.

Il s'est essuyé le visage avec son cache-nez et il a vidé son verre.

— Faut que j'aille téléphoner pour ce chantier. Pourvu que ça marche. Tu m'attends ?

— Oui. Je t'attends.

Il allait téléphoner pas trop loin. De l'atelier d'un tonnelier de ses amis.

J'ai allumé une autre gauloise. Il en restait encore deux dans le paquet. Je ne voyais toujours pas l'agrément qu'il y avait à avaler de la fumée. Mais je sentais que j'allais m'y mettre.

Pour avoir l'air d'un mec louche de film américain ?

Parmi toutes les caisses qui s'entassaient dans sa « succursale », il y en avait une à moi. Une caisse de bouquins, d'illustrés de quand j'étais môme, qui avait échoué dans ce capharnaüm encore et toujours faute de place au soixante-quatorze.

Les rares fois où j'y mettais les pieds dans le refuge à papa, c'était plus fort que moi, il fallait que je lui farfouille dans son ventre, à cette caisse. Que j'y pêche quelque exemplaire en papier déjà pas mal jauni d'un de ces fameux illustrés des années trente dans lequel, comme tous les enfants qui n'avaient pas de parents pour les obliger à avoir de bonnes et saines lectures, nous suivions avec passion, semaine après semaine, le récit des tribulations facétieuses ou exaltantes de héros qui avaient noms Popeye, le père Lacloche, Guy L'Éclair, Dick Tracy, Mandrake le Magicien, le Fantôme du Bengale, la petite orpheline Annie, le Roi de la police montée.

Sans oublier, c'était mon préféré, Terry, le protagoniste de *Terry et les pirates*, une interminable randonnée dans une Chine dessinée à la perfection et peuplée de seigneurs de la guerre plus cruels que des Hitler, de trafiquants d'opium, d'armes et d'esclaves et de créatures aussi sublimes que la blonde Burma ou la brune et perverse et fascinante Dragon Lady.

À neuf ans, à dix, à onze, j'en avais été fou de ces héros, de ces illustrés. Fou vraiment.

Puis j'étais devenu trop jeune homme, trop suffisant pour continuer à acheter des journaux de gamin. D'ailleurs, parce que tous made in U.S.A., ils étaient interdits de séjour chez nous par Pétain-la-gâteuse, les héros de mon enfance.

Mais il me suffisait de les retrouver dans cette caisse pour avoir de grandes délectables bouffées d'émotion.

Et, bien sûr, je l'ai ouverte ma caisse. Et — ce que c'est que le hasard — le premier illustré que j'ai empoigné, ce fut un numéro de *Cri-Cri*.

Un petit journal à trente centimes. Acheté par maman dans la précipitation pour tenter d'endiguer un flot de larmes consécutif à une piqûre antitétanique conséquence d'une désobéissance qui m'avait fait courir là où il ne fallait pas et chuter dans de la ferraille et me retrouver avec au crâne un trou, heureusement pas profond, mais quand même de la taille d'une pièce de cent sous.

Mon premier, mon tout premier illustré.

Acheté par maman. À la sortie de l'hôpital Saint-Antoine !

Quand papa est revenu, j'étais sur le point de le déchirer en mille morceaux, mon vieux *Cri-Cri.*

— T'es encore à lire tes journaux de bébé ?

— Ouais. Mais ce coup-ci, ça me flanque le cafard.

— Alors fais-en un tas et mets-y le feu. Et arrête de faire cette tête. Pour une fois que ça a l'air de vouloir rigoler un peu mes affaires. Oui, giovanetto. De rigoler.

Sa face s'est illuminée. Il s'est remis à avoir sa tête de vieux pas vieux.

— C'est signé, Remo. Signé que par téléphone. Mais c'est des gens de confiance. Pas des Barbaculo. Et c'est oui, ils m'ont dit. Et au tarif que je leur avais demandé. Et pas de la bricole. Cinq grandes cuves et un chais et une cave dallée. Au moins quatre mois de boulot. Trois ouvriers je vais prendre. Putana. Deux ans que j'attendais une affaire comme celle-là. Deux ans.

— T'es content alors ?

— Je suis dans la panade, oui. Lundi, ils veulent qu'on commence. Et pas un rond j'ai pour acheter les matériaux.

— Comment tu vas faire ?

— Je vois pas encore. Mais le Bon Dieu qui

donne leur pâture aux petits oiseaux il peut pas me laisser, moi, le bec dans l'eau. Allora avanti !

En s'en allant il m'a prévenu qu'il ne rentrerait à la maison que quand il rentrerait et qu'il fallait que je passe vers les six heures six heures et demie chercher les faire-part et que je n'oublie pas de bien les poster pour qu'ils partent à la première levée du matin. Et, comme il n'avait pas de monnaie, il m'a donné un des billets de mille de l'enveloppe de Barbaculo pour acheter des timbres.

Et avanti !

Il a pris le large sans même penser à reboucher son bidon de liqueur pas écœurante.

Papa. J'aurais dû le détester pour tout ce qu'il m'avait révélé la veille au soir. Et pour son ivrognerie. Et pour tout. Mais peut-être que je n'avais pas l'instinct de la détestation.

J'ai fumé une cigarette encore. L'avant-dernière.

Il y aurait eu une glace dans la « succursale », j'aurais essayé de voir si, en écartant mes cheveux, on voyait encore la marque de mon trou dans la tête de la taille d'une pièce de cent sous.

Mais il n'y avait pas de glace.

Comme la porte était ouverte, je voyais l'horloge de la gare de Lyon. Il était trois heures.

Et je me suis demandé ce que j'allais pouvoir faire en attendant de m'occuper des faire-part.

Je pouvais, d'un coup de métro, aller *Au Bon Jésus* où il y avait sûrement répète. Je pouvais aller passer un moment à Ivry dans le pavillon de banlieue de l'ami Vendredi où Jeanjean et lui faisaient, à quatre mains, de la vraie et très bonne peinture dans la Tradition. Je pouvais aussi rentrer au soixante-quatorze et dessiner, peindre, travailler à une des multiples « grandes œuvres » que j'avais mises en route.

Mais il y avait un mais. Et de taille.

Il y avait que j'étais une feignasse.

Arrivé à l'ultime bouffée de ma clope, j'ai décidé que l'important, l'urgent c'était d'aller apprendre la mort de maman à madame Lambrasier.

Voilà. C'était ça que j'allais faire. Et comme les Lambrasier, leur magasin était faubourg Saint-Antoine, du même coup, j'irais passage de la Main-d'Or, voir la cousine Baffi.

Le faubourg Saint-Antoine, la place d'Aligre, son marché, tout ce morceau de Paris si grouillant, si bruyant, si guilleret avant la guerre et ses pénibles séquelles, il était devenu engageant comme une cour de prison.

C'est que ça ne lui allait vraiment pas de ne plus avoir tous les dix pas un trio ou un quartette de musiciens de rues faisant chanter en chœur à une joyeuse populace le dernier succès de Georges Milton, Maurice Chevalier ou Joséphine Baker. C'est que ça lui manquait tragiquement les marchandes de quatre-saisons faisant l'article avec leurs voix éraillées pour bazarder leurs salades fraîches cueillies du matin même à dix ronds les trois et leurs melons Cavaillon pur sucre un vrai miel.

Des musicos, il n'y en avait plus. Et les rares marchandes de quatre-saisons, elles dépérissaient derrière leurs petits étals à roulettes sur lesquels se battaient en duel quelques brins de persil et trois quatre gousses d'ail anémiques ou des harengs saurs tout en arêtes qu'on ne pouvait acheter qu'à l'unité et contre remise d'un ticket DK ou ZW ou KX que tout le monde avait déjà utilisé depuis des semaines.

Le long du trottoir du *Pêcheur breton*, la poissonnerie préférée de maman, il y avait une queue de bien trois cents personnes. Pour du pèlerin. Ils n'allaient pas être déçus les queutiers.

À la *Boucherie nouvelle*, sur le rideau de fer baissé, on pouvait lire écrit au blanc d'Espagne : ARRIVAGE SAMEDI DE BŒUF À POT-AU-FEU. POUR LES CATÉGORIES J1, J2, J3 EXCLUSIVEMENT ET ABATS SELON QUANTITÉ.

L'*Épicerie Moutiers* et la grillerie de café *La Brésilienne* étaient fermées depuis des semaines.

Devant la charcuterie *Au cochon de Saint-Antoine*, fermée elle aussi, il y avait deux juifs étoilés qui taillaient une bavette en faisant la masse de gestes. Peut-être qu'ils s'en racontaient de bien bonnes. Mais ç'aurait été étonnant.

Arrivé au bout de la rue d'Aligre, je n'avais que la rue du faubourg Saint-Antoine à traverser pour tomber sur le magasin des Lambrasier. Mais j'ai décidé d'aller d'abord chez la cousine Baffi.

Les Lambrasier, je me les gardais pour la bonne bouche. Une idée, comme ça. Une idée qui valait ce qu'elle valait.

Je me suis donc dirigé vers le passage de la

Main-d'Or qui, en plus d'être pavé de façon à vous faire vous tordre les pattes à chaque pas surtout si vous aviez, comme moi, des grolles à semelles de bois, avait son parfum. Et salingue. Un mélange de senteurs de bois, de pourriture de bois — émanant des scieries —, et d'eaux sales et croupies — venant des maisons sans tout-à-l'égout. Ce parfum, passé le très renommé café du rebouteux *L'Ami Pierre* qui faisait craquer des os dans son arrière-salle, il vous prenait à la gorge.

Et l'immeuble où elle créchait notre couturière en titre, qu'il n'ait pas l'électricité ça me donnait toujours des inquiétudes. Je ne pouvais pas m'empêcher de penser au désastre que ça serait si même un seul des lumignons à gaz qui s'efforçaient d'un peu éclairer chaque palier explosait. En prime, ils avaient aussi leur puanteur bien à eux, ces lumignons.

Au deuxième elle demeurait la cousine Baffi. Je suis entré chez elle sans frapper. Dure d'oreille comme elle était, même si quelqu'un s'était avisé de défoncer sa porte à coups de canon elle ne risquait pas de l'entendre.

Elle était à sa machine.

Sans cesser de pédaler, elle m'a regardé. D'un œil.

— Mais c'est le grand Momo. Même qu'il l'a mis, son beau long pardessus tout neuf.

Elle a tourné la tête de mon côté, que son autre œil profite aussi de ma magnificence.

— C'est qu'il te va rudement bien, dis donc. On voudrait lui faire une retouche qu'on trouverait vraiment pas où la faire. Assieds-toi donc, grand bête. Tu vas pas rester planté. T'as qu'à retirer la coupe de satinette du petit banc. Sur la cheminée tu la mets.

Sur la cheminée il y avait un amas de découpures, de bas de pages de journaux, des feuilletons, des romans qui se publiaient au compte-gouttes, au jour le jour. Des romans que la cousine et ses clientes et amies, friandes comme elle d'histoires captivantes tout en ayant du fond, découpaient, reliaient solidement avec du gros fil et se repassaient après les avoir bien bouquinés et rebouquinés et bien froissés, bien maculés.

En prenant garde de ne rien faire choir je l'ai dégagée la coupe de satinette, et je me suis installé comme j'ai pu sur le petit, très très petit banc.

— J'ai des nouvelles. Des nouvelles pas bonnes, cousine. De maman.

— Qu'est-ce qui lui est arrivé à Flavie ?

— Elle a eu une attaque et....

Elle a stoppé sa machine.

— Flavie ? Il lui est quand même pas arrivé comme à cette pauvre madame Cerisier, tu sais cette dame à qui j'avais fait ce trois-quarts en pied-de-poule que ta maman aurait tant aimé en avoir un pareil. Elle est pas morte, au moins ?

— Si.

— C'était ça. C'était donc ça.

— Ça quoi ?

— Ils m'en avaient annoncé une, de mort, saint Pierre et saint Paul. Mais que ce soit celle de Flavie....

Saint Pierre et saint Paul c'était son marc de café, sa boule de cristal, à la cousine Baffi.

À l'aide d'un livre de messe qu'elle faisait pendre au bout d'une ficelle, un peu comme un pendule de sourcier, elle leur posait des questions.

Des questions auxquelles ils répondaient, ces avisés bienheureux, en faisant tourner le livre ou en le faisant seulement se balancer. Le balancement c'était pour répondre non et le petit coup de tournette pour répondre oui.

La cousine qui tenait et le livre de messe et la ficelle et leur mode d'emploi d'une ancêtre un peu sorcière, elle y croyait de toute son âme aux prédictions de saint Pierre et de saint Paul. Et la plupart de ses clientes aussi.

Même maman, ça pouvait lui arriver de prier la cousine de leur demander, à ses saints, s'ils croyaient qu'elle avait une chance de gagner à la prochaine tranche de la loterie nationale ou si la captivité de mon frère allait bientôt prendre fin.

Et ils avaient annoncé une mort, saint Pierre et saint Paul.

Et c'était celle de maman.

— Je te jure que c'est l'entière vérité, Momo. Samedi, samedi soir après mon infusion contre mes eaux, qui maintenant me remontent même dans les poumons, je les ai questionnés. Je leur ai demandé s'ils voyaient pas arriver une naissance ou une mort dans les gens que je connais. Et ils m'ont répondu que, des naissances, ils en voyaient pas mais qu'une mort, oui, ils en voyaient une. Et c'était Flavie. Note que, s'ils étaient au courant, on est au moins sûr qu'ils s'apprêtaient à la recevoir là-haut et qu'à l'heure où nous voilà on est sûr qu'elle est dans la délivrance.

Qu'est-ce que je pouvais répondre à ça ?

Je n'avais pas l'intention de m'éterniser, mais il a fallu que je mange un petit quelque chose. Elle le savait, la cousine, qu'un grand zoziau comme moi en pleine croissance ça avait tout le temps faim et, justement, ça tombait bien, il lui restait des crêpes de la veille. Des crêpes entièrement au beurre salé dont une jeune femme qui avait sa famille dans la Sarthe et à qui elle avait fait un pantalon de ski un peu bouffant lui avait rapporté une motte.

La crêpe froide, je n'ai pas pu y échapper. Elle dégoulinait de beurre à peine rance. Une bonne crêpe à dire vrai. Mais l'odeur du passage, le décor, l'assiette à dessert d'une propreté douteuse, la fourchette en argent aux dents verdâtres... Pas très apéritif tout ça.

J'en ai fait le moins de bouchées que j'ai pu pour en être vite quitte de la crêpe entièrement au beurre salé et, après avoir héroïquement subi deux baisers mouillés à souhait, j'ai pris le large.

En descendant l'escalier aux inquiétants lumignons à gaz, j'ai eu une révélation. Puisque maman n'était plus là, mes vêtements je pourrais enfin me les faire tailler ailleurs que chez cette gâcheuse de tissus. Et, mauvais que j'étais, ça m'a réjoui.

Mais venons-en aux Lambrasier.

Les Lambrasier faisaient commerce de matériel d'ébénisterie et d'accessoires (décoratifs et autres) pour installations intérieures. Soit commerce d'outils et de clous et de vis et d'écrous et de semences et de boutons de porte et de tringles à rideaux et de poignées de fenêtre et de... Au moins cinquante mille articles différents ils vendaient dans leur magasin du faubourg, les Lambrasier.

Rien que des marteaux, ils en avaient en stock peut-être deux ou trois cents modèles différents. Ayant chacun son emploi précis. Ça allait du marteau de menuisier au marteau de tapissier en passant par le marteau à incrustations et le marteau en biseau pour encoignures. Ça dépasse l'entendement, toutes les sortes de marteaux qui existent. Je dis deux ou trois cents. C'était peut-être cinq cents modèles qu'il y en avait dans leur magasin, de marteaux.

Pareil pour les pinces. Les ciseaux. Pareil pour tous les articles trouvables chez les Lambrasier.

Qui étaient quatre : un monsieur Lambrasier, blouse grise, béret basque, cigarette papier maïs jamais allumée à la bouche et toujours à dire des amuseries du niveau école maternelle à son aimable clientèle, un fils Lambrasier, dans les vingt-cinq ans, aussi en blouse grise mais sans béret, et ayant toujours l'air de ricaner grâce à un bec-de-lièvre rectifié de travers par un chirurgien maladroit, une madame Lambrasier, bien calée derrière sa caisse avec, toujours, des corsages la boudinant suffisamment pour que l'aimable clientèle sache combien ses seins étaient sculpturaux, et une Yvette Lambrasier.

Comme le fils de la si détestable madame Routier, elle avait fait sa communion en même temps que moi, Yvette Lambrasier. Et, comme le fils Routier et comme moi, elle avait pris et des centimètres et de l'âge depuis ce saint jour. Et autant je trouvais ses parents et son frère quelconques, autant elle...

Plusieurs fois il m'était arrivé que ce soit à elle que je me mette à penser en me branlant. C'est qu'en plus d'un assez fin visage de blonde aux yeux bleus légèrement louchons, elle avait une maigreur maladive tout à fait dans mes penchants.

Je ne la connaissais plus vraiment, cette Yvette. Depuis nos onze ans, je ne l'avais pas vue dix fois. Et jamais qu'à la sauvette. En venant dans l'arrière-boutique de ses parents chercher maman qui était tombée en amitié avec madame Lambrasier — qu'elle appelait quand elle en parlait « la femme du boulanger » parce que lui trouvant des faux airs de l'actrice de cinéma Ginette Leclerc. Amitié qui l'amenait à aller faire de longues séances de commérages avec cette marchande de marteaux et de clous qui, outre une langue bien pendue, avait l'immense mérite de n'être avare ni de café bien serré ni de petits gâteaux secs pour tremper dedans.

Pas dix fois je l'avais vue, Yvette devenue jeune fille. Mais les dernières de ces dix fois, je m'étais mis à avoir des vues sur elle.

Disons que je commençais à ne plus supporter d'avoir une queue que pour mon usage personnel, que le jeune mâle pas déluré que j'étais éprouvait le besoin de plus en plus pressant de se dégoter une femelle et que...

Avec mon infidèle danseuse du Châtelet que j'avais tant aimée, avec cinq six autres filles, divines, rêvables, bandantes donc, côtoyées dans cet univers si lointain de la gare de Lyon que je hantais avec Jeanjean et Mercadet, j'avais flirtaillé, pris langue, roucoulé même avec les mains. Mais ça ne me suffisait plus. Il fallait que, comme Jeanjean et Mercadet et tout le monde, je fasse enfin l'amour, non ?

Alors peut-être qu'avec une fille qui avait fait sa communion dans la même église que moi...

On verrait bien.

Quand j'entrai dans le magasin, à son comptoir, monsieur Lambrasier expliquait à un monsieur en imperméable raglan rapiécé ce qui différenciait une cheville de cinq d'une cheville de sept. Le fils ricaneur, lui, emplissait de clous des sacs en papier.

À sa caisse madame Lambrasier arborait un chemisier blanc qui laissait tout voir d'un soutien-gorge noir à dentelles aguicheuses.

Je n'ai rien eu à lui dire pour maman. Elle savait.

— Il y a pas une heure que je l'ai appris. Par un monsieur qui a en commande chez nous depuis au moins trois mois une mignette à laquer. Mais avec les difficultés qu'on a à s'approvisionner, sa mignette, Hitler et Churchill et de Gaulle seront morts de vieillesse qu'il l'attendra encore. Je sais plus comment c'est venu dans la conversation. Mais j'en suis encore toute retournée. Ta maman. Mourir. Une femme si vivante. Tout de suite j'ai pensé à toi. Se retrouver orphelin d'une mère comme la tienne...

Elle s'en est extirpée de sa caisse.

— Viens. On va boire un bon chocolat chaud.

Avec ce froid. Et puis on parlera un peu. De parler, souvent, ça fait du bien. Viens.

Elle a ouvert une porte qui donnait sur un couloir étroit avec des caisses et des boîtes et des caisses et des boîtes. Un couloir chichement éclairé par une fenêtre de rien du tout qui donnait sur une cour spacieuse comme un puits, sur laquelle donnaient les fenêtres de leur appartement en rez-de-chaussée.

Où dans une salle à manger coquette, pelotonnée dans un fauteuil, Yvette grignotait une biscotte en bouquinant un numéro de *Cinémondial.*

Yvette, avec un pull banane trop vaste pour elle qui la faisait paraître encore plus souffreteuse. Un chat écorché, un chien battu, on aurait juré. Tout ce que j'aimais.

À peine elle a levé le nez pour me lancer un très indifférent « Bonjour, Remo ».

Mais il a fallu qu'elle le bouge et presto son maigrissime et alléchant derrière. Parce que sa mère lui a dit d'arrêter de lire sa crétinerie de magazine et de filer la remplacer à la caisse.

Et elle a vidé les lieux, Yvette, en n'oubliant pas d'emporter sa lecture.

Ce n'était pas parti pour s'arranger comme j'aurais voulu.

Une fois Yvette sortie, madame Lambrasier m'a pris par le bras et assis, presque de force, sur une méridienne des plus accueillantes.

Et tout s'est enchaîné.

Le temps de disparaître dans sa cuisine pour en rapporter deux jattes de Phoscao fumant et elle s'est retrouvée sur la méridienne elle aussi — la femme du boulanger.

Si près de moi que j'ai senti qu'elle sentait la fleur — l'œillet ou la rose — qui aurait un peu trop mariné dans son vase. Ce n'était pas désagréable. Loin de là.

Et autant, quand j'en avais tant besoin, la mère Routier n'avait pas été capable de trouver de mots pour me consoler, autant la maman d'Yvette a dit ce qu'il fallait. Et comme il le fallait.

Drôlement bien elle m'a parlé de maman, de la femme pleine d'allant qu'elle était, même quand les contrariétés s'abattaient sur elle, de ce don qu'elle avait de s'amuser de tout à commencer par ce qui lui arrivait de pire à elle et de ne jamais manquer d'amuser son monde.

Ses yeux, à madame Lambrasier, ses yeux aussi noirs que ceux de sa fille étaient bleus, fallait voir comme ça les faisait briller, l'émotion qu'elle éprouvait à évoquer sa grande, si grande amie arrachée si brutalement à son affection. Et en gros plan je les voyais. Parce qu'elle était près de moi à me toucher. Elle me touchait d'ailleurs. Je n'y avais pas fait gaffe, mais elle avait posé une de ses mains sur une de mes cuisses. Et elle me la malaxait, ma cuisse. Et...

La tête sur le billot je ne serais pas fichu d'expliquer comment elle s'est arrangée pour que je me retrouve avec une de mes mains plaquée sur un de ses seins et avec sa langue — la langue de madame Lambrasier ! — dans ma bouche. Même que...

Même que, pendant une fraction de seconde ou moins que ça encore, j'ai trouvé ça bon.

Un baiser au Phoscao. Et savant. Une langue experte, vivante, de feu. Torride.

Dieu seul sait si, comme moi j'avais ma petite idée vicelarde en y venant chez les Lambrasier, elle aussi elle en avait une, de petite idée, en m'attirant dans sa salle à manger.

Ou, c'est possible aussi, c'était l'émotion, seulement l'émotion, qui l'avait entraînée, cette dame, à me sauter dessus et à me rouler cet insensé patin.

Ça se pouvait parfaitement que, ce patin, il l'ait autant étonnée que moi.

Le hic c'est que comme l'Odette du Swann à Proust, elle n'était pas du tout du tout mon genre, la femme du boulanger.

Et si elle l'avait été, j'étais censé faire quoi ?

L'amour ?

Faire l'amour à cette femme aux seins marmoréens qui aurait pu être ma mère, lui faire l'amour sur cette méridienne pas assez longue pour que j'y tienne en entier ?

Mais, le faire, je ne savais pas.

Et puis... et puis...

Comme un péteux je me suis cavalé. En sueur, tremblant de tous mes membres. Avec le désir, mais pas l'envie, hélas, de vomir sur le trottoir du faubourg Saint-Antoine et le Phoscao et quelque chose d'indéfinissable et de honteux.

Avant de passer prendre les faire-part aux pompes funèbres, j'ai fumé la dernière des gauloises du paquet de Jeanjean.

Il faisait déjà presque nuit.

Et, plus ça allait, moins ça allait.

J'étais seul. Avec la pile de faire-part.

Et j'étais d'une humeur à me jeter par la fenêtre.

En pardessus, avec la couverture de mon divan par-dessus tant il caillait, les doigts gourds, je calligraphiai des noms et adresses de parents, amis et simples connaissances que j'aurais voulu voir tous morts et enterrés à la place de maman.

Pourquoi c'était elle que je ne verrais plus jamais et pas monsieur et madame Frangé, quatre villa du Ponton à Moindrons, Seine-et-Marne ?

En quoi ils étaient plus dignes de vivre qu'elle ces deux rentiers confits dans leur imbécillité chez qui nous allions cueillir des bigarreaux une fois l'an et en manger assez pour contracter une chiasse homérique quand c'était le temps des cerises ?

Pourquoi ce n'était pas ce taré de Joël Brezenec à Moëlan-sur-Mer, Finistère, qui l'avait eue l'attaque ?

Avec tout le cidre qu'il pintait et toutes les metteuses de sardines en boîte chtouillées qu'il s'envoyait, il le méritait amplement de crever.

Et les cousins Trémiège que maman ne voyait que pour se fâcher avec à propos de n'importe quoi ?

Et la miss, rue Lecourbe Paris quinzième, qu'on n'avait pas revue une seule fois depuis qu'on ne lui filait plus de fric pour enseigner l'anglais à mon frère ?

Et madame Bouille, rue Corvisart, Paris treizième, dont maman n'arrêtait pas de répéter que sa place de secrétaire à la Préfecture elle l'avait décrochée en couchant, et pas qu'avec des Français ?

Et le Philibert Perdu, avenue Charles-Gounod à Montembœuf, Charente, qui (j'avais entendu maman le révéler à la cousine Baffi), en plus de fricoter avec des gros bonnets de la Milice, avait dépucelé sa propre fille ?

D'accord, il n'y avait pas que de sales gens sur la liste que j'avais établie non sans mal à l'aide de vieux carnets, de vieilles enveloppes que maman gardait dans ses tiroirs, dans son armoire. Il ne faut pas exagérer. Il y avait aussi dans le lot des amis bien amicaux et des parents aimés parce que aimables.

La tante Émilie par exemple, qui était la sœur de ma grand-mère Eugénie et qui n'en finissait pas d'agoniser sans se plaindre, sans trouver à redire à rien, dans une maison d'impotents à Sarcilly, Indre-et-Loire. Elle allait avoir une forte peine, elle. Et sincère.

Blanche Tourette aussi. Une rouquine à lunettes, courte sur pattes et laide. Qui avait été petite fille et demoiselle à Charenton-le-Pont en même temps que maman. Et qui était une des rares, très rares personnes à franchir parfois le seuil du soixante-quatorze avenue Ledru-Rollin. Employée de mairie à Charenton qu'elle n'avait jamais quitté, communiste pure et dure depuis les premières heures du Front populaire, consacrant le plus de temps qu'elle pouvait à aider ses voisins dans le besoin, à torcher le nez des gosses qu'elle croisait la morve au nez dans les rues et à recueillir et nourrir des chiens et des chats et des vieillards perdus, c'était la crème des femmes, Blanche Tourette. Recevoir ce faire-part ça allait la foutre en l'air.

Moi, c'était de leur inscrire des adresses dessus, de leur coller des timbres dessus, à ces faire-part qui me déglinguait.

Et autre chose : sans maman, notre logement il n'était plus tenable. Qu'il y ait là des chaises sur lesquelles elle ne s'assoirait plus, des casseroles dans lesquelles elle ne ferait plus de riz au lait, de purée, de compote, de sa fameuse soupe au pain rassis et à l'échalote frite, qu'il y ait, pendu au mur, le tablier qu'elle ne mettrait plus jamais pour faire, comme elle disait, « des choses qu'on recule toujours parce qu'elles sont salissantes », ce n'était pas acceptable.

Qu'elle soit morte, tout à fait morte et pour toujours, j'étais bien forcé de le croire.

Mais qu'est-ce qui pouvait me forcer à le supporter ?

Tout en me fadant mes faire-part, je m'étais gavé de rillettes et de pommes et de pain de la campagne di merda où papa avait été trafiquer du sucre illicite avec Barbaculo le maledetto qui l'avait escroqué comme pas permis.

Et il n'était pas là, papa. Et il ne rentrerait pas de la nuit.

Et, c'était gagné d'avance, dormir seul dans nos deux pièces, je n'allais pas y arriver.

Pas une fois je n'avais vécu une nuit tout seul, sans une présence de l'autre côté de la cloison à laquelle était plaqué mon divan.

Que papa passe une nuit, deux, trois, dix nuits à dormir ou ne pas dormir au soixante-quatorze, c'était la routine...

Mais maman, sauf les mercredis où elle allait voir un film au Novelty avec Lina ou madame Nantes, ce qui la faisait rentrer vers les dix, onze heures, fallait qu'elle soit à la maison pile au moment de mettre le couvert.

C'était le contraire d'une traînarde. Voyager, aller en vacances, elle aurait eu horreur de ça.

Le plus loin que je l'ai vue se traîner c'était à Rochefort-en-Yvelines, chez sa sœur, ma tante Clotilde, dans la vallée de Chevreuse. Et pour un jour de Pâques et son lundi et pas plus. Ou pour un quinze août très ensoleillé. Et à condition que papa et moi, ou au moins moi soyons du voyage.

Son lit c'était son lit et elle ne trouvait pour ainsi dire jamais une raison assez bonne pour l'abandonner.

Et on avait profité de ce qu'elle n'était plus en état de faire comme elle l'entendait et pas autrement pour aller la coucher dans un autre, de lit. Qui en plus de n'être pas le sien était un lit d'hosto pas accueillant.

C'était une pure saloperie !

Pure saloperie aussi d'avoir imprimé sur des faire-part que, comme son époux et comme son fils Remo, son autre fils, son fils aîné « avait la profonde douleur ».

Il ne l'avait pas la douleur, mon frère. Il ne pouvait pas l'avoir, dans son stalag. Pas encore. Il l'aurait dans des semaines, dans des mois, « la profonde douleur », quand des enculés de fonctionnaires fritz ou pas fritz voudraient bien que du courrier lui arrive là où il était coincé, puni pour avoir fait une guerre dont il se contrefoutait.

Comme monstruosité, elle était choucarde celle-là : ce qui lui était arrivé de terrible, à mon frère, il serait le dernier des derniers à le savoir.

Comme un cocu.

La colère, la rage, d'avoir de la hargne, de la haine, ce n'était pas, et ça ne l'est toujours pas devenu, dans mes cordes.

Je peux pester, grognocher et avec bien de la vigueur pour un courant d'air qui m'éteint mon briquet ou un téléphone qui se met à sonner à la minute où démarre à la télé l'émission même niaiseuse à souhait que j'ai décrété de ne pas louper. Mais pousser des gueulantes, m'empourprer, avoir la bave aux lèvres, prendre les armes, dresser des barricades, faire ce qu'il convient de faire pour qu'un sang impur abreuve mes sillons, non.

Tenez, un souvenir, entre autres : à ma communale rue Charles-Baudelaire quand, un matin des années trente, je m'étais fait entraîner dans le préau par des garçons de ma classe qui voulaient me dérouiller parce que j'étais un macaroni et que le duce des macaronis venait de déclarer la guerre au négus d'Éthiopie, la rage, elle ne m'était pas venue.

La trouille, si.

Une peur qui m'avait fait devenir pâle comme une hostie et leur jurer, à ces brutes de bolchos en culottes courtes et blouses grises que, le Benito Mussolini, je ne pouvais pas le blairer moi non plus. Que c'était une chiure, une bouse, une merde de clebs malade, un caca recouvert de mouches.

C'était d'ailleurs la stricte réalité que ce gros conneau qu'on voyait faire son matamore aux actualités et que mon père faisait semblant d'admirer, je le trouvais bête à chier.

Mais si j'avais eu dix ronds de dignité, je les aurais injuriés mes dérouilleurs, je leur aurais beuglé en pleine poire « Evviva il duce » et je leur aurais fait face et j'aurais brandi mes petits poings et j'aurais défendu à coups de bec et d'ongles l'honneur de l'Italie dont je n'étais pas natif mais dont j'étais quand même citoyen. Bref, je les aurais régalés d'une fureur qu'ils avaient bien cherchée.

Je me suis contenté de m'aplatir, de me faire encore plus petit que ces nains.

C'était mon truc.

De là à en conclure que mon impuissance à m'encolérer, même quand ça s'imposerait, est, et a toujours été, tout bonnement de la lâcheté...

Moi, je me dis « pacifiste ». Et je m'en trouve plutôt bien.

Mais, cette nuit, cette nuit du huit février quarante-quatre, cette nuit à faire-part qu'il fallait poster à temps pour qu'ils soient de la première levée du lendemain, j'en suis sorti, de mes gonds.

Les faire-part, il a fallu que je me fasse violence pour ne pas les enfourner dans notre poêle Godin et les faire cramer, qu'on les oublie à tout jamais.

Mais la casserole à riz au lait, le tablier que maman n'utiliserait plus, je suis descendu en courant et en oubliant les rats et la crainte que j'avais d'eux, les jeter dans la poubelle dans la cour.

Et il était dix heures passées, mais tant pis, je me suis mis à crier.

À crier.

Pas des phrases, pas des mots.

À crier des cris.

Pareil à une bête qui hurle à la mort.

Me retenir, j'aurais peut-être pu mais je n'ai pas essayé.

Tout l'immeuble j'ai ameuté. À chaque fenêtre il y a eu des yeux pour tenter de voir qui pouvait faire un tel raffut.

Et ils devaient être si glaçants, mes cris, qu'il n'y a pas eu une voix pour m'intimer ordre de la boucler.

Simplement il y a eu madame Babaguine qui est descendue de son quatrième, son manteau de fourrure sur son pyjama et des charentaises aux pieds. Elle s'est approchée de moi, dans le coin pas loin des cabinets où je me tenais, elle s'est approchée sans se presser. Et elle m'a pris la main.

Et ça les a fait cesser mes cris.

Elle me la serrait de toutes ses forces ma main.

— Te voilà comme un fou, elle m'a dit. Qu'est-ce que t'as, Remo ? Qu'est-ce qui se passe ?

Elle n'attendait aucune réponse. Elle n'a rien dit d'autre. Elle n'a fait que me tenir ma main le temps que je retrouve et mon souffle et mes esprits.

Les fenêtres se sont refermées.

— Dans la maison d'un mort, avant de s'y retrouver à son aise, faut des jours et des jours. Faut pas que tu t'inquiètes. C'est normal ce qui t'arrive. Chez nous, dans mon pays après une mort, pendant un mois, la nuit, on laissait toutes les lumières allumées. Toutes. Tu veux monter chez moi écouter la radio ? Ça te changerait un peu les idées.

Un amour c'était, madame Babaguine.

Elle m'a lâché la main.

Ça ne me disait pas d'écouter la radio, d'écouter de la belle grande musique classique comme on nous en faisait avaler du matin au soir sur Radio Paris pour nous faire oublier que nous étions des pauvres chiens d'occupés.

Il fallait que j'aille ailleurs qu'au soixante-quatorze.

Je l'ai remerciée, je l'ai embrassée, madame Babaguine, et je suis remonté chercher mon paquet de faire-part.

Je n'en ai croisé qu'un de rat. Devant la porte des Nantes. Et il a eu raison de se faire tout humble, de s'aplatir contre le mur. Sans ça je lui éclatais le ventre à coups de pompe.

Avant de partir à la poste, en laissant toutes les lampes allumées, j'ai bu deux verres de vin. Pas par soif. Histoire de voir si la méthode à papa c'était la bonne.

Ça m'a donné un coup de chaud.

Sur l'avenue il y avait monsieur Carité qui regardait un chien qui galopait derrière une dame qui passait sur sa bécane. Il y avait deux jeunes femmes avec des chapeaux à voilettes, des putes peut-être ou des femmes de prisonniers, qui allaient à pas pressés sûrement se donner du bon temps. Il y avait un type dans la quarantaine, pas rasé, à peine plus charnu qu'un squelette qui m'a très poliment abordé pour me demander si je n'avais pas un ticket de pain ou de quoi que ce soit qui se mange, à lui refiler. Je lui ai dit que je n'en avais pas. Il a insisté. Il a sorti d'une de ses poches des timbres de collection, des timbres des colonies françaises, des timbres triangulaires de Lituanie ou d'Estonie qu'il était prêt à échanger contre des tickets. Ou un fume-cigarette en ivoire si ça m'intéressait plus. Ou un portemine en bakélite très moderne, très pratique.

J'ai fini par l'envoyer chier.

J'ai posté mes faire-part. En pensant que, s'ils ne parvenaient pas à temps chez leurs destinataires, ça nous épargnerait de voir rappliquer à l'enterrement une meute de sales têtes que je n'avais pas envie de voir.

Dix heures vingt il était à ma montre.

J'allais faire quoi ?

Jeanjean devait être au Français où, soit dit en passant — à manquer tous les soirs —, j'étais en train de paumer cacheton sur cacheton.

Le mieux, c'était de pousser une pointe du côté de *Chez Gozzi* et des autres cafés où j'avais une chance de retrouver papa.

Rue de Lyon, il y avait foule. La sortie du ciné, du Lyon Palace. Foule de gens pressés. Tous ils se hâtaient. Pour ne pas choper un coup de froid. Pour ne pas se faire cueillir par le couvre-feu.

Chez Gozzi c'était Léon qui était de service. Debout près du poêle, une serviette sous le bras et l'œil éteint, il attendait qu'une commande le sorte de son engourdissement.

Il n'y avait pas mon père et pas la masse de clients.

À une table, silencieux, immobiles, deux Napolitains, sapés comme des Al Capone, avec chemises en soie, cravates en soie à épingles en or et feutres noirs vissés sur leurs têtes.

Plus loin, quatre beloteurs, dont Marcello, un blondinet à casquette que papa embauchait à l'occasion qui me lança un jovial « tchao, bello » avant d'aligner sur le tapis les quatre dames d'un carré qui lui valut d'être traité de « finocchio » par le type qui lui faisait face.

Un finocchio c'est un fenouil en Italie. C'est aussi un pédé.

La seule autre table occupée elle l'était par Banaque, le redoutable mais fraternel rival de mon père, et Sylvia, la fille du marchand de fruits et primeurs dont je savais depuis la veille que papa avait couché avec.

Trente ans elle pouvait avoir. Et c'était une poule pas comme les autres, Sylvia. Une poule aux cheveux bien plus courts que les miens. Et plaqués à la gomina. Et s'habillant au rayon garçonnets, portant veston et pantalon et cravate. Toujours à picoler du raide et *Chez Gozzi* et dans d'autres cafés italiens. Toujours à fumer des cigarettes de gris qu'elle se roulait d'une seule main à la voyou. Et disant des horreurs. Et jouant du fric aux cartes et aux dés. Et trichant aussi matoisement que les beloteurs les plus fripouillards.

Son père, le marchand de fruits et primeurs de

la rue Michel-Chasles, elle faisait son désespoir à tant se dévergonder, à ne pas vouloir porter des jupes, des fanfreluches, à ne pas vouloir se trouver un bon garçon à épouser et à, plusieurs fois la semaine, rentrer à la maison saoule au point de ne pas pouvoir fourrer sa clé dans le trou de la serrure et de s'endormir sur le paillasson.

Mais les clients de *Chez Gozzi*, qui étaient machos comme on savait l'être en ces temps-là surtout si on était italien, la Sylvia, ils l'adoraient.

Et moi autant qu'eux.

Depuis que j'étais assez dégourdi pour faire tout seul la tournée des bistros en quête de papa, je la connaissais. Et ce n'était pas une, c'était mille grenadines qu'elle m'avait payées pour me faire prendre patience pendant que j'attendais que mon père ait fini sa partie de cartes et daigne rentrer avec moi pour — comme lui disait maman hors d'elle — déjeuner à l'heure où les gens civilisés en étaient déjà à dîner ou pour dîner quand tous les Parisiens pas italiens et boit-sans-soif et salauds et mauvais maris et mauvais pères dormaient à poings fermés.

Quand elle m'a vu, Sylvia a posé son cornet à dés sur le tapis de jeu *Cinzano* et elle s'est levée, s'est mise sur la pointe de ses pieds et a collé sa joue contre la mienne.

Elle sentait le tabac, la graisse à cheveux, le jaja. Mais elle ruisselait de tendresse aussi.

— Ta maman, grand Momo, elle est peut-être partie mais elle est toujours avec toi. Te quitter tout à fait, c'était pas une personne à faire ça.

Alors, si tu l'aimes assez pour comprendre ça, elle est morte que pour les autres. Pas pour toi.

Une fois ça glissé dans mon oreille, elle m'a lâché.

— On t'offre quoi ? m'a demandé Banaque.

Ça a été une liqueur pas méchante. Que Sylvia, qui savait tout ce qui se buvait et quand il convenait de le boire, a commandée à Léon pour moi.

Leurs dés de zanzi, ils les ont laissés comme ils étaient tombés. Aux petits soins pour moi, ils se sont mis à être, Sylvia et Banaque.

Banaque s'est empressé de me faire savoir que, si on avait le moindre problème côté argent, comme il l'avait déjà dit à mon père, nous pouvions compter sur lui. Et même pour beaucoup d'argent.

Sylvia a ajouté que maman avait droit à ce qui se faisait de plus rupin comme cérémonie. Et elle s'est proposée pour lui faire sa toilette de morte. Pour même, si ça nous rendait service à papa et à moi, se démerder pour lui trouver une robe élégante à sa taille et des chaussures en vrai cuir qu'elle paierait elle-même, que ça serait son cadeau d'adieu à maman.

Banaque s'était empoché des millions et des millions pendant que mon père devenait un miséreux, Sylvia avait baisé avec mon père derrière le dos de ma mère. Mais ils avaient du sentiment.

Les deux verres de vin, la sucrerie pas mal alcoolisée offerte par Banaque, commençaient à faire leur effet. Quand je me suis réattaqué à la rue de Lyon, dans l'autre sens, mes pas se sont faits plus hésitants.

Et il m'est venu à l'esprit que, tout à mes épanchements avec Sylvia et Banaque (qui devait sûrement baiser avec elle à son tour), j'avais oublié de m'enquérir de papa.

N'étant pas *Chez Gozzi*, il pouvait être *Chez Corinto* rue Jules-César.

Non. Pas de papa *Chez Corinto*. Mais des Allemands. Des soldats allemands, bien une douzaine, ceinturons débouclés, qui massacraient à tue-tête et en tapant des pieds et des mains ce que j'ai cru être une tyrolienne, enfin un machin bien teuton avec des Aaar Aaar Aaar et des grumb grumb grumb à vous saccager les tympans.

Assis à une table, Corinto leur tournait le dos, pour les entendre parce qu'il ne pouvait vraiment pas faire autrement mais, au moins, ne pas les voir.

— Tu vois où ça mène de se cuiter à la bière ? il m'a demandé.

Moi, je lui ai demandé s'il n'avait pas vu papa.

— Non. Mais ce que j'ai entendu dire, c'est que son grand copain à ton père, son ami Barbaculo, il paraîtrait que les flics en ont après lui. Des flics en civil. Alors des fois que ça l'intéresserait, ton père...

Qu'est-ce qu'il était en train de me raconter ?

— Papa, Barbaculo, il le connaît à peine.

— Je te dis pas qu'il le connaît un peu ou beaucoup. Je te dis ce qu'on m'a dit. Que Barbaculo, la police, elle le cherche. C'est tout.

J'avais de l'argent. Ce qui me restait après avoir payé les timbres pour les faire-part. J'ai sorti un billet de cent de mon portefeuille.

— Des cigarettes, où je peux en trouver par ici ?

Corinto s'est levé, s'est baissé pour chercher quelque chose dans un tiroir derrière son comptoir et il a fait glisser dans ma direction un torchon sale sous lequel il y avait un paquet de gauloises dont je me suis prestement emparé et que j'ai non moins prestement fait disparaître dans une des poches de mon pardessus.

Joli tour de passe-passe.

Mon billet aussi il avait disparu. Comme par magie. Et la monnaie que j'espérais, elle n'est pas venue.

Ignorant tout des tarifs en vigueur pour les accros à la clope illicite, je n'ai pas moufté. Je n'ai même pas dit bonne nuit à Corinto.

J'ai marché pas mal avant d'oser sortir le paquet de cigarettes de ma poche et m'en allumer une.

Mais la tyrolienne je l'entendais encore.

Ils allaient venir quand, leur faire fermer leurs claque-merde aux Frisés, nos vaillants alliés ?

À l'entrée de l'avenue Ledru-Rollin, il y en avait d'autres, des soldats. Mais pas débraillés, pas schlass, pas chantants.

Une patrouille.

Pourquoi ils étaient là à barrer le carrefour, à faire signe à des cyclistes de s'arrêter, alors qu'il restait encore une grande demi-heure avant le couvre-feu ?

Mieux valait ne pas chercher à savoir. Il suffisait

de si peu pour se retrouver dans des micmacs qui vous rapportaient dix fois sur dix un aller simple pour le Service du Travail Obligatoire en Allemagne ou pour des endroits où l'on ne vous demandait pas de trimer pour le grand Reich mais seulement de crever de faim en attendant de crever tout court.

J'ai changé de cap. Au lieu de prendre par l'avenue Daumesnil, j'ai opté pour la rue Traversière. Pas dans le bout où se trouvait mon immeuble natal et le restaurant *Pipolina*. Du côté de l'église et du salon de coiffure de ce bon vieux Max à qui je donnais tant de tracas avec mes épis indomptables et qui avait préféré se faire tuer à coups de crosses de flingues plutôt que de grimper sans broncher dans un camion à juifs.

Un petit Polaque avec du ventre et des joues de bébé Cadum vous dégageant les environs des oreilles avec une tondeuse bien trop goulue en vous racontant des histoires toujours un peu cochonnes qu'on comprenait de travers à cause de son accent. Et il était mort. Héroïquement. Sur le pas de sa porte.

Personne n'avait récupéré son salon. Dans la vitrine il y avait toujours la bouille rasée impec de monsieur Gillette en carton découpé et une poulasse grandeur nature en maillot de bain, qui faisait sa charmeuse pour inciter les passantes à se faire permanenter.

Des passantes il n'y en avait pas. Ni de passants.

Il n'y avait personne, rien.

À l'entrée de la rue de Charenton, venant d'un porche, une voix m'a fait sursauter.

— Oh ! l'artiste.

C'était un ancien de ma communale. Poltroncino.

Gino Poltroncino. Un avec qui j'avais grandement copiné jusqu'au certif. Comme moi il était fanatique de *Terry et les pirates* et fantasmait sur le décolleté chavirant de Dragon Lady. Nous allions au ciné ensemble presque tous les jeudis. Au Royal Variétés où ils passaient deux films par séance, le petit qui était d'aventures et toujours en noir et blanc avec des acteurs pas connus, le grand, souvent en Technicolor, avec des vedettes comme Gary Cooper, James Cagney, Laurel et Hardy, la petite Shirley, Dorothy Lamour et ses cheveux plus longs que ses jupettes de sauvageonne des îles... Que des stars américaines qu'on n'en finissait pas de regretter depuis juin quarante.

Il arrivait qu'on se croise avec Gino et qu'on ricane cinq minutes en évoquant les balourdises d'Oliver Hardy et les sermons de notre dirlo. Mais de moins en moins souvent. Il vivait sa vie, moi la mienne.

Et voilà qu'il m'interpellait, surgissant du porche d'une maison qui était pas du tout la sienne.

Poltroncino.

Avec une joue éclatée et du sang qui lui pissait du nez.

— Qu'est-ce que tu fous là ? Qu'est-ce qui t'arrive ?

— Rien. Il m'arrive rien. Ça va.

— Ce sont les Fritz qui barrent l'avenue qui t'ont fait ça ?

— Mais non c'est pas les Fritz. Je me suis fait ça tout seul. En me mouchant trop fort. C'est pas malin, hein ?

Il a tenté de rire un petit coup. Il était si foireux son rire qu'on aurait cru un gémissement.

— Tu veux monter chez moi qu'on essaye de te faire un pansement ?

— Je veux que tu te tailles, l'artiste. Mais si t'avais une ou deux cibiches et... dix ou vingt balles.

— T'es sûr que... ?

— T'es sympa, tu te tailles. C'est déjà assez compliqué comme ça.

Je lui en ai donné dix, des gauloises. Et un billet de cent.

Jamais je ne saurai si c'était un résistant dans le pétrin, un trafiquant avec la police aux miches, un mouchard peut-être, un écriveur de lettres anonymes pour dénoncer des gens, une donneuse qui s'était fait repérer, ou s'il avait seulement tourné malfrat, Gino Poltroncino. Parce que, depuis cette nuit de février, pas une fois je n'ai entendu parler de lui.

Ça ne me plaisait qu'à moitié de le laisser tout saignant sous son porche. Mais il y avait les soldats, la patrouille et le couvre-feu qui était imminent et je n'étais pas saoul mais presque. Et puis la bravoure, moi...

Je n'ai pas eu besoin de mes allumettes pour monter mes escaliers. Le Gaucho avait fait de grandes illuminations sur notre palier à l'aide de deux lampes de chevet et de rallonges de fil électrique. C'était son soir de lessive.

Nous avons bavardé un moment. Pour ne pas se dire grand-chose. Mais tant que j'étais avec lui, je n'étais pas tout seul. Pour faire durer le plaisir je suis même entré chez nous emplir deux verres de vin. Et nous avons trinqué, le Gaucho et moi. J'ai bu sans soif en le regardant brosser des chemises pleines de reprises, des caleçons longs de grand-père et un nombre incroyable de chaussettes toutes du même rouge voiture de pompiers. Tricotées à la main. Par qui ? Par une fiancée si bien cachée que je ne l'avais jamais vue ?

Ce n'était pas *Le Soulier de satin* mais c'était quand même un spectacle qui valait d'être vu. C'est qu'avec son seul bras, le Gaucho il se dépatouillait aussi bien qu'une blanchisseuse de métier. De la maestria, il avait.

Quand il a commencé à rincer et à m'éclabousser, je l'ai abandonné.

C'est seulement à ce moment-là que j'ai remarqué le mot sur la table. Papa était passé et il m'avait laissé de la lecture, sur une feuille de son papier à en-tête.

« Momo tu dor toute seul sans s'inquiété de moi ça va s'arrangé pour touto et l'argent ça va allé je me débrouill ça ira

bacci papa

maman aura un enterment qui va lui plair dor bien »

J'étais heureux que tout s'arrange et qu'il ne m'ait pas oublié.

J'avais posé les deux verres sur la table. Je ne savais pas lequel était le mien et lequel celui du Gaucho. Si je sortais pour les rincer, il allait falloir encore parler et j'étais claqué.

J'ai bu une dernière gorgée. À la bouteille.

Je n'ai éteint aucune lampe et je me suis allongé, en pardessus, toujours en pardessus, sur mon divan.

J'ai fermé les yeux et j'ai fait une sorte de petit bilan de ma journée. Une journée pas banale. J'avais mangé du requin. Pas beaucoup mais assez. J'avais eu dans ma bouche une langue qui était celle de madame Lambrasier. J'avais relu une page de *Cri-Cri*. La première. Celle avec « Les aventures acrobatiques de Charlot ». J'avais donné cent francs à un ancien de Charles-Baudelaire qui allait peut-être perdre tout son sang sous un porche de la rue de Charenton. J'avais fumé comme un mec louche. Et il fallait que je dorme sans maman dans son lit, dans l'autre pièce. Parce qu'elle était morte.

Mais Sylvia qui l'avait cocufiée et voulait lui faire cadeau d'une robe élégante et de chaussures neuves disait que, si je l'aimais suffisamment, pour moi elle ne l'était pas.

Alors je lui ai parlé, à ma mère. Pour lui dire que je n'arrivais pas à me passer d'elle.

Que ça, je lui ai dit. C'est que c'était trop effrayant de parler à une absence, de dire, même tout bas, des mots que j'étais seul à entendre. Car j'étais seul. Et j'avais peur.

J'aimais maman, ça oui.

Mais ma peur de la mort, des morts, me paralysait.

Autant parler à Dieu qu'à un cadavre.

J'ai prié pour maman.

Prié comme quand j'étais tout gosse. Peut-être que ça ne servait à rien. Mais bon.

Qu'est-ce que j'étais mal.
Qu'est-ce que j'ai mal dormi.

Rochefort-en-Yvelines, vallée de Chevreuse, c'était la seule campagne que je connaissais. Et ça me semblait le bout du monde.

On n'y parlait pas un patois impossible à comprendre, on n'y avait pas un accent. Mais pour un Parisien-tête-de-chien, Parigot-tête-de-veau comme moi, c'était dépaysant et plaisant de se retrouver dans ce patelin d'une centaine d'habitants, avec pas de métro et juste une grand-rue et quelques vaches, quelques moutons, un garde-champêtre et son tambour et des arbres à perte de vue et de l'ortie, du chiendent, du mulot, de la chauve-souris, de la couleuvre, du crapaud, de la grenouille et, quand dame nature le voulait bien, de la mûre et de la fraise des bois.

Un peu le paradis terrestre c'était, pour moi, Rochefort-en-Yvelines. Un peu.

Comme maman, tante Clotilde avait fait un mariage d'amour et, comme maman, elle n'avait eu que de la désillusion.

Il n'était pas italien, il était normand, l'oncle Bertrand. D'une famille bourgeoise et nantie de Rouen (ou du Havre). Des drapiers qui s'étaient arrangés pour tous mourir en même temps. De telle manière qu'à son retour de la grande guerre, qu'il avait passée à prendre des kilos dans un bureau du ministère de la Marine place de la Concorde à Paris, mon futur tonton s'était retrouvé à la tête d'une fabrique qui faisait vivre une soixantaine d'ouvriers et d'ouvrières. Le pactole. Mais le jeune Bertrand qui, de mil neuf cent quatorze à mil neuf cent dix-huit, avait pris de fâcheuses habitudes dans des cafés et restaurants proches de son ministère, rue Royale, rue Saint-Honoré, rue de la Paix, le jeune Bertrand avait, en deux temps trois mouvements, mené la florissante entreprise de draperie familiale à la faillite. C'est qu'il était porté sur la bonne chère, les vins de châteaux et les petites gredines.

Clotilde Guillemain, la cadette de maman, qu'il avait rencontrée à la sortie du Bon Marché où elle était manutentionnaire, il l'avait épousée en oubliant de lui dire que son usine allait fermer et qu'il était à la veille de se retrouver raide comme un passe-lacet.

Tante Clotilde avait eu droit à une messe de mariage chantée, à un fastueux repas et à une nuit de noces inoubliable dans un grand hôtel du huitième arrondissement.

Puis les contrariétés avaient déboulé.

Après l'achat à crédit d'une modeste blanchisserie à Montreuil qu'il avait été contraint de revendre au bout d'un an, l'oncle Bertrand n'avait réussi à décrocher qu'une place de gardien de château. À Rochefort-en-Yvelines.

Un château de conte de fées, ce château.

Du plus pur style XVIIIe siècle, édifié avant la guerre de quatorze par un milliardaire bavarois très dérangé dans sa tête. Avec plus de deux cents pièces, une galerie des glaces un peu plus longue et large et chargée de dorures que celle de Versailles, avec cascades artificielles, pièce d'eau dans laquelle aurait pu naviguer le *Normandie*, avec des hectares et des hectares de bois et des écuries, un jardin japonais, un jardin anglais, une pagode...

Une folie — au sens littéral du terme — que le Bavarois n'avait pas pu habiter même un jour parce que, la guerre de quatorze éclatant, devenu ennemi de la France, il se l'était fait confisquer. Confisquer par la France qui, ne sachant pas quoi faire de cet encombrant caprice, avait fini par le vendre à une société immobilière qui avait envisagé d'en faire un hôtel et qui, étant donné les capitaux qu'il aurait fallu réunir pour meubler les deux cents et quelques pièces et la galerie des glaces et chauffer tout ça et payer assez de domestiques pour que ce prestigieux édifice ne devienne pas un vivier de rats, de cafards et de puces, avait renoncé à son projet.

Et le château de Rochefort-en-Yvelines était devenu un fantôme de château. Qui ne servait à rien, absolument à rien. Et que mon oncle gardait.

Ce n'était pas le mauvais job. Logé dans un gracieux pavillon champêtre à deux pas d'une somptueuse grille d'honneur, il n'avait rien à faire que d'empêcher vagabonds et curieux de franchir le seuil de cet inutile et féerique domaine et, en cas de pluie torrentielle, de gel et autres intempéries, de veiller à ce que le château ne subisse aucun grave dommage. Une tâche rêvée pour mon tonton qui était un fervent adepte de la vie à la paresseuse, sans heurts, au ralenti. Mais ne payant guère.

Il était logé, le gardien du château, bien logé, il

avait du bois de chauffage autant qu'il en voulait et assez de terre à sa disposition pour cultiver tout ce qu'il lui fallait de légumes et fruits. Mais qu'un salaire symbolique.

Alors il se faisait un peu d'argent, mon oncle, en étant aussi sacristain-bedeau-homme de ménage de l'église du village. Et tante Clotilde était dactylographe (à domicile) de maître Grondin, le notaire de Rochefort.

Grâce à quoi ils étaient des pauvres. Mais dans la dignité et la santé et, si on ne faisait pas trop cas des criailleries incessantes de tante Clotilde, des gens sereins, benoîts. On peut dire des pauvres heureux.

Le car s'arrêtant loin de l'entrée du château, de son imposante grille d'honneur, j'ai remonté la grand-rue de Rochefort. Où je n'ai rencontré qu'une madame Batifois, épouse d'un maréchal-ferrant socialiste-laïque, dont ma tante s'était fait une ennemie jurée.

Je l'ai quand même saluée cette dame qui revenait de la pompe à eau avec deux brocs pleins. Ce qui m'a valu un hochement de tête hautain.

Il n'y avait aucune voiture, aucun vélo dans cette grand-rue. Ni rien qui rappelait que c'était l'Occupation. Seulement un chien aux poils si frisés qu'on aurait juré qu'il se mettait chaque soir des bigoudis. Un chien mal embouché qui m'a aboyé dessus et a fait mine de me mordre les mollets. Son maître, que je savais être un Alphonse Mulot qui donnait un coup de main à mon oncle pour la cueillette (ou arrachage ?) des patates et autres légumes et le gaulage des noix, est sorti de sa maison pour le calmer d'un coup de sabot en plein ventre.

— Bête d'animal ! il lui a dit à son corniaud, et à moi : alors, le Parisien, on est en vacances ?

— Non, monsieur Alphonse. Je viens que pour la journée.

— Tu l'as pas choisie fameuse. Nous voilà dans des températures que si tu pisses dehors, tu pisses de la glace. Ah ! ton oncle, ce matin, il est avec son curé.

— À l'église ?

— Je te répondrais qu'ils sont partis à Chartres voir les filles, tu me croirais-t-y ?

Il avait son humour, le père Mulot.

Tante Clotilde allait être seule. Ça me contrariait. L'oncle Bertrand aurait été avec elle, ça aurait moins risqué de tourner à la tragédie, avec lamentations, jérémiades et couplets sur les mauvais maris qui avaient tant fait souffrir leurs méritantes épouses.

Mais grimper jusqu'à l'église qui était perchée au-dessus du village, pas vaillant comme je l'étais, ça ne me disait pas. Et je mourais de faim et de soif d'un bol de quelque chose de chaud.

À côté de la grille d'honneur, qu'on n'ouvrait qu'une fois l'an, au printemps, pour vérifier qu'elle s'ouvrait toujours, se trouvait une petite porte en bois moussu. J'ai appuyé quatre fois sur le bouton de sonnette comme c'était la convenance si on n'était pas un intrus et j'ai laissé le temps à tante Clotilde de venir m'ouvrir.

Elle est arrivée, sans hâte, avec une pèlerine,

plusieurs châles et un béret qui lui descendait au ras des yeux.

— Ah ! Momo. Ben c'est quoi cet habit que tu portes ? Tu l'as volé dans un de tes théâtres ?

— C'est un pardessus. À la mode.

— D'ici qu'elle arrive à Rochefort, cette mode-là... Tu m'embrasses pas ?

On s'est embrassés. Elle n'était pas futée futée tante Clotilde. Mais c'était ma tante. Alors je crois que je l'aimais. Oncle Bertrand aussi. Et aussi Marie-Thérèse et Marie-Odile.

— Les cousines sont pas là ?

— Elles rentreront pour déjeuner. Elles sont à Dourdan. À leur cours d'infirmières. Du lapin je t'ai fait. Un blanc à yeux rouges. Tu le connaissais. Celui qu'on appelait Gédeon. Qui était sans arrêt à chercher noise aux autres. Ton oncle l'a estourbi sitôt que mémé nous a annoncé ta visite. Un bon civet tu vas avoir. Mais dis-moi voir ce qui se passe que t'avais tant hâte qu'on sache ? Ton père a enfin une grosse commande ou c'est toi qui es devenu si grand peintre que le Maréchal t'a commandé son portrait ?

— C'est maman.

Ce que j'avais à lui apprendre de si inattendu, de si effroyable, elle l'a pris comme si je lui avais annoncé que je m'étais cassé un ongle, tante Clotilde.

Elle si prompte à se métamorphoser en furie pour une broutille, à exploser pour un rien, que sa sœur soit morte à l'hôpital et sans un adieu à personne, ça ne lui a pas fait pousser le plus petit cri.

Elle m'a bien écouté tout lui dire et elle a mis du lait à chauffer sur sa cuisinière qui ronflait tant qu'elle pouvait et elle s'est tournée vers moi. Toute calme.

— Quatre filles on était, Flavie, Mélie qui a été emportée par une mauvaise fièvre, Ursule qui est morte de ses bronches et moi. De voir partir ses sœurs avec qui on a tant partagé, ça fait quelque chose, c'est sûr. Mais celles qui s'en vont, elles, les voilà quittes de toutes leurs souffrances. Le temps de pousser leur dernier souffle et plus que de la joie, que du bonheur elles vont avoir. Des bienheureuses elles sont devenues. Des bienheureuses.

Elle souriait, la tante Clotilde. Elle ne se lamentait pas. Elle souriait.

Je la savais croyante. Mais à ce point-là.

Tout en versant dans la casserole de lait de la poudre de Chocolatine et des pilules de faux sucre, elle a continué.

— Entre être ici, dans ce monde avec ses guerres, ses tickets même pour s'acheter un torchon à vaisselle et se retrouver au milieu des anges à ne plus rien faire que regarder le Seigneur dans sa splendeur...

Elle a empli deux bols.

— Le ciel on a beau y penser autant qu'on peut, arriver à imaginer combien ça doit être magnifique, c'est impossible. Tant que tu n'as pas vu l'Au-delà, t'as rien vu.

La Chocolatine (boisson aux algues à arôme cacaoté), chapitre infections d'époque, ça méritait le pompon.

Mais j'étais à jeun.

Et soufflé, par la sottise de ma tante.

Moi aussi j'y croyais en Dieu. Mais de là à débloquer si fort.

N'ayant pas ôté mon pardessus bien qu'il fasse bien chaud bien bon dans sa cuisine, à tante Clotilde, je n'ai pas eu à le remettre pour sortir.

— Tu vas où ?

— Oncle Bertrand, il est pas à l'église ?

— Si. Pourquoi ? Tu veux aller le chercher ?

— Ouais. J'ai envie de marcher.

— Comme ça tu diras à l'abbé Joly, pour ta mère. Des prières, les défunts, ils n'en ont jamais de trop.

J'aurais sans doute dû dire amen. Je me suis contenté de changer de décor. Elle était pourtant cosy, la cuisine de Rochefort, avec sa cuisinière émaillée vert pomme et sa table en chêne avec barre à chat et, sur ses murs, des carreaux de faïence bleus et blancs avec des bonshommes et des bonnes femmes qui dansaient la ronde autour de moulins à vent.

C'était une maison où il faisait bon vivre, la maison de mes oncle et tante. Mais son numéro de mater même pas dolorosa, à la tantine, il m'avait foutu à cran.

Moi aussi je croyais dur comme fer qu'on ne mourait pas tout à fait, que, pendant que notre corps prenait le temps de redevenir poussière dans une tombe avec ou sans petits anges en bronze ou en plâtre dessus, il y avait une partie de nous à laquelle il continuait à arriver des choses.

Plus ça allait, plus ils donnaient dans la bigoterie, l'oncle Bertrand et ma tante et mes cousines.

Maman n'était bien sûr pas la dernière à en blaguer de leur fringale de plus en plus grande de messes, de vêpres, de saluts, de processions, de neuvaines et de raouts au presbytère du curé Joly en l'honneur de missionnaires qui venaient projeter aux fidèles de Rochefort-en-Yvelines des plaques de lanternes magiques évoquant la catéchisation sous des cocotiers de moricauds de Guinée et du Sénégal vêtus de shorts en peau de zèbre ou la prise de voile de Malgaches ou Cochinchinoises en âge de passer leur certif.

J'entends encore maman dire que, sa sœur, partie comme elle l'était, elle finirait par porter une cornette en guise de bonnet de nuit.

À ça j'ai pensé, en m'essoufflant à gravir l'étroit chemin bordé d'arbres sans feuilles — dont je n'aurais pas été capable de dire si c'étaient des hêtres, des chênes ou des baobabs ou des palétuviers — qui menait du pavillon de mes oncle et tante à l'église sans avoir à passer par le village. Un chemin privé. Que j'avais emprunté bien des fois quand, gamin en vacances de juillet-août à Rochefort, je me retrouvais promu à la dignité d'enfant de chœur.

Un emploi d'occasion qui avait bien du charme. C'est que c'était on ne peut plus divertissant de se retrouver en robe rouge et surplis, avec une calotte perchée sur le haut de son crâne, de manier un encensoir, un claquoir pour faire se lever, s'asseoir, s'agenouiller, se désagenouiller des chrétiens obéissants comme des petits soldats de dessins animés, de manipuler avec componction la burette de douze degrés cinq qui allait devenir du sang de Christ et être sifflé cul sec par l'officiant. Et, ça c'était le bonheur, le vrai bonheur, de distribuer le pain bénit qui, certains dimanches, était de la brioche tout en beurre dont on faisait des orgies de sacristie à n'en plus pouvoir déjeuner après.

Alors que mon église de Paris — Saint-Antoine-des-Quinze-Vingts — était un laid monument dont je franchissais le seuil avec effroi et où je crevais d'ennui pendant les offices, c'était toujours avec plaisir que je hantais celle de Rochefort. Une église modeste avec des herbes effrontées poussant entre les dalles de sa nef et des farceurs d'oiseaux nichant dans les poutres de son toit et les plis des robes de ses saints en bois et foutant une sacrée pagaille en survolant le chœur en plein saint sacrifice pour le plaisir de faire bafouiller le curé.

À Paris, surtout du côté de Palais-Royal, je jouais comme les autres au mécréant. Mais, sitôt à Rochefort, j'avais la foi.

Et une foi qui pouvait aussi bien me valoir un jour le paradis que la sienne le vaudrait à tante Clotilde qui ne disait pas de gros mots parce qu'elle n'en connaissait pas, qui ne buvait ni vin ni alcool parce qu'elle avait l'estomac sujet à des aigreurs et qui ne commettait plus le péché de chair depuis la naissance de ma deuxième cousine parce qu'elle était devenue imbaisable.

Arrivé à une centaine de mètres de l'église, là où se dressait un amas de vieilles cagnasses branlantes qui étaient les ruines d'un autre château, pas né du rêve d'un Bavarois mégalo et vieux de sept siècles, celui des ducs de Rohan, je me suis arrêté. Le temps de reprendre mon souffle et de regarder la campagne.

Le ciel aurait été moins plombé, à perte de vue on aurait vu. Mais tel que, c'était déjà grandiose et trop vaste pour mes yeux de garçon de la ville. Même en me cramponnant fort comme je me cramponnais à un arbre, ça me filait le tournis de surplomber tant de champs, de bois, de routes, de chemins, de maisons et de voir des bœufs, des chevaux et des péquenots devenus infimes comme des chiures de puces.

Mais c'était un tournis grisant, exaltant. De constater comment déjà c'était conséquent rien qu'un morceau, un minuscule fragment de département ça me donnait à penser. Sur la vastitude de l'univers. Et sur le peu qu'était un humain, même haut d'un mètre quatre-vingt-dix comme moi.

Quand je l'ai lâché, mon arbre, je me suis allumé une gauloise que j'ai fumée en gravissant l'ultime raidillon, celui qui débouchait sur le cimetière et l'église.

En y entrant, dans l'église, je me suis signé avec ma main humectée à l'eau bénite et j'ai fermé les yeux et demandé au Bon Dieu de bien vouloir qu'il y ait une vie éternelle comme le prétendaient les Écritures et les bons pères.

Elle était piteuse ma prière. Mais autant je me suis toujours plutôt bien débrouillé pour parler à n'importe qui, fût-ce à des supérieurs très supérieurs à moi, autant aujourd'hui encore, dès que je m'adresse au Tout-Puissant, c'est plus fort que moi, il faut que je bêtifie.

Et je ne suis pas le seul. Suffit de lire attentivement les textes des prières les plus courantes, des cantiques devenus des tubes. Qu'est-ce que ça doit l'énerver, Dieu, qu'on le traite toujours comme un mongolien.

L'oncle Bertrand, avec son tablier bleu de jardinier qu'il ne quittait que pour aller se coucher, et le curé Joly, manches de soutane retroussées, étaient sur un coup fumant. Il leur fallait localiser et récupérer les six ou sept — ou plus, ils ne pouvaient pas savoir — chatons qu'une minette errante avait pondus dans le confessionnal et cachés chacun dans un recoin différent de l'église. Trois, ils en avaient déjà trouvés et mis à ronronner dans un panier. Mais des miaulements plaintifs continuaient à se faire entendre un peu partout et le curé Joly commençait à avoir ses nerfs.

Pas l'oncle Bertrand. Pour lui faire perdre son calme, à lui, il aurait fallu au moins l'apocalypse.

Il était tout content de me voir. Laissant le curé ramper entre les prie-Dieu en roucoulant « minet, minet, minet », il est venu au-devant de moi.

Et je lui ai dit pourquoi j'étais là.

— Morte, Flavie ? Ah ! merde alors ! il a crié.

C'était pas bien des façons pour un sacristain, de crier merde dans son église. Mais c'était un cri du cœur. Dont même le curé Joly, qui n'était pas à proprement parler un homme à la coule, ne s'est pas offusqué quand il a su lui aussi.

— Mon pauvre Remo. C'est qu'une maman, ça se remplace pas, c'est qu'on n'en a qu'une, il m'a dit.

Et il m'a tapoté l'épaule. Plusieurs fois.

— Il faut être courageux. Oui. C'est ça qu'il faut être, mon grand : courageux.

L'oncle Bertrand s'était assis sur les marches de l'autel. Et il se frottait le nez avec un grand mouchoir à carreaux. Le nez et les yeux.

Nous avons laissé le curé Joly poursuivre tout seul la chasse aux bébés chats et nous sommes redescendus, mon oncle et moi.

Pas par le chemin privé. Par le village.

Pour se remettre de son émotion, mon oncle avait besoin d'un remontant. D'un ballon de rouge au comptoir du *Café de la Mairie*. Qu'il a bu à très petites gorgées. Comme je lui proposais une gauloise, il a sorti sa blague et un paquet de papier gommé Riz-la-Croix de sa poche de tablier.

— Le tabac tabac, depuis que je me suis mis aux herbes que je cultive moi-même, je le supporte plus. Des quintes de toux ça me donne, le Caporal.

Quand il a eu fini de se rouler sa cigarette aux bonnes herbes de son cru et qu'il l'a allumée, c'est moi qui l'ai eue, la quinte. La fumée de sa clope artisanale, quand elle vous arrivait dessus, c'était comme si un troupeau d'éléphants vous pétait dans les narines.

Un an jour pour jour après cette journée à Rochefort-en-Yvelines, il mourait du cancer des fumeurs, à l'hôpital de Dourdan, l'oncle Bertrand. Mais ceci est une autre histoire.

Le lapin blanc aux yeux rouges, tante Clotilde l'avait fait aux carottes et aux petits oignons du potager de l'oncle. Du nanan. Avec une de ces sauces. Que nous avons dégustée avec des cuillères parce que, tous les tickets de la famille ayant été investis dans la fabrication de pets-de-nonne à l'intention d'un évêque en visite chez le curé Joly, il n'y avait, cette semaine-là, pas une miette de pain pour saucer dans leur maison.

Le dessert c'était un crêpiau de châtaignes. Consistant à souhait.

Mes cousines Marie-Odile et Marie-Thérèse avaient été bien mignonnes avec moi quand elles avaient su pour maman, me proposant, dans un même élan, de bien vouloir, puisque j'étais devenu un fils sans mère, partager la leur avec elles. Merci du cadeau !

Après le lapin et le crêpiau, nous avons eu droit à une infusion de feuilles d'arbres fruitiers. Un breuvage saumâtre, faisant bien roter, concocté par l'oncle Bertrand que les restrictions rendaient chaque jour un peu plus inventif.

Non content de biner, de planter, de semer, de bouturer, de poupouter ses fruits et légumes mieux qu'aucune mère n'a jamais dorloté ses marmots, une fois récoltés les produits de son jardin, il les disséquait, les tripatouillait pour en tirer plus que ce que la Nature avait prévu qu'ils donnent à l'Homme.

Les poils de barbe de poireau il les hachait menu menu pour en faire des salades. Des cosses de pois et de haricots passées à la moulinette il faisait une purée à la fois très savoureuse, très digeste et laxative. Plutôt que d'acheter du café ersatz à l'épicerie Maillemèche à côté de la poste, il s'en grillait lui-même dans une vieille lessiveuse avec des pois chiches, des pépins de pommes et des trognons de céleri-rave découpés en petits cubes. Son très goûteux vin de pomme de pin ayant déclenché une inflammation des boyaux familiale dont Marie-Odile avait failli ne pas se remettre, il avait renoncé à en produire. Mais, dans le secret d'un hangar qu'il appelait son laboratoire, il passait des nuits fiévreuses à tenter de mettre au point assez d'aliments de substitution pour permettre à lui et aux siens de ne pas perdre un gramme, les restrictions dussent-elles durer encore cent ans.

Il avait aussi, dans un autre hangar couvert de lierre au fond du potager, aménagé une sorte de petit hôtel.

Oui. De petit hôtel. Avec des couchettes en planches sciées et assemblées par lui, avec une douche faite d'un vieux seau percé de trous pendu à une poutre, avec une lampe à pétrole, avec de vieilles boîtes de conserve cendriers et de quoi lire. Un petit hôtel pour y cacher des parachutistes.

Car il était convaincu que, début mars, début avril au plus tard, exhortés par l'archange saint Michel qui était très antiboche, des parachutistes anglais allaient se mettre à tomber comme des grêlons sur toute la France et qu'ils seraient bien heureux, ces braves, de trouver où se loger.

C'était quelqu'un, l'oncle Bertrand.

Il aurait mérité mieux qu'une tante Clotilde.

Après m'avoir fait visiter son clapier à parachutistes il m'a proposé d'aller avec lui jusqu'au château où il devait aller regarder si le gel des dernières nuits n'avait pas causé de dégâts dans la tuyauterie des cascades artificielles.

Des kilomètres de tuyaux que l'oncle Bertrand a été ausculter à sa vitesse en se tortillant les moustaches pendant que moi, assis sur le perron de la galerie des glaces, je grillais une gauloise de plus.

C'était toujours troublant de se trouver là, dans ce domaine désert, ce royaume né du rêve d'un piqué qui n'avait jamais existé que pour permettre à mes cousines Marie-Thérèse et Marie-Odile, à leurs amies de Rochefort et à moi de jouer aux châtelains quand nous étions mômes.

Ça n'a pas loupé, j'ai vite pataugé dans l'attendrissement au souvenir de goûters, de dînettes de tartines de confitures cuites par ma tante avec la rhubarbe cultivée par mon oncle, au souvenir de parties de cache-cache dans d'immenses pièces sans meubles mais avec des sculptures, des bas-reliefs, des plafonds rococo qui auraient ravi la Pompadour et ses amies et connaissances.

Je me revoyais avec mes sandales pas chères de chez *André* jamais à la taille de mes pieds qui n'arrêtaient pas de pousser, avec les capelines en piqué blanc trop coquettes pour un garçon qu'on me forçait à porter pour prévenir les coups de soleil. Je me revoyais abandonné par de méchantes petites filles de Rochefort dans un couloir qui semblait ne pas avoir de bout, et hurlant de terreur. Je me revoyais trempé, rouge de honte après m'être presque noyé dans une des mares du jardin japonais en ayant voulu faire bisquer les grenouilles. Je me revoyais, déjà grand garçon, faisant mes premières gammes de futur génial peintre contemporain en tentant de reproduire à la gouache des arbres majestueux du parc qui, sur ma feuille de papier Canson, devenaient d'affligeantes platées d'épinards. Je me revoyais, à l'intérieur de la pagode, essayant d'embrasser comme s'embrassaient les personnages dessinés de *Terry et les pirates* la fille du maraîcher Tuloup, une Momonne à taches de rousseur qui avait préféré me montrer sa fontaine à pipi que de me laisser lui mettre ma langue dans sa bouche.

Un souvenir poussant l'autre, c'est maman que je me suis mis à revoir dans la fumée de ma gauloise. Maman, ici, devant le château, en robe d'été à tournesols grandeur nature, prenant la pose devant l'appareil photo à pied de monsieur Fritelle le patron de mémé Guillemain. Maman fuyant en hurlant de terreur un serpent qui n'était qu'une vieille chambre à air de la bicyclette d'oncle Bertrand. Maman me montrant les ours nous lançant des regards bourrus du fond de leur fosse du jardin des Plantes. Maman riant aussi fort que moi des grimaces d'un clown à la tête verte — au cirque Eleska de l'Exposition coloniale du bois de Vincennes ou ailleurs ? Maman et moi nous tenant la main et prenant la pose devant la tour Eiffel en faisant attention de surtout ne pas bouger pour que madame Pipolina, qui étrennait un Kodak dernier modèle, ne gâche pas sa pellicule. Maman se cachant pour pas que je voie qu'elle pleurait un soir où papa avait joué et perdu son alliance au poker. Son alliance !!! Maman toute fiérote des belles boucles que lui avait faites Lina avec un nouveau fer à friser —

américain — en vente exclusive aux Galeries Lafayette. Maman faisant sauter des crêpes de la Chandeleur. Maman traversant une rue. Maman me collant une beigne que je n'avais pas volée. Maman fredonnant une chanson de Lys Gauty. Maman avec sa robe verte qui l'amincissait. Maman...

J'avais des larmes qui me venaient. Encore.

Et ça n'a été que plus triste quand je me suis mis à voir maman plus là. Le banc de l'avenue Ledru-Rollin l'été sans maman. L'avenue Ledru-Rollin sans maman. La vie sans maman. Maman n'assistant pas au vernissage de la première grande exposition de moi devenu grand peintre.

À quoi ça servirait que je devienne une célébrité si elle n'était pas là pour le savoir ?

Je me faisais trop tartir sur ce perron de château d'opérette. Je me suis levé et j'ai été rejoindre mon oncle qui, assis immobile sur un des énormes tuyaux qu'il était censé inspecter, contemplait un insecte faisant l'acrobate sur un brin d'herbe.

— J'étais en train de penser à Flavie, à ta maman. Tu peux pas savoir comme je suis chamboulé. Une femme si peu mauvaise, si souvent de bonne humeur. Le contraire, tout à fait le contraire de sa sœur. Et belle femme en plus. Si je te disais que, dans les années vingt... Maintenant je peux le dire. Ça restera entre toi et moi. T'irais pas cafter ton vieux nigaud d'oncle. Dans les années vingt, donc, t'étais loin d'être né toi. Et ton frère avait dans les douze treize ans. Il avait eu je sais plus quelle maladie. Une maladie d'enfant.

Peut-être la varicelle. Toujours est-il qu'il lui fallait du grand air, du repos. Et ta mère est venue avec lui passer un mois ici. C'était l'hiver, le début de l'hiver. Commençait à faire un temps à plus trop traîner dehors. Moi, bien sûr, j'avais mes occupations. J'allais, je venais sans me soucier de ce que disait le baromètre. Et ce jour-là, il devait être dans les trois quatre heures et j'ai eu des frissons. Comme quand t'es en train de te fabriquer une grippe. Dans ces cas-là, le plus efficace c'est un grog. Pas trop chargé en eau. Avec, si t'en as sous la main, du clou de girofle. Je rentre donc à la maison où ta tante était pas puisque ces années-là elle allait tous les après-midi taper à la machine à l'étude du notaire, l'autre, le vieux notaire qui est décédé depuis. Et sur quoi je tombe dans la cuisine ? Flavie. Ta maman, Remo. Flavie nue comme Ève, en train de se laver dans notre grande bassine. Elle pouvait pas se douter que je rentrerais, comme ça sans prévenir, avant mon heure habituelle. Et elle se lavait tout le corps avec un gant et du savon. Et moi de rester médusé. De pas me dépêcher de ficher mon camp. Moi, m'excusant même pas d'être entré sans prévenir. Moi, comme le crétin que j'étais. Et elle a pas poussé les glapissements qu'elle aurait pu. Elle m'a regardé droit dans la figure et elle a dit : « Alors, Bertrand, on se rince l'œil ? » Et c'était ça que je faisais. Je me le rinçais comme jamais. À une femme de peinture de musée elle faisait penser. Si gracieuse, si ronde aux bons endroits. « Alors, Bertrand, on se rince l'œil ? » À genoux j'aurais voulu me mettre et lui embrasser ses pieds. Une femme belle comme ta mère. Mon grog, je suis allé le boire au café, chez Albert, qui avait pas eu encore sa maladie des os. Des grogs sans clous de girofle. Des. Parce que j'en ai bu quatre. Et je suis rentré, ils étaient déjà sortis de table. Et je suis monté directement me coucher. Au grenier. Avec les souris qui toute la nuit m'ont fait la sarabande dans le toit. Et quand ta tante Clotilde m'a demandé ce qui m'avait pris de rentrer à pas d'heure et saoul, je lui ai répondu qu'une chose : « Ta gueule. » Et dès que je me suis retrouvé seul avec ta mère, je lui ai demandé pardon. Et tu sais ce qu'elle a fait, ta mère ? Elle m'a demandé : « Pardon de quoi ? » Et elle a rajouté : « Si, hier, vous aviez tant bu que vous avez eu des visions, je vois pas en quoi ça me regarde. » T'entends ça ? En plus d'être jolie comme un cœur, elle avait une de ces délicatesses. « Pardon de quoi ? » Ce qui s'était passé, pour elle, ça a toujours été comme si ça s'était pas passé. Mais pas pour moi. Ce que j'avais vu, je l'avais vu. Et tu me crois pas si tu veux pas me croire, mais le nombre de nuits où je l'ai revue en rêve dans la bassine dans la cuisine, ta mère, je pourrais pas en faire le compte. C'est pas compliqué, si je me donnais la peine d'aller au fond des choses, je crois que Flavie, depuis cet hiver des années vingt, j'en suis amoureux. Et t'arrives et tu me dis qu'elle viendra pas ici manger la dinde à Noël. Tu sais l'envie qui me vient, Remo ? Cette dinde qui est dans une cage toute seule pour pas que les poules l'embêtent et que je nourris qu'avec du meilleur pour qu'elle devienne grasse comme une dinde de concours, l'envie qui me vient c'est de tout de suite lui tordre le cou et d'aller la perdre dans un fourré que, cette nuit, les loups viennent la manger. Ton père il doit être aussi bien secoué. C'est qu'une femme pareille...

Il en avait laissé sa cigarette s'éteindre.

Je ne voyais pas quoi lui dire, comment lui apporter le moindre réconfort.

— Faudrait pas que tu m'en veuilles de ce que je viens de te raconter. Mais fallait que ça sorte. Même au curé Joly à confesse, j'en ai jamais soufflé mot de ta mère dans la bassine dans la cuisine.

— Pourquoi je t'en voudrais ?

— T'as raison. Pourquoi ?

On ne s'est plus rien dit en revenant au pavillon où Marie-Thérèse et Marie-Odile m'attendaient pour qu'on aille, d'un coup de bécane, annoncer la nouvelle à mémé.

J'ai enfourché le vélo touriste à guidon droit et haut de mon oncle et nous avons pédalé jusqu'à la maison des Fritelle, les employeurs de mémé Eugénie, face à l'*Hôtel des Cavaliers* au tournant de la route de Chartres.

Comme notre voisin le Gaucho la nuit d'avant sur le palier, ma grand-mère était de corvée de lessive. Mais pas dans une cuvette. Dans un baquet dans une buanderie avec, lui traînant dans les jambes, un chien rougeaud qui balançait sa queue au rythme des coups de battoir.

J'ai laissé mes cousines lui apprendre que le Seigneur avait rappelé à lui leur tante Flavie, à mémé Eugénie. Mais c'est moi qui ai eu droit aux commentaires.

— Ce qui fait que vous voilà tout seuls ton père et toi. Eh bien je vous plains. De toute mon âme, je vous plains. Et, si j'en avais pas perdu l'habitude, je me plaindrais moi aussi, tant que j'y suis. Parce que, de la chance avec mes enfants, j'en aurai pas eu en quantité. Ça, non. Deux filles mortes avant d'avoir eu le temps de comprendre ce que c'était que de vivre. Et deux autres, bien vivantes, mais se mariant avec qui il aurait fallu faire n'importe quoi mais surtout pas se marier. Parce que ton père et ton oncle Bertrand... Et je parle pas de mon garçon, de ton propre à rien d'oncle Thomas. Celui-là, même avant qu'il aille s'embringuer dans ses âneries de propagande pour cet incapable de maréchal Pétain, je le voulais déjà plus comme fils. Mais ta mère, Flavie... Ton père va lui payer un bel enterrement au moins ?

— Oui. Il a prévu ce qui se fait de mieux.

— S'il a l'argent pour.

Et elle s'est remise à sa lessive. Nous sommes retournés au château en poussant moins sur les pédales parce que, dans ce sens-là, ça descendait.

Il était l'heure d'une tournée de Chocolatine.

À tante Clotilde qui m'a demandé si je voulais rester dormir à Rochefort, je me suis empressé de répondre que non, que je ne pouvais pas avec tout ce que nous avions à faire papa et moi pour les obsèques et que, ce qui serait épatant, ça serait que je puisse attraper le car de cinq heures.

De justesse je l'ai eu.

Je revenais de Rochefort-en-Yvelines avec, dans un grand cabas que j'ai dû jurer de ne pas perdre et de rapporter à ma prochaine visite, des pommes, des patates, de la ciboulette, une salade dont le nom m'avait échappé, des noix et une demi-citrouille. Et avec bien de la tendresse pour l'oncle Bertrand. Un vieil homme pas loin d'être un fou. Comme mon père.

Il y avait des nappes de brouillard et la nuit qui commençait à se pointer. Alors le car ne s'est pas emballé. Une tortue. Se laissant doubler par même des vélos et des carrioles tirées par des bourrins ou des gens.

Je n'avais plus de cigarettes et, dans la bouche, goût de Chocolatine.

Je me suis dit que j'aurais aussi bien fait d'y rester coucher à Rochefort. Nous aurions mangé de la soupe épaisse et des œufs coque sans mouillettes. J'aurais joué aux dames avec l'oncle Bertrand pendant que tante Clotilde et les cousines auraient fait la vaisselle. Et l'oncle Bertrand m'aurait rendu chèvre en n'en finissant pas de se triturer les méninges pour décider quel pion il fallait qu'il pousse pour me gober les miens. Et il aurait gagné. Toujours il me battait. À l'usure.

Puis à pas même neuf heures j'aurais été faire mes besoins dans le malodorant petit chalet près du poulailler. Et j'aurais vu le ciel avec des étoiles qu'on ne voit qu'à la campagne par le trou en forme de cœur découpé dans la porte. Et j'aurais eu les flûtes qu'un mulot ou une taupe ou un bestiau volant vienne m'asticoter.

Et, après une prière que nous aurions marmonnée tous ensemble dans la salle commune devant un Christ de bois peint nous donnant à voir son cœur ruisselant de sang, je me serais retrouvé, comme tant et tant de fois, dans la chambre sous le toit, la chambrette tapissée de toile de Jouy en papier répétant à l'infini une saynète, à la Watteau mais bâclée, avec des dames en robes à panier et des gentilshommes à tricornes dansant un menuet ou une gavotte autour d'un baudet coiffé d'un chapeau de paille.

Et j'aurais feuilleté une fois de plus l'album de Bécassine qui semblait oublié sur la table de chevet de cette chambre depuis que, pour moi, le monde était monde. Et je me serais délecté, comme si j'en faisais la découverte, des nigauderies de cette Bretonne née native du village de Clocher-les-Bécasses à qui son créateur avait oublié de dessiner une bouche. Et ça m'aurait rappelé les maladies d'enfant que j'avais eues à Rochefort. Une grippe d'été, une rougeole partagée avec mes cousines... Et maman. Maman me soignant. Me couvant.

Maman qui...

J'aurais fini par éteindre la lumière. Mais pas pour dormir. Pour attendre dans le noir qu'une éventuelle souris se manifeste. Comme un chat j'aurais fait le guet. Longtemps. Et le sommeil aurait fini par m'avoir. Mais un sommeil pas comme à Paris. Parce que, dans cette chambre avec des craquements de bois, avec des milliers de milliers de bruits petits petits d'insectes n'arrêtant pas de manger les murs et les planchers avec, dehors, toujours du vent et des halètements, des grincements de dents de rapaces en chasse et les oiseaux de nuit qui volaient avec leurs trop grandes ailes et fonçaient sur des proies et les déchiquetaient avec leurs serres acérées et leurs becs pointus, c'était impossible que j'y dorme d'un vrai bon profond sommeil.

Et j'aurais été réveillé en sursaut par le coq Philibert de l'oncle Bertrand — encore un animal redoutable et plus empoisonnant et con qu'un carillon Westminster.

Et, ne pouvant pas me rendormir, même que d'un œil, par la faute des poules, des canards, des vaches et des citoyens de Rochefort-en-Yvelines pas fichus d'attendre qu'il fasse jour pour commencer leur journée en toussant, crachant, rotant, pétant et faisant des bruits de brouettes et de sabots sur le pavé, j'aurais maudit la campagne, sa faune et ses ploucs jusqu'au moment où aurait retenti le « On se réveille, les paresseux, on se réveille ! Le café est prêt » de tante Clotilde.

Et le café aurait été de la Chocolatine ou une pâtée du matin de l'invention de l'oncle Bertrand. Et nous aurions refait une prière à l'unisson, à l'intention du Christ si fier de son cœur en compote, et je me serais vu embarqué pour une corvée.

Soit arrachage d'herbes pour les lapins, soit arrosage de salades ou de radis avec de l'eau qu'il fallait, et c'était le bagne, aller tirer au puits.

Ou mon oncle m'aurait demandé de me rendre en me grouillant à l'église pour servir la première messe du curé Joly à qui ça aurait fait rudement plaisir de retrouver son ancien enfant de chœur.

Et, sans surplis, sans calotte, je me serais tapé une messe sans musique, sans cantique, sans pain bénit, sans même un fidèle pour y assister.

Et je serais revenu par le village. En rencontrant peut-être la fille Tuloup, dont j'avais vu et un peu touché, jadis, la petite fontaine dans la pagode. La petite Momonne, devenue une grande nouille qui m'aurait lancé un regard rancuneux. Peut-être aussi j'aurais bavardé un peu avec mes cousines. Qui avaient, Marie-Thérèse, cinq ans de plus que moi, et Marie-Odile, trois.

J'avais passé des journées inoubliables avec elles.

Dans la cuisine où, avec des fous rires, elles s'attaquaient à la délicate confection de quatre-quarts, négros et puddings « facile à faire et économiques » des recettes de *La Semaine de Suzette.*

Dans le hangar, qui n'était pas alors un home d'accueil pour paras hypothétiques mais un salon uniquement meublé de vieux coussins où mesdemoiselles Marie-Thérèse et Marie-Odile recevaient tout ce que Rochefort-en-Yvelines comptait de fillettes bien élevées pour faire des repas de caramels et de macarons fabriqués à la maison et jouer aux portraits, au Creuse-nénette, à Plus-menteur-que-toi et à Trouveras-tu-qui-je-suis.

Dans le parc, le château, les écuries où aucun cheval n'avait jamais piaffé mais où poussaient sans avoir été plantées par personne les plus délicieuses fraises des bois du monde et où nous ne songions qu'à nous amuser et encore et encore nous amuser.

Hélas, les années passant et le grand Adolf Hitler et une tripotée de petits hitlers sans mèches, sans croix gammées mais tout aussi belliqueux ayant déclenché une conflagration mondiale, mes cousines avaient pris de l'âge et un sérieux coup de sérieux.

De s'amuser, ça ne les amusait plus. À moins de vingt ans, elles étaient déjà vieilles filles. Et vieilles filles de la vieille école.

C'est qu'elles n'avaient jamais quitté Rochefort et leur maman si canulante, jamais vu d'autres films que les documentaires muets en noir et blanc que les chères sœurs de Dourdan projetaient une fois la semaine pour édifier les membres de l'Association de la Jeunesse chrétienne, jamais lu d'autres livres que ceux qu'on trouvait dans le placard du presbytère de Rochefort que le curé Joly nommait pompeusement sa bibliothèque paroissiale.

C'est qu'elles n'avaient, j'en jurerais, jamais embrassé de garçons, jamais flirté, jamais eu quoi que ce soit d'un peu croustillant à raconter au curé Joly dans le secret du confessionnal.

Elles étaient en route pour la sainteté, ces deux ennuyeuses, comme moi j'étais en route pour la gloire. Si toutefois je l'étais.

Il n'y avait rien de plus à en dire et je n'avais plus rien à leur dire.

C'est en pensant à cela qui n'avait rien de folichon, que j'ai meublé le temps passé dans le car Citroën quarante-cinq qui me ramenait à Paris.

Il s'arrêtait à deux pas de l'arrêt d'un bus qui menait à Pigalle, mon car.

Pigalle c'était à deux pas du *Bon Jésus.*

Là, je devrais me fendre d'une description haute en couleur, croustillante, hardiment troussée de Pigalle, de la place Blanche au temps des Frisés. Faire scintiller de tous leurs feux les enseignes des boîtes à fesse, brosser le tableau complaisamment folklo de la foule grouillante de traîne-lattes équivoques, de macs cossus, de pouffes maquillées comme des bagnoles volées, de badauds venus renifler la suave odeur du péché. Car, déjà, c'était le rendez-vous des marchands de plaisirs tocards et de leurs pitoyables clients.

On n'y trouvait pas d'herbe parce que la fumette n'était pas encore dans les mœurs. Mais de la coco, à coup sûr. Et de l'opium pour les amateurs de trips exotiques. Et de la pacotille genre cartes postales égrillardes ou bois bandé ou godemichets cocasses. Et évidemment tout ce qui se trafiquait alors un peu partout.

Ce quartier je l'aimais aussi peu que maintenant. Et, en plus, je ne m'y aventurais jamais sans crainte.

Mais Jeanjean et bien d'autres bons amis à moi n'achetaient de quoi fumer qu'à l'angle du boulevard de Clichy et de la rue Lepic.

Alors...

J'ai abordé celui des vendeurs à la sauvette qui donnait le moins l'impression d'être un évadé de Sing Sing et, poliment, je lui ai demandé si, par hasard, il n'aurait pas un paquet de cigarettes.

Il avait de la cigarette. Et pas que de la gauloise.

À un prix que je veux oublier tant il était crapuleux, il m'a vendu une boîte en métal doré de cinquante cigarettes de tabac blond et turc que j'ai vite fourrée au fond du cabas de tante Clotilde, sous les patates, les noix et la ciboulette.

Et je me suis calté en espérant que des flics en civil, dont ce carrefour si bien fréquenté ne pouvait que pulluler, n'allaient pas fondre sur moi.

Non. On m'a pas interpellé, pas fouillé, on ne m'a pas inquisitionné le contenu de mon sac et pas embarqué.

J'ai pu aller sans encombre jusqu'*Au Bon Jésus* en matant à l'aise une nuée de putes en manteaux de fourrure attendant de sucer à la va-vite, sous une porte cochère, de valeureux troupiers du grand Reich avant qu'ils aillent se repaître des fastes polissons du gay Paris au Moulin-Rouge ou dans une boîte à tapettes ou à goudous.

C'est que le Teuton, même de très haut grade, la gauloiserie, il en était friand.

Au Bon Jésus, le père de Mercadet, un jovial à rouflaquettes, m'a accueilli avec chaleur.

— Ah ! le grand Italien. On te voit plus, toi. Si c'est pour la répétition que tu viens, elle est n, i, ni, finie. Même qu'ils ont bossé dur aujourd'hui. Je les écoutais tout en faisant ma caisse. Ils en ont mis un coup, les petits. Et je le vois aux petits oignons, votre spectacle. Aux petits oignons. Qu'est-ce qu'elle joue bien la petite Lolleh Bellon. Le Poiret aussi. Il te les balance ses répliques. C'est un bon, ce garçon-là. Un futur Albert Préjean, moi je dis. Ils répètent plus mais ils sont là-haut. Ça s'entend, non ?

Ça s'entendait. C'était Trenet.

J'ai connu de vous de folles caresses.

Ils étaient bien dix dans la chambre de Mercadet. Vautrés sur le lit, assis par terre, dans de la fumée et le boucan de dix soliloques qui se chevauchaient.

J'étais à peine entré qu'un garçon du Centre du spectacle, un zazou à cheveux crêpelés sur le front et à cuche gominée sur la nuque, avec qui je n'étais pas spécialement pote, m'a épinglé.

— Mais d'où qu'il vient le peintre maudit avec son manteau de paysanne et ses provisions ? On a été faire son marché au canton, ma bonne dame ?

Mercadet l'a calmé.

— Lâche Remo, Bobby. Il vient de lui arriver un très sale coup. Alors t'arrête. D'accord ?

Bobby nous a tourné le dos et est allé fouiner dans le chemisier d'une blonde pas mal.

J'ai posé mon cabas sur le plancher, retiré mon pardessus que j'ai suspendu à la poignée de la fenêtre et je me suis casé par terre, entre Lolleh et une fille brune un peu trop maquillée. Un peu trop proprette, un peu trop attentive à tout et à tous. Un peu trop trop de choses. Mais pas mal elle non plus. Je l'avais déjà vue. Entrevue du moins. Mais où ?

Je ne connaissais pas son nom, ça c'était certain.

C'était une Cécile. Mais je ne l'ai pas appris ce soir-là.

Lolleh m'a dit des gentillesses. Et pas qu'elle.

Que ma mère vienne de mourir ça les avait tous frappés, mes copains.

Même Bobby, quand il a eu compris, il est venu s'excuser de m'avoir agressé.

— Ça retire rien au fait que t'as un manteau de mémère qui va à la fouère. Mais je suis désolé, Remo. Vraiment.

Je lui ai tendu ma main qu'il a serrée.

— Tu savais pas. Et puis, si on se met à plus se balancer de vacheries, ça va nous mener où ?

J'étais bien, sur le parquet de la piaule à Mercadet. Bien, avec ces garçons, ces filles qui, comme moi, ne se laissaient pas manger le moral par une guerre que nous n'avions pas voulue, pas déclarée, pas perdue.

Avec Poiret qui s'est lancé dans une hallucinante imitation de Charles Dullin chevrotant qu'il allait « faire la dépense d'un miroir » dans *Richard III.*

Avec Lolleh qui souriait à la vie parce qu'elle était faite pour sourire.

Avec Maurice Ronet qui, sans même lui adresser la parole, sans même lui faire l'aumône d'un regard, était en train — rien qu'en ouvrant bien ses yeux bleus — de vamper une Nadine à jambes de danseuse qu'il voyait pour la première fois et qu'il allait, c'était gagné d'avance, sauter le soir même.

Avec Mercadet qui n'arrêtait de changer les disques et de remonter son phono que pour faire circuler des bouteilles de cidre doux (offrande de son père à la jeunesse méritante) et une bouteille de gin (de provenance inconnue).

Il m'en a servi un, corsé, de cidre-gin.

Et il a mis un de mes Trenet préférés.

Je suis né dans un village près du ciel et plein d'oiseaux, je suis l'enfant le plus sage de Pavy-les-Eaux. Mes parents sont culottiers et la nuit et le jour...

J'ai fermé les yeux, sirotant le contenu de mon verre sans le voir. Il y avait peu de cidre, beaucoup de gin. C'était fort.

Après *Papa pique et maman coud*, ça a été *Verlaine*. Trenet, paroles et musique, c'était le seul qui me faisait décoller, planer. Je n'avais pas le cœur à chanter, et pour cause. Mais j'ai dû quand même fredonner un peu pendant que le disque tournait. Et il s'était arrêté. Et mon verre était vide et j'avais toujours les yeux fermés et quelqu'un me l'a rempli.

C'était la fille brune — cette Cécile un peu trop tout. Elle s'était agenouillée pour être à ma hauteur.

— Merci.

— On m'a dit qu'il fallait t'abreuver, que t'en avais besoin. Tu dormais ?

— J'écoutais Trenet.

Elle avait une coiffure étudiée. Trop. Ses cheveux noirs et longs, elle se les ramenait sur le front en rouleaux. Trois rouleaux ça faisait. Trop de rouleaux.

— C'est pas une feignante, ta coiffeuse.

— C'est moi ma coiffeuse. C'est chou, non ? J'ai vu une fille avec les cheveux comme ça dans un film. À peine sortie du ciné je me suis ruée sur mon peigne et ma brosse. Si je te disais combien ça demande d'épingles...

Au Centre du spectacle, j'avais dû la voir, cette fille. La voir sans la remarquer. C'est qu'elle n'était pas vraiment le genre de beauté qui me faisait fantasmer. De beauté ? Elle était mignonne, sans plus. Trop dodue pour moi en tout cas. Trop bien portante. Avec des mollets trop ronds, des hanches trop... Et trop bavarde. Après m'avoir expliqué en long et en large comment elle s'y prenait pour transformer ses tifs en pièce montée, elle en était à me raconter un livre formidable qu'elle était en train de lire et qui...

C'est mon beau vieux pote Maurice Ronet qui m'a délivré. Il s'est approché et agenouillé lui aussi. Pour me faire voir quelque chose dans un livre. Une reproduction.

— Toi qui te prends pour son seul et unique héritier à papa Matisse, tu la connais celle-là ?

C'était une toile que je ne connaissais pas. Vert et noir et d'un bleu à se mettre à quatre pattes et à en lécher le parquet. Une toile d'Afrique. Une splendeur.

Voyant que j'étais parti pour délirer sur les peintres fauves et ne plus m'intéresser à elle, elle s'est relevée, la fille brune. Elle est allée rejoindre la Nadine qui, assise sur le lit, se languissait déjà du beau, de l'irrésistible Maurice.

De Matisse nous sommes passés à Giono que Turquin, le seul barbu de notre bande, trouvait tellement pur, tellement en plein dans la vraie vérité de la vie que, de le lire, ça lui filait envie de tout plaquer et d'aller garder des brebis loin de la ville et de ses bruits et de se nourrir que de fromage de bique et d'ail. Ce qui lui a valu de se faire chambrer à fond. Parce que les biquettes, la cambrousse, l'ail et le retour à la terre, ça allait vachement bien avec son petit costard swingant et sa coiffure de caniche à Turquin.

Et que Giono, pour nous tous, c'était le type même de l'écrivain goitreux. Du bouseux sans humour.

Non. Pas pour nous tous.

Jeanjean qui venait d'arriver, tenant par la main une fille à nattes dans les treize, quatorze ans inconnue au bataillon, a pris sa défense au barde de Manosque. Pour lui, c'était notre Virgile.

De Virgile — que je ne connaissais même pas de nom —, il a bifurqué sur — qui c'était encore celui-là ? — Isidore Ducasse comte de Lautréamont.

— *Maldoror*, naturellement, vous ne savez pas ce que c'est. Vaut peut-être mieux. Les alcools un peu forts, vous... Restez-en à votre vieil armagnac.

Le vieillard maniaque c'était Pétain. Toute la France savait ça à l'époque.

Mercadet n'a pas du tout du tout apprécié l'allusion.

— Tu fais quoi, là ? Tu nous traites de collabos ?

— De rien, je vous traite. De rien. Simplement, je me désole de constater qu'à part les bons auteurs recommandés par Vichy, votre culture...

Dieu sait que nous n'étions pas des enragés, ni des engagés, que nous n'étions, presque tous, les garçons et les filles de notre petite bande, que de doux branleurs qui attendaient que le Destin ou des garçons et des filles plus courageux que nous chassent et l'Occupant et ses sbires. Mais nous n'étions pas non plus assez niais pour gober les bonnes paroles dont on nous abreuvait. Alors quand Jeanjean...

Mercadet a marché droit sur lui. Tout pâle, il était.

— Ce qui se dit à Vichy, on n'y croit pas plus que toi, triste lopette. Parce que c'est ça que tu es. Une arrogante lopette toujours en train d'en installer, de faire le brillant, l'instruit, en nous jetant à la figure des titres de bouquins connus que par toi. Mais que, j'en suis persuadé, t'as même pas ouverts.

Plus personne ne pipait. Tous nous avions les yeux braqués sur Mercadet et Jeanjean en train de jouer les chiens de faïence.

Et Mercadet en a rajouté.

— Parce que c'est la grande classe de faire celui qui a tout lu, tout vu, tout compris à la perfection. Mais ça te mène où tes grands airs ? Tes peintures si fantastiques quand t'en parles, elles sont exposées où, hein ? Dans quelle galerie ? Parce que, depuis le temps que tu nous les meules en nous racontant tes paysages mieux torchés que ceux de Claude Lorrain et tes nymphes plus bandantes que celles à Botticelli, jamais t'as été foutu d'en finir un, de tableau. Jamais. Parce que tu n'es qu'un parleur, Jeanjean. Qu'un parleur.

— Autant se contenter de parler que de piquer le blé que son père gagne en faisant du marché noir pour monter des spectacles de patronage.

Le poing gauche de Mercadet il l'a pris dans l'estomac et, comme ça l'a fait basculer en avant, il a pris l'autre, le droit, en pleine gueule, Jean-jean. Et il a riposté avec un coup de pied sournois qui a fait dégringoler Mercadet et son phono avec. Et des disques qui ne demandaient qu'à se briser en mille morceaux. Et Maurice, qui tentait de s'interposer pour qu'il n'y ait pas de deuxième round, s'est ramassé un si violent gnon dans le ventre que, prenant Lolleh par la main, il l'a entraînée vers la porte. Et j'ai vu la Nadine aux jambes de danseuse, fermement décidée à se faire violenter dans les plus brefs délais par notre don Juan, leur filer le train. J'ai vu Bobby s'efforcer de ceinturer Mercadet. Et une bibliothèque s'effondrer.

Mais c'est tout ce que j'ai vu.

J'étais le pacifiste de la tribu, ne l'oublions pas.

Nos engueulades qui démarraient pour un rien dès qu'on se retrouvait entre amis à-la-vie-à-la-mort, j'étais résolument pour. Mais les pugilats, je les fuyais.

Les laissant se massacrer et tout massacrer dans la chambre, j'ai été me réfugier dans la salle de bains de la famille Mercadet. En emportant la bouteille de gin que la fille brune avait posée près de moi sur le plancher. Et, allongé sur un tapis de bain, j'ai bu un gin. Sans cidre. Et un autre.

Boire, ce qui s'appelle boire, je ne faisais pas ça. C'était le domaine de mon père, l'alcoolisme. Pas le mien.

J'en ai quand même bu un de plus, de gin sans cidre.

Celui que je n'aurais pas dû boire.

Celui qui m'a fait sombrer dans un ersatz de

sommeil agrémenté de miettes de cauchemar : ma mémé Eugénie savonnant dans sa buanderie les cadavres de ses trois filles mortes, avec son fils indigne et séide du Maréchal dans le rôle du chien lui mordant ses sabots... Ma mère se lavant nue dans une cuvette, pas dans la cuisine de Rochefort-en-Yvelines, à la terrasse de *Chez Gozzi* devant plein de macaronis se rinçant l'œil... Monsieur Lambrasier, en blouse grise, choisissant le plus long clou de sa boutique pour clouer la langue de sa femme et la mienne... Un enterrement, le mien, avec tous les rats du grenier de Salomon suivant le corbillard...

Sans Jeanjean, je ne sais pas quoi j'aurais vu encore.

Planté devant le miroir de la salle de bains, Jeanjean a nettoyé avec un coton sa lèvre tuméfiée, il a recoiffé ses cheveux roux orangé et il a refait comme il a pu le nœud de sa cravate de chez Fashionable toute déchirée.

Après quoi il m'a souri.

— Toi, le Rital, pendant que je risque ma peau pour la défense des vraies valeurs, tu te poivres.

J'ai cherché ce que je pouvais lui répondre de spirituel. Mais rien n'est venu. J'étais knock-out.

— Tu as de la chance que je descende à la même station que toi. Parce que je te vois mal faire la route tout seul.

Abandonnant à regret la fille à nattes dans les treize quatorze ans à Mercadet à qui il n'a pas dit au revoir, Jeanjean a empoigné le cabas de tante Clotilde d'une main et, me soutenant de l'autre, il m'a traîné jusqu'au métro.

Il était dix heures. Tous les compartiments étaient bondés. J'avais peur de vomir, de vomir sur les voyageurs.

Il continuait, le cauchemar.

Jeanjean m'a révélé, après, que je m'étais étalé deux fois dans les couloirs quand il avait fallu changer de métro et que j'avais tenu à faire goûter les noix de mon cabas à une dame sur le quai à Châtelet.

Possible.

Quand nous sommes arrivés devant le soixante-quatorze avenue Ledru-Rollin, il m'a proposé, ce bon Jeanjean, de m'aider à atteindre mon étage, à me coucher.

Je l'ai envoyé se faire mettre. C'était verboten, notre cagna. Verboten !

Maman l'avait échappé belle : elle n'aurait pas eu le déplaisir de voir son fils rentrer à la maison saoul comme un époux.

Pauvre maman. J'en étais déjà à penser à elle au passé.

Pauvre maman qui avait eu l'aplomb, toute nue dans une bassine, de dire à son beau-frère : « Alors Bertrand, on se rince l'œil ? »

Pauvre, pauvre maman.

Je l'aimais. Elle le savait que je l'aimais. Mais pas une fois je n'avais su lui dire combien je l'aimais. Ce n'est même pas que je n'avais pas su. C'est que je n'y avais jamais pensé. Enfin, pas depuis la petite école, quand, la semaine de Noël, les chères sœurs nous faisaient rédiger des compliments mielleux ornés d'enluminures aux crayons de couleurs. Des déclarations d'amour à nos mamans bien-aimées.

En fouillant dans le cabas pour y glaner des noix, je suis tombé sur la boîte de cigarettes de tabac blond et turc achetée place Blanche.

J'ai bien dû en griller quatre ou cinq cent mille depuis, des cigarettes, et de toutes les blondeurs. Mais celles-là...

Je n'en croyais pas mes papilles.

Me voir fumer, elle n'aurait pas aimé non plus, ma mère. Mais, ses yeux, on les lui avait fermés. Et on allait lui couvrir la face avec un drap et l'enfermer dans un cercueil et...

Qu'est-ce que j'ai mal dormi cette nuit-là.

Mal dormi sur mon divan. Pas dedans. Avec toujours le pardessus si remarquable et si remarqué. Et si froissé, et empoussiéré et taché qu'il semblait avoir déjà vécu toute une existence de pardessus.

J'ai dormi en ne loupant aucun bruit de rats, de chats, de voisins montant et descendant leurs escaliers tels des somnambules pour aller faire des pipis ou des cacas.

Même j'ai entendu une radio.

Celle de Londres avec ses chansonnettes revanchardes, ses messages sibyllins et, en prime et en plus, l'exaspérant brouillage offert par des spécialistes de la Wehrmacht qui ne supportaient pas que des Français disent aux Français que le jour approchait où Hitler allait prendre la magistrale raclée à laquelle il avait droit.

C'étaient nos voisins de l'autre escalier, un couple de retraités doucement gâteux et effrénés gaullistes qui la captaient, cette radio. À des heures pas chrétiennes du tout.

Et ces deux octogénaires au-dessus de tout soupçon, ça les dopait si fort leurs écoutes nocturnes, qu'une fois leur T.S.F. éteinte, ils descendaient tracer en cachette et à la craie des croix de Lorraine et des V de la victoire sur les murs de notre cour.

C'était louable. Mais je trouvais ça un peu... un peu boy-scout.

Ben oui. Autant, comme Jeanjean, comme Mercadet, comme tous mes vrais bons et pas cons amis, je trouvais nul et méprisable tout ce que disaient et la radio et la presse aux ordres de l'Occupant, autant ce que racontaient Radio Londres et le peu de littérature clandestine, un tract par-ci par-là, qui me tombait entre les mains me semblait dérisoire.

C'était sûr que je souhaitais de toute mon âme les voir décaniller, les Allemands.

Et comment que je savais que c'étaient eux les salauds et que les partisans de la « Révolution nationale », que les inventeurs des slogans « Travail famille patrie » et « Une France propre dans une Europe unie » étaient ou des pourris ou des vendus ou des ânes bâtés. Ou les trois à la fois.

Et je trouvais Laval hideux à voir et à entendre et les apparitions et les vociférations aux actualités des chefs de la milice et autres salopes à bérets basques et idées berlinoises me donnaient des haut-le-cœur.

Mais cela ne me poussait pas à descendre dans la rue armé d'un couteau de cuisine et à saigner le premier Allemand que je croiserais, ni à fuir le douzième arrondissement pour tenter de gagner le maquis le plus proche ou l'Angleterre à de Gaulle. Comme d'autres le faisaient, au risque d'y laisser leur peau.

Je voulais que les Allemands soient chassés et décimés. Mais je ne faisais rien pour.

Pas de quoi se vanter, n'est-ce pas ?

Pas de quoi. Non.

Mercadet disait que Jeanjean n'était qu'un parleur. Ce n'était pas vrai.

Mais moi...

Et, par leur faute, aux parleurs, la guerre et l'Occupation dureraient jusqu'à la nuit des temps.

Désolant de penser ça. Mais c'était une nuit à désolation. À gamberges. Et les gamberges des insomnies d'après cidre-gin...

Ainsi ma mère. Si je lui avais un peu tailladé l'oreille pour qu'elle saigne un bon coup comme Belle-en-cuisses l'avait suggéré ? C'était une gaufre, cette blondasse. Il n'empêche que ça n'aurait rien coûté d'essayer.

Autre chose : si au lieu de l'abandonner pour aller meubler le fond du décor du *Soulier de satin*, j'étais resté m'en occuper, de maman, si j'avais été là quand le docteur était venu ne pas la guérir et prendre une décision si ça se trouve trop décisive, ça aurait pu tourner autrement, ça lui aurait évité Saint-Antoine, évité d'avoir peut-être des choses à nous dire au tout dernier instant et ni papa ni moi près d'elle pour les entendre.

Des remords me venaient. Gros.

Et l'enterrement, la cérémonie, tout ce tralala sinistre qui était pour le surlendemain et qui allait, ça se pouvait très bien, foirer, tourner à la chienlit parce qu'il ne l'avait peut-être pas encore trouvé et ne le trouverait peut-être pas, mon chabraque de père, l'argent qu'il était parti chercher.

Et moi qui m'offrais des cigarettes blondes et turques.

Six heures à peine il était quand je me suis arraché de mon divan pour ne pas continuer à ruminer ce que je ruminais.

Et ce n'était toujours pas le printemps. Il s'en fallait.

Tout ce qui restait de charbon dans le seau en tôle cabossé qui nous tenait lieu de cave, je l'ai vidé dans le Godin et je l'ai allumé de façon qu'il s'emballe, le feu.

Et je me suis fait un café que j'ai exprès laissé bouillir.

Et j'ai compté ce que j'avais fumé allongé sur mon divan : douze cigarettes. Je m'en suis allumé une de plus.

La dernière de ma nuit ou la première de ma journée ?

Et amère, pas agréable à fumer.

Par la fenêtre, je ne voyais que du gris de petit matin moche et des loupiotes qui commençaient à s'allumer chez des voisins qui allaient s'avaler des cafés aussi savoureux que le mien et mettre leurs pas beaux habits et sans tarder aller s'enfermer dans des ateliers, des bureaux attristants pour y exercer leurs métiers pas jouissifs.

Moi, au moins, je n'étais pas contraint et forcé d'aller gagner mon pain à la sueur de mon front.

J'étais un artiste, moi.

De savoir ça, ça me l'a fait monter encore d'un cran la quiétude qui avait commencé à m'envahir en même temps que la chaleur que dégageait notre poêle nain.

Je n'étais pas très intelligent, j'étais assez idiot même. Et ça avait un avantage, de taille : si pesante que fût la réalité, je n'étais pas foutu de l'affronter autrement qu'à la légère.

La preuve : en étant où j'en étais, ce qui m'a rendu quasi fou ce matin-là, c'est de ne pas retrouver la petite brosse.

Le reste, tout le terrifique reste, je m'en accommodais. Mais que la petite brosse m'échappe...

La petite brosse. La petite brosse à habits de maman. La petite brosse qu'elle avait gagnée à la loterie de la fête de la Saint-Hubert à Rochefort. Une merveille de petite brosse. En poils de sanglier des Ardennes. Pas encombrante. Vous débarrassant de poussières qui ne se voyaient pas à l'œil nu. L'idéal des petites brosses. Où elle était, cette morue de petite brosse ? Il me la fallait pour désaloper mon pardessus et impossible de la dénicher. Dans aucun tiroir. Aucun. Ni dans la cuisine, ni dans l'autre pièce. Pas dans l'armoire, pas dans la table de nuit qui empêchait d'ouvrir la fenêtre. Nulle part. Maman ne l'avait quand même pas emportée avec elle, sa petite brosse en sanglier !

J'ai failli l'enlever, mon pardessus, et sortir sans.

J'aurais piqué la crève. Et alors ?

Je l'ai gardé sur moi le pardessus déjà sérieusement étrenné et j'ai fourré dans ses poches du savon et une serviette éponge. Il était trop tôt pour les bains-douches de la piscine Ledru-Rollin. Mais j'en connaissais d'autres, avenue Daumesnil presque à la Bastille, qui ouvraient aux aurores.

D'un grand grand décrassage, j'avais besoin.

Le concierge qui faisait mine de balayer la cour m'a abordé. C'était un renfrogné qui ne répondait aux bonjours des gens de l'immeuble que la dernière semaine de l'année, celle précédant les étrennes. Il m'a abordé pour me dire que ça se faisait, en cas d'obsèques, de punaiser un faire-part sur le mur à côté de sa loge pour que, si des locataires désiraient y assister, ils soient au courant du lieu et de l'heure.

Je lui ai promis d'en punaiser un dès que je reviendrais.

Il ouvrait tout juste, le bains-douches de l'avenue Daumesnil.

— La cabine que tu veux tu choisis, m'a dit le type déguisé en Popeye qui était là pour vous rafler le ticket qu'on avait acheté à l'entrée et faire gaffe à ce qu'on n'y entre qu'à un dans ses cabines, qu'on ne soit pas deux fiottes venues là pas pour la propreté mais pour faire des saletés.

À peine enfermé bien seul dans la mienne, de cabine, je me suis mis tout nu et je me suis octroyé une rafale d'eau brûlante sur toutes les parties de mon corps. Ça secouait. Mais il me fallait ça.

Ensuite, j'ai tenté de faire mousser mon savon. Du « de luxe » à « senteur de fleurs des Tropiques » venant d'un bazar pourtant honnête de la rue de Charenton. Ça aurait été un caillou ou une brique que ça aurait moussé ni moins ni plus. Fallait s'en contenter. Je m'en suis contenté.

Mes souvenirs de toilettes dans le confort, la douilletterie, ils remontaient à notre baignoire d'avant la faillite de papa. Mais les bains je n'en étais pas friand friand. Il fallait que ma mère m'y plonge dans la baignoire et qu'elle veille à ce que je ne me contente pas de faire flotter mes canards et mon cygne en cellulo sur son eau. C'était depuis notre déménagement et l'eau sur le palier, que m'était venue une fringale d'ablutions.

La moiteur paradisiaque des bains-douches, les cloisons en mosaïque quasiment pompéienne, l'eau que je me faisais dégouliner dessus à grosses gouttes, à petites, par giclées, un peu chaude, un peu plus chaude, chaude à m'en cuire la couenne, c'était bandant. Alors j'ai bandé.

Bandé si grand qu'il a fallu que je m'empoigne. Et — sans penser à personne ni à rien, dans un élan purement physique — je me suis fait exploser la queue.

Bien, très bien et juste pile. Car, le temps auquel j'avais droit étant écoulé, le Popeye a ouvert la porte avec son passe.

— Terminé, mon tout beau. Si t'avais des projets de pignole faudra aller faire ça ailleurs.

C'était fait, pauvre nœud.

Mais ce n'était pas qu'un malveillant, ce garçon de bains. Il avait une brosse à habits qu'il m'a volontiers prêtée. Elle ne valait pas celle à maman. Elle m'a quand même permis de rendre à mon pardessus pas mal de son outrecuidante splendeur et de briquer mes chaussures.

À part mes cheveux qui, après un shampooing au savon pas moussant, auraient mérité d'être plaqués à la brillantine, j'étais net comme pas souvent en en sortant de mon bain-douche.

Le jour était arrivé.

Du coin de la rue de Lyon j'ai vu à l'horloge de la gare qu'il était pas loin de huit heures.

J'avais une journée bien entière devant moi.

Chez Gozzi, il n'y avait que des clients de comptoir, des buveurs à la va-vite de café-imitation qui presque tous le prenaient sans saccharine mais agrémenté d'une larmichette d'eau-de-vie rhumée. Ce n'était pas, et de loin, le café arrosé d'avant. Mais ça le rappelait. Et ça donnait un coup de fouet. Modeste.

Pendant que Nicolas empoisonnait lentement mais sûrement sa clientèle d'habitués, Léon, l'autre garçon, balayait la sciure dont il avait recouvert le sol la veille avant la fermeture. La sciure qui buvait la nuit crachats et souillures.

Pas tirée à quatre épingles comme à ses heures de caisse, Mathilde Gozzi était attablée dans un recoin encore pas éclairé de la salle devant un pot de café qui n'avait rien à voir avec la lavasse du perco et elle se beurrait des tartines de pain blanc. Avant de leur étaler de la confiture dessus, elle se les beurrait.

Ça faisait curieux de la voir ailleurs que derrière sa caisse et ça faisait envie ce qu'elle allait dévorer.

Ni Léon ni Nicolas n'avaient de nouvelles de mon père. Mathilde Gozzi non plus.

— Ton père, on le voit plus. En temps normal ça nous aurait même inquiétés. On se serait demandé ce qui avait pu lui arriver. Mais avec votre deuil...

Qu'est-ce que ça aurait été bien qu'elle me dise de m'asseoir avec elle et de l'aider à liquider son quart de beurre et son pot de confiture. Mais ça n'a pas dû lui venir à l'idée. Ou alors si. Elle y a pensé mais elle s'est empressée de ne pas m'inviter à le partager, son casse-croûte d'ogresse.

Elle m'avait donné trop faim. Au comptoir, j'ai été demander à Nicolas de me chauffer une galette de sarrasin. C'était du sans ticket. Et, en plus de coller aux dents, ça gavait. Plutôt que leur lavasse baptisée café, j'ai bu un bouillon-concentré. On ne savait pas de quoi. C'était peut-être du concentré de rien. Qui, quand même, avait des relents de poireau et des yeux comme du bouillon de pot-au-feu.

Je finissais de me restaurer quand on m'a tapé sur l'épaule. C'était Salvatore Maglione, un cimentier aussi fauché que papa et presque aussi buveur, qui avait la réputation de très bien battre et sa femme et ses cinq enfants. Fâcheuse habitude qui l'amenait à passer pas mal de ses nuits au commissariat. Et c'est justement au commissariat que...

— Ils te cognent bien un peu dessus. Mais c'est que parce qu'ils sont tenus de le faire. Une fois qu'ils t'ont donné quatre cinq coups de poing, cinq six coups de pied, ils te laissent dormir. Mais dormir dans leur cage sur un banc en bois, moi... Alors t'attends. Et t'entends. Et t'apprends des choses. Et, puisque je te vois. Toi, ça t'intéressera peut-être pas. Mais ton père peut-être que ça l'intéressera. Barbaculo c'est une de ses relations, à ton père. Et tu sais ce qui lui est arrivé ? Cette nuit, les flics, ils l'ont embarqué, Barbaculo. Arrêté. Paraîtrait qu'il aurait monté une affaire de trafic chiffrant à des centaines de milliers de francs. Tu te rends compte ? Des centaines de milliers de francs, Barbaculo !

Je me rendais compte que si Barbaculo était arrêté, son complice ne tarderait pas à l'être aussi, si ce n'était déjà fait. Parce que quelqu'un qui aidait quelqu'un qui montait des affaires de trafic chiffrant à des centaines de milliers de francs à les goupiller, ses affaires de trafic, c'était un complice.

À peine si j'ai pris le temps de payer ma galette et mon bouillon et de dire au revoir au détestable Salvatore Maglione.

Tous les bistros que papa fréquentait, il fallait que je fasse. Ce qui en faisait énormément. Tous. À commencer par celui du bougnat qui m'avait fait comprendre combien c'était contrariant de découvrir qu'on avait du requin dans son assiette.

Au pas de course je l'ai remontée la rue de Bercy.

Son unique salle du troquet au bougnat, basse de plafond et seulement éclairée par le jour faiblard qui venait de la rue, elle était pleine de clients. Tous mal sapés, mal rasés, et tous mangeant pas des choses légères de petit déjeuner, mangeant de la tambouille de vrai repas.

Il avait quoi donc à son menu, le bougnat, pour

que, si matin, il y ait déjà pareille presse dans sa cantine de misère ? Il avait pêché une baleine ou le grand serpent de mer ?

Il ne m'a pas laissé lui demander des nouvelles de papa. Il m'en a demandé lui. Lui qui ne l'avait pas vu depuis... depuis...

— C'était pas hier, ça j'en suis sûr. C'était... Mais que je suis con ! C'était quand t'étais avec lui, quand t'as becté ici. La dernière fois que je l'ai vu, vous étiez ici ensemble lui et toi. C'était... C'était...

C'était affolant.

Le bougnat a admis que oui, que ça l'était, affolant.

— On sait bien que se faire des cheveux ça sert qu'à se défriser encore plus. Mais se faire du mouron quand y a lieu... Jean, ton père, comme si je l'avais pondu, je le connais. Et je connais aussi mieux que personne sa manie de jamais avoir d'heure et de se pointer le jeudi quand tu l'attends le mercredi et de pas être là quand t'as besoin de lui et d'y être quand justement... Mais, ce coup-ci... Ce coup-ci...

Il a pris un flacon derrière lui et il a versé un liquide verdâtre dans une tasse, un liquide qu'il a bu. Et il a fait claquer sa langue.

— De mon pays, elle vient, cette gnole. Je t'y fais pas goûter parce que faut être endurci aux alcools de grain pour supporter. Mais si tu supportes, ça vaut d'être bu. Un tonneau je viens d'en recevoir. Et y va pas faire long feu. Pour en revenir à Jean, tu sais ce que j'en viens à me demander, Remo ? S'il aurait pas été faire une bêtise. Oui, une bêtise. Pas une comme il arrête pas d'en faire. Une vraie bêtise. Ta mère, c'était tout pour lui. Tout. Des hommes aimant leur femme comme ton père aimait ta mère, j'en ai vu se foutre à l'eau, moi. J'en ai vu.

Il allait bien, là, le bougnat. Il voulait quoi ? Que je panique encore plus ?

Heureusement, un de ses clients cradingues qui avait une oreille qui traînait a levé le nez de son assiette.

— Je voudrais pas me mêler de ce qui me regarde pas. Mais moi, le vieux Jean, avant de récurer la Seine pour voir s'il est pas dedans, j'irais regarder dessus.

— Dessus quoi ? lui a demandé le bougnat.

— Le long de Bercy, t'as des péniches. Eh bien t'en as une qui, depuis des semaines et des semaines, elle a pas décollé du quai. Une péniche en rade. Qui a un nom d'oiseau.

— Qu'est-ce que ça a à voir avec Jean qu'y ait une péniche avec un nom d'oiseau ?

— J'ai pas dit que ça avait à voir.

— Alors tu t'occupes de ce que t'as dans ta gamelle et de rien d'autre. Il est pas bon mon frichti ?

— Bon, ça serait exagéré. Mais y a des jours où c'est tellement pire.

Le bougnat s'est resservi un peu de son alcool de grain pour gosiers aguerris.

— T'écouterais tous ces godailleux, t'en finirais pas. Ça cause pour causer. C'est de boire qui les rend comme ça. Et moi non plus faut pas que tu m'écoutes trop. À force d'être dans des époques tordues comme celle où on est, on en arrive à croire que tout peut tourner qu'à la catastrophe. Ton père il doit être en train de faire ce qu'il a à faire. Et rien d'autre. Je serais toi, je me bilerais surtout pas.

Je me suis ni bilé ni pas bilé.

Je me suis contenté de la remonter encore un peu, la rue de Bercy. En fumant une cigarette. Et en ayant des songeries de petit déjeuner avec café au lait à volonté et croissants chauds mangés en les déroulant, en commençant par le mou du milieu pour terminer par les petites pointes légèrement croquantes. Ou alors du pain grillé, des rôties, des toasts comme disait mon frère qui avait appris l'anglais.

Ce qui ne devait pas lui être si utile que ça dans le stalag où il n'avait sûrement que de la contrariété. C'était des leçons de teuton qu'il aurait dû prendre. Pas avec une miss, avec une fräulein. Mais il aurait fallu prévoir.

La lettre, la lettre pour lui annoncer que maman était morte, ça allait être moi qui allais devoir l'écrire. Et sans trop tarder. Qu'il sache lui aussi.

Comment j'allais pouvoir lui tourner ça ? *Mon cher grand frère, je sais que là où tu es, tu dois avoir que des idées bien noires. Il faut pourtant que je t'apprenne que...*

Que quoi ?

Que je la tourne comme je voudrais, cette lettre, elle serait toujours trop brutale.

Il faudrait que je demande à Jeanjean de m'aider à l'écrire. Ce n'était peut-être qu'un parleur. Mais un beau. Un enveloppeur. Qui connaissait des mots que je ne connaissais pas.

Je marchais en tirant sur ma cigarette blonde et turque. Je marchais, je marchais et je me suis retrouvé à son bout, de la rue de Bercy. Alors j'ai pris sur ma droite et je me suis retrouvé là où finit le quai de la Râpée et où commence le quai de Bercy.

D'un côté c'était des montagnes, pas des Alpes, des Pyrénées ou des Himalaya, mais des montagnes quand même. De charbon. C'était là que maman m'envoyait faire la queue des journées entières pour des sacs de boulets pas plus gros que des sacs de bonbons et seulement quand il y avait attribution.

De l'autre côté, il y avait des péniches. Serrées les unes contre les autres. Comme échouées. Avec leurs petites cheminées de maisons de poupées et leurs petites fumées.

Des péniches.

La *Marie-Louise*... la *Vaillante*... la *Gaillarde*... la *Ville-de-Rouen*... la *Bergeronnette.*

Une bergeronnette c'est un oiseau.

Et doué d'un bel organe. Ce foin qu'il faisait. Du haut du quai je l'entendais pépier ou piailler ou piauler ou jacasser. Allez savoir. Chaque oiseau a son cri à lui. Et celui de la bergeronnette...

Mon oncle Bertrand aurait su, lui. Mais moi.

Toujours est-il que celle qui avait donné son nom à cette péniche n'était pas une bergeronnette qui faisait dans la discrétion.

En vrai, c'était une poule. Une poulette rachitique qui courait en zigzags sur le pont du rafiot pour échapper aux crocs d'un beau morceau de chien à poil châtaigne avec des pattes à peine plus longues que ses oreilles. Il devait vouloir jouer, seulement jouer, le chien. Mais elle ne comprenait pas, la volaille. Et elle allait d'un bout à l'autre du pont et elle piaillait, piaillait. Ou jacassait. Ou piaulait.

J'ai vu que c'était une poule parce que je suis descendu sur le quai.

C'est immense, de près, une péniche. Ça impressionne.

Celle-là était peinte en gris acier. Avec, seule note pas trop austère, séchant sur un fil, du linge. Une combinaison rose, une culotte rose, des bas de coton et un tablier à volants.

Que du linge de dame qui se balançait mollement au vent.

— Pourquoi tu regardes chez nous, toi ?

C'était une petite fille qui me demandait ça. Une petite fille que je n'avais pas remarquée. Plus haute que la poule mais moins que le chien. Emmitouflée dans des lainages aussi grisâtres que la péniche. Et pas souriante.

— Ça te plairait à toi qu'on regarde dans ta maison ?

— Je regardais ton bateau. Il est beau.

— C'est une péniche. Pas un bateau. Les bateaux c'est sur la mer. Tu vas t'en aller, oui ?

— Oui. Je vais m'en aller. T'as quel âge ? Trois ans ?

— Je sais pas. Je demanderais à maman elle me

dirait. Mais j'en ai trop, des choses à lui demander. Ça lui casse la tête à force.

— Et ton nom ? Tu lui as demandé comment c'est ton nom ?

— Les noms on t'appelle avec. T'as pas besoin de les demander.

— C'est quoi ? Jeanine ? Odette ? Thérèse ?

— C'est Niquette.

Elle ne souriait toujours pas.

— Si tu veux y monter sur le pont de ma péniche, c'est un franc.

— Si je viens faut que je te donne un franc ?

— Tu me lances la pièce. Et après, t'as le droit de venir. Qu'après. Quand je les aurai les un franc. Mais faut pas tomber de la planche. Faut faire très très attention. C'est dangereux.

J'ai lancé une pièce qu'elle a ramassée et examinée côté pile et côté face.

— Tu peux.

Tomber de la planche qui servait de passerelle entre le quai et la péniche et qui s'est mise à danser dès que j'ai posé un pied dessus, ça pouvait très bien m'arriver. Et elle me suivait du regard, la morveuse. C'est que ça l'aurait fait bicher qu'en plus de m'avoir piqué vingt sous elle me voie choir dans la Seine.

— T'as eu peur sur la planche. Ça se voyait que t'avais peur.

Doué comme je l'étais pour le sport, la gym, j'avais eu un soupçon de pétoche, exact.

Et de voir, à peine sur le plancher de la péniche, et le clebs et la poule s'intéresser à moi, ça n'a rien arrangé. Le chien n'en voulait plus à la volaille, mais à mes pieds. Et la volaille, évidemment...

— Tes bestiaux, tu peux leur dire que je suis pas un resquilleur, que j'ai payé mon billet.

— C'est quoi des bestiaux ?

— Ton chien, ta poule.

— La poule, elle est à maman. Pas à moi. Elle pond aucun œuf alors on va la tuer un dimanche et la rôtir et la bouffer.

— Pour que les poules pondent il leur faut un mari. Un coq.

— T'es sûr ?

Ça ne m'arrivait pas souvent de parler avec un enfant. Le dernier avec qui j'avais échangé des propos un peu cohérents — sur les Sioux et leurs calumets, parce qu'il jouait dans la cour du soixante-quatorze avec des Indiens en plomb — c'était le plus jeune des enfants Salomon. Sammy le rouquin. Qui avait été emporté comme un vulgaire paquet par les ramasseurs de juifs.

— C'est vrai qu'il leur faut un coq ?

Même sans tous ses tricots et cache-nez, elle devait avoir l'air d'une boule. Toute ronde elle était. Et pas très jolie. Pas assez pour être une belle enfant.

— T'es même pas sûr pour le coq. Tu dis n'importe quoi.

Le chien saligotait mes chaussures avec sa langue baveuse. La poule me regardait de travers, de l'œil de qui va vous sauter à la gorge. Et, du coup, elle ne piaillait ou pépiait plus.

Et j'ai entendu le rire. Un rire rocailleux, toussailleux, un rire de buveur. Un rire que j'aurais reconnu entre mille.

Oubliant la petite boulotte et son clebs renifleur de pompes et la poule qui allait être rôtie et bectée un dimanche, j'ai poussé le portillon de l'espèce de petite cabane qui se dressait au milieu du pont et j'ai déboulé des marches casse-gueule et...

Au lit ils étaient.

Une blonde hirsute avec pas même un drap sur elle. Une blonde jeune. Et papa. Montrant son ventre lui aussi. Et pas que son ventre.

— Momo.

Momo, il a dit. Et rien de plus.

Et il a saisi le drap. Pas pour la couvrir elle — qui avait des seins qui devaient lui peser quand elle était debout, tant ils étaient gros. Pour se couvrir lui.

Et il m'a regardé. Pas gêné, pas colère. Surpris. Et muet.

Moi aussi j'avais le sifflet coupé.

Pas la blondasse.

— Je suppose que ce garçon-là c'est le fils Remo. Le petit frère de l'autre, le grand, l'aîné qu'est prisonnier. Qu'est-ce qu'il te ressemble, ton fils. Même nez, même bouche. On jurerait toi, les années et les cuites en moins.

Papa s'est redressé. Un peu.

— Les yeux, c'est ceux de sa mère. Tout à fait les mêmes. Des yeux couleur d'huître. Des belons. Quand ça allait bien pour moi, que des belons je mangeais. Trois douzaines, quatre.

Il a tendu le bras pour chercher quelque chose par terre, en tâtonnant. Un paquet de gauloises.

La blonde a pris une boîte d'allumettes de ménage sur une étagère au-dessus du lit et l'a tendue en direction de papa. Mais il ne s'est pas allumé de cigarette. Son paquet de gauloises il l'a posé sur le lit. Et il m'a parlé, posément.

— Comme ça tu la connais, Loulou. Comme ça tu sais. Avec elle ça fait des années que ça dure. Trois ans. Depuis que son mari s'est fait piquer. Quand elle est amoureuse de moi, elle dit que c'était une fripouille et que c'est bien fait pour lui qu'on l'ait arrêté et emmené on sait pas où. Et quand elle me trouve trop vieux et pas assez richard pour elle, il devient le plus grand de tous les résistants, son mari. Le grand héros de la guerre.

— C'était un homme comme tous les autres. Bon marinier sept jours sur sept et bon mari chaque fois qu'il lui tombait une dent.

Elle s'est levée, cette Loulou. Se moquant bien de me faire voir son derrière et son devant. Une poule comme je n'en avais encore jamais vue. Avec des pattes aussi longues que celles de son chien étaient courtes. De l'âge de mon frère à peu près. Avec, au bas de son ventre, des poils si blonds qu'ils ne cachaient rien.

Et, comme une fois l'oncle Bertrand, je n'ai pas pu faire autrement que me rincer l'œil.

Et mon débauché de père n'a pas pu se retenir, lui, de commenter.

— Quand tu vois une fille comme elle, t'empêcher d'avoir envie d'y toucher, tu peux pas.

Tout en enfilant un peignoir trop large, bon marché, elle l'a foudroyé du regard.

— C'est bien des façons de causer à un grand fils.

Puis, enfournant dans sa loque ses deux seins de statue, elle m'a souri. Comme une copine. Une copine de toujours.

— Si on savait pas que c'est l'alcool, à l'entendre, on croirait qu'il est bon à enfermer. Mais on le prend comme il est.

Devenue presque décente, elle s'est assise sur le pied du lit et a récupéré la gauloise qu'elle s'est mise à fumer.

— Faudrait pas quand même, Remo, vous mettre à imaginer je sais pas quoi. Giovanni et moi c'est que ce que c'est. Même maintenant, et je sais bien que c'est parti pour changer jamais, je viens loin loin loin derrière votre maman. Sa Flavie y a personne, je dis pas au-dessus, personne qui lui arrive à la cheville. Deux nuits qu'il fait que la pleurer. Et, le consoler, pas moyen. De l'adoration, il avait pour elle.

Ça ne sonnait pas faux ce qu'elle me disait, pas chiqué. Et elle avait une voix qui se laissait écouter. Un peu traînarde, pas parisienne. Du Nord peut-être.

Ses cheveux avaient besoin d'être démêlés, coiffés. D'être lavés aussi. Elle avait des dents qui n'auraient pas du tout fait l'affaire pour une réclame de dentifrice. Les unes sur les autres sur le devant et d'un blanc pas blanc partout.

Ça n'empêchait pas son sourire d'être un sourire rassurant. Et c'était vrai qu'on avait envie de la toucher.

J'ai fini par m'y asseoir sur les marches à claire-voie de l'escalier de péniche. J'ai pris une de mes cigarettes dans une poche de mon pardessus. Et elle m'a lancé la boîte d'allumettes que j'ai saisie au vol.

— Des questions, Remo, on s'en pose tous. Si vous croyez que ça m'arrive pas de me demander pourquoi j'ai besoin de m'encombrer de ce vieux qui m'aimera jamais que comme un camionneur aime sa roue de secours. Un vieux qui tout le temps s'endort au lieu de...

— Basta, Loulou ! Basta. Va bene cosi. Va molto molto bene.

— Un vieux qui vous dit de fermer votre gueule, en macaroni, elle a ajouté en riant.

Et elle est entrée dans un placard qui devait être sa cuisine. Papa s'est calé la tête sur son oreiller.

— Alors t'es ici. Chez Loulou.

— Fallait que je te retrouve. Je pouvais pas me douter que...

— C'est que ça devait arriver. C'est le Bon Dieu qui décide. Pas nous. Ce matin, il a pensé que Loulou, ça serait bien que tu la connaisses.

Il a parlé moins fort.

— Quand son crevaillon de mari s'est fait arrêter, elle avait plus un sou. Plus de quoi manger. Que cette péniche avec personne pour la faire marcher. Le bougnat l'avait prise pour faire la serveuse. C'est là que...

— C'est pour te parler de Barbaculo qu'il fallait que je te trouve. J'ai rencontré Maglione et il m'a dit...

— Je sais. Avant tout le monde je l'ai su. Barbaculo c'est comme son mari à elle. Un salopard. Tous au bagne, faudrait les mettre.

— Toi, tu risques pas de... ?

— Ils veulent me foutre en prison ? Ils me foutent en prison. Ils veulent me fusiller ? Ils me fusillent. Ciano, le mari de la fille de Mussolini, qu'est-ce qu'ils lui ont fait, à Ciano ? Fusillé. Fusillé attaché sur une chaise. Et les yeux bandés. Et tu crois que la terre a plus voulu continuer à tourner parce qu'ils l'ont fusillé, le gendre du duce ? Et si ils me fusillent moi, pareil ça sera. « E pur si muove, et pourtant elle tourne », il a dit Galileo. Elle tourne, la Terre. Et on sera tous dedans à se faire picorer par les vers qu'elle tournera encore. « E pur si muove, Momo, e pur si muove. »

La Loulou est sortie de son placard. Avec trois bols.

— Vous le comprenez, vous, son italien ?

— Pas toujours.

C'était fait. Je venais de lui parler, à la poule qui faisait cocue ma mère qui n'était même pas encore au cimetière. Et elle posait trois bols sur une petite planchette accrochée au mur qu'elle venait de rabattre.

Ça ne collait pas.

Il ne fallait pas que je lui adresse un mot de plus, à cette femme. Il fallait que j'en sorte de cette péniche.

— Pour demain, tout est réglé ? j'ai demandé à papa.

— Tout. La toilette c'est Sylvia qui viendra avec moi pour lui faire. Elle lui a acheté tout ce qui faut. Une robe, des bas, des chaussures. Même une combinaison. En satin, elle m'a dit Sylvia. On parlera de tout ça à midi. Chez le bougnat. À midi. Je serai à l'heure. Et comprends les choses, Remo. Comprends les choses.

— À midi. Chez le bougnat.

J'ai peut-être encore eu droit à un dernier sourire de bonne vieille copine de Loulou. Mais je ne l'ai pas vu. Je n'ai même pas pris le temps de dire à la petite Niquette ronde comme une boule qu'à suçailler ma pièce d'un franc comme elle était en train de le faire elle risquait de l'avaler de travers et de mourir étouffée.

Contournant le chien, enjambant la poule, j'ai traversé le pont et, pour ne pas affronter la planche branlante, j'ai sauté sur le quai.

Et tout m'est revenu, depuis le « Momo » de mon père nu dans le lit de sa Loulou jusqu'à son « comprends les choses ».

Qu'est-ce qu'il fallait que je comprenne ?

Que c'était normal qu'un veuf dont la femme n'était pas encore enterrée baise une grande bringue dont il aurait pu être le grand-père ?

Si salement ils m'avaient soufflé, ces deux porcs, que je m'étais conduit comme une lavette.

« Deux nuits qu'il fait que pleurer ! »

Et sa môme, la petite putain en herbe qui m'avait soutiré un franc, c'était qui qui lui avait fait à la Loulou ? Le marinier porté disparu ou mon père à moi ?

L'ordure !

Avec son ventre plein de vinasse, ses couilles pendantes, ses poils de figure blancs, ses rides de vieux rhinocéros, une maîtresse de pas trente ans ! Et me demandant de comprendre les choses ! ! !

Pour être sûr de pas y être à son rendez-vous à midi chez le bougnat, j'ai pris le chemin qui m'en éloignait le plus. Tournant le dos à la gare de Lyon j'ai longé la berge qui sortait de Paris.

L'ÉDEN il y avait inscrit en lettres gothiques sur la plaque émaillée fixée pas bien droit au-dessus de la boîte aux lettres.

C'était trouvé comme nom, pour cette bicoque en pierre spécialement étudiée pour avoir l'air rongée par on ne sait quelle maladie et le jardinet grand comme une cabine téléphonique qui l'entourait. Un jardinet avec pas un brin d'herbe, que du gravier, des pots de fleurs sans fleurs, une niche sans chien et dans un clapier de fortune un lapin, un seul, qui, n'ayant jamais été tué et mangé comme prévu, s'ennuyait ferme en attendant de mourir de vieillesse.

Dans cette rue d'Ivry ils étaient tous aussi inhospitaliers, les pavillons. Mais c'était le seul qui s'appelait L'ÉDEN.

Un nom dans les idées du père de Julien. Un professeur de dessin ne professant plus depuis une bonne quinzaine d'années pour cause de neurasthénie chronique qui, depuis que sa femme avait pris le large parce qu'elle ne supportait plus ses suicides loupés, s'adonnait au mysticisme sauvage. Un squelette ambulant, faisant tourner des tables pour converser avec des suicidés célèbres comme Gérard de Nerval et se lacérant le corps avec un ceinturon le vendredi saint et passant les nuits de pleine lune perché sur le toit de sa bicoque pour guetter le passage de Lucifer et de sa légion d'anges rebelles.

Julien était aussi squelettique et pâle de joues que son père et à peine plus gai. Mais c'était l'ami de mon ami Jeanjean et son compagnon de travail. Ensemble, dans la cave de L'ÉDEN, ils peignaient des toiles bizarres que moi je trouvais fantastiques.

Déjà Jeanjean tout seul c'était une intelligence, une lumière. Mais Jeanjean et Julien en duo...

De tous les garçons et adultes que j'avais croisés depuis que je me décarcassais pour me donner l'impression d'appartenir au monde de l'art et des artistes, c'étaient eux deux qui m'épataient le plus.

Jeanjean parce qu'il savait tout ce que je ne savais pas. Et sans doute aussi parce que la tante refoulée que j'étais très certainement était non moins certainement folle de lui.

Julien parce que Jeanjean, qui ne pouvait pas se tromper, disait que c'était un Léonard de Vinci. Pas plus pas moins.

Aller les voir dans leur sous-sol humide et sans fenêtres, éclairé seulement à la bougie — comme les ateliers de Rembrandt, de Georges de La Tour et du Caravage ! — les regarder peindre « à l'ancienne » — en même temps, sur la même toile, avec les couleurs de la même palette — un Christ multipliant des petits pains sur un quai de station de métro ou un saint Georges en blouson de cuir terrassant le maréchal Pétain, ça me snobait à mort.

Et les écouter donc.

Pour les suivre il fallait que j'ouvre toutes grandes mes oreilles et que je m'accroche ferme au bastingage. C'est qu'ils pouvaient parler doctement, savamment, aussi bien d'un requiem de Mozart, d'une symphonie de Poulenc que des énigmatiques statues de l'île de Pâques ou des symboles qu'ils avaient dénichés dans un poème de Cocteau que, moi, j'avais lu et relu sans y rien comprendre.

Avec eux, je me sentais petit, tout petit con.

Mais j'adorais ça.

Après m'être rincé l'œil et bousillé le moral dans la péniche de la maîtresse de mon père, voilà de quoi j'avais besoin : d'une bonne séance d'épate-Remo, dans le sous-sol de la villa L'ÉDEN, allée des Rigoles à Ivry.

C'est le père de Julien, monsieur Vendredi, qui m'a ouvert. Il m'a paru encore plus moribond que d'habitude et il m'a, le dégoûtant, étreint et plaqué sur sa poitrine osseuse. Parce qu'il savait pour maman.

— Je sais pour ta mère. C'est un grand moment. Oui. Un grand moment. Il ne faut, naturellement, pas s'attendre à ce qu'elle trouve la bonne route du premier coup. C'est qu'il y en a sept, des routes qui mènent là où commence la vraie vie. Mais, le Grand Tout, elle finira par l'approcher. Le Grand Tout ! L'Unique ! Ce qui est réconfortant c'est de savoir que, maintenant, pour elle, il n'y a plus d'heures, plus de jours, plus de temps. C'est qu'on ne se débarrasse pas seulement de son enveloppe charnelle quand on part, enfin, pour le seul voyage qui en vaille la peine. On abandonne aussi son bracelet-montre.

Je n'ai pas cherché à en savoir plus. Je me suis tortillé comme un serpent pour lui faire lâcher prise, au squelette.

— Faut que je voie Julien.

À regret, il a baissé les bras, le sémillant monsieur Vendredi.

— Tu sais où le trouver.

Sûr que je le savais. C'était au bout du couloir, un escalier raide sans lumière menant à un caveau voûté et humide où, dans un clair-obscur plus obscur que clair, dans un labyrinthe de bouquins, de cartons à dessins, de tableaux achevés ou à finir et de marionnettes sans tête, de poupées au ventre crevé, de masques grotesques et autres moutons à cinq pattes trouvés aux Puces ou dans des poubelles, Julien et Jeanjean bricolaient des œuvres dont j'aurais donné ma tête à couper que c'étaient des chefs-d'œuvre qui seraient un jour à l'honneur dans les plus prestigieux musées du monde entier.

Jeanjean n'était pas là. Mais Julien si.

Et pas tout seul.

Assise sur une caisse, avec sur la tête une couronne en carton doré comme en donnent les boulangers pour celui qui trouve la fève dans la galette la semaine de l'Épiphanie, il y avait une femme.

Nue.

Julien qui était en train de la dessiner au fusain

sur une feuille de contreplaqué a fait les présentations.

— Remo. Un citoyen de la gare de Lyon qui se prend pour un peintre fauve. Mademoiselle Magnin. Une voisine qui a l'obligeance de poser pour Jeanjean et moi.

— Bonjour monsieur, très heureuse, a dit la voisine obligeante, sans bouger d'un poil pour ne pas casser la pose.

— Bonjour.

Des modèles dans les ateliers, j'en avais vu plus d'un. Mais des voisines de banlieue faisant le modèle...

Et pas banale, comme voisine. Si sa tête était une tête tout à fait quelconque, elle avait un corps qui valait d'être considéré. D'une maigreur effrayante elle était, avec des seins de garçon, avec le ventre plus en creux qu'en bosse et, au plus doux d'elle-même — comme aurait dit Jeanjean —, là où se rejoignaient ses deux jambes osseuses, pas même un léger duvet.

Plus nue que nue elle était.

Et moi, un sexe de femme, j'étais encore à jeun d'en avoir vu un. Ce qui s'appelle vu.

Même celui de la Loulou à mon porc de père, ce même matin dans la cale-dortoir de la *Bergeronnette*, je n'avais fait que l'entrevoir. Et ceux de toutes mes « relations », gamines ou plus tout à fait gamines, que j'avais, non sans mal et fort maladroitement, déculottées et caressées, palpées toujours trop vite et dans la gêne, je ne les avais jamais vraiment vus non plus.

Tandis que là... C'était comme si, par surprise,

on m'avait mis sous le nez une illustration en couleurs de dictionnaire médical.

Mes quinquets j'ai dû drôlement les écarquiller.

Heureusement, il n'y avait que la lueur vacillante des bougies. Et ses yeux, à la voisine, étaient tournés vers Julien qui lui non plus ne me regardait pas, qui la regardait elle et ne voyait sûrement que des formes à traduire en lignes, en ombres, en lumière.

Et ils papotaient.

Ils parlaient d'un bouquin que Julien lui avait prêté. D'un livre de Nietzsche, je crois. Ou d'un autre manieur de grandes idées dans ces eaux-là. Et la voisine modèle cherchait et trouvait des mots choisis pour ne pas être à la traîne de Julien. Et je n'arrivais pas à les suivre. Pas grave. Nietzsche, Zarathoustra, n'étaient pas de ma paroisse. Et j'avais d'autres chats à fouetter.

À commencer par celui, si rose, si cru, de cette impudique à qui, en robe, en short même, je n'aurais pas accordé un regard. C'est que, comme cette nymphomane de madame Lambrasier, elle n'était pas du tout du tout mon genre.

Mais c'était quoi mon genre ?

En gros, je dirais toutes les filles d'à peu près mon âge qui ne m'envoyaient pas bouler au premier sourire. Et de petit format, menues.

Bien sûr que je crevais d'envie d'en voir des filles nues et pas de me contenter de les voir. De les toucher, de...

Mais des filles. Pas des femmes.

Femme c'était presque dame. Et une dame c'était bien souvent une mère. Et alors...

Il fallait faire quelque chose. J'ai fait quelque chose. J'ai décollé les fesses du tabouret sur lequel je m'étais posé sitôt arrivé et...

Je ne l'ai peut-être pas fait exprès mais, c'était exactement ce qu'il convenait de faire, j'ai, en me levant brusquement, fait s'écrouler un petit guéridon bancal et tout ce qu'il y avait dessus. Des billes d'agate, un pot à cornichons plein de pinceaux, une boîte pleine de bouts de crayons, de rognures de gommes, de tubes de couleur desséchés et une bougie posée dans un verre qui ne s'est pas éteinte et a chu sur un paquet de feuilles de papier à dessin qui a aussi sec pris feu.

Le charme était rompu.

Bonne chose.

J'ai stoppé le début d'incendie à coup de talon en priant le Bon Dieu que mes semelles de bois ne se mettent pas à cramer. Julien s'est mis à plat ventre pour récupérer tout ce qui venait de choir et la fille nue s'est dressée en poussant un cri d'épouvante.

Le feu, rien ne lui faisait autant peur, elle nous a dit en récupérant, toute décomposée, toute tremblante, ses vêtements qui étaient posés sur le dos d'un fauteuil.

Elle était petite. Et plus troublante du tout une fois debout et décente.

Quand Julien s'est relevé et lui a pris la main en lui souriant bêtement, j'ai compris que cette fille nettement plus âgée que lui, il ne devait pas seule ment la dessiner. Ils étaient en amour ces deux-là.

Alors, même Julien.

Même ce mec assurément génial mais laid

comme un cul de crapaud, même cet hérédo-neurasthénique si pondéré, si froid, il avait une amie.

Et elle.

Même aussi peu attirante, se faire un Julien Vendredi !

Et pourquoi pas le papa dingo, tant qu'elle y était ?

Les pères, j'étais on ne peut mieux placé pour savoir que, pour ce qui était de la baise, ils ne laissaient pas leur part au chat. Les pères, les fils, ceux de mon âge, les plus vieux que moi, les tellement vieux qu'ils n'en avaient plus, d'âge... tous ! Tous ils ne faisaient que s'envoyer des femmes, que niquer, niquer, niquer.

Et moi...

Ça devait se voir que j'avais de sombres pensers. Julien m'a décoché un grand sourire.

— Fais pas cette tête, Remo. Allumer un incendie c'est comme peindre un Radeau de la Méduse ou sculpter une Victoire de Samothrace, il faut faire des gammes avant. Même Néron il a dû en louper quelques-uns avant de si bien réussir son bouquet final.

Nous nous sommes réinstallés. Pour bavarder.

Elle était employée dans les assurances, mademoiselle Magnin. Et végétarienne. Et fervente pratiquante d'une religion qui n'en était pas une mais était bien meilleure que toutes celles inventées depuis que l'homme s'était mis à circuler sur seulement deux de ses quatre pattes.

Elle m'a très bien expliqué où en était ma mère qui, comme tous les mortels, avait onze jours et onze nuits devant elle pour abandonner son véhicule terrestre et soit se réincarner dans l'animal de son choix, à condition que cet animal soit du même signe zodiacal qu'elle, soit devenir une de ces lumières errantes que les gens des campagnes nomment des feux follets.

Sa mère à elle, qui était décédée il y avait de cela trois ans, était devenue une chatte persane très racée, très câline, qu'elle avait le bonheur de voir chaque été quand elle allait en vacances chez sa marraine en Sologne. Pas loin de Vierzon.

Et Julien, Julien qui était une intelligence, Julien l'écoutait débiter ces énormités sans protester. Tout ça parce qu'elle le laissait se donner du bon temps avec son si peu alléchant véhicule terrestre.

Il fallait que je m'en aille, que je quitte la cave des Vendredi père, fils et voisine obligeante comme je m'étais sauvé de la péniche où mon indigne de père pleurait ma mère fraîchement défunte dans le lit de sa grosse poule blonde.

Mais Jeanjean est arrivé. Tout frétillard. Avec un chapeau que je ne lui avais jamais vu. D'un chic inouï. En taupé. Vert. Plus beau que jamais, Jeanjean. Et hilare.

— Vous connaissez la dernière ?

La dernière c'était une déclaration d'un ministre de Vichy qui apportait la preuve irréfutable que l'Angleterre de Churchill et de Gaulle était foutue kaput.

Julien ne lui a pas laissé le temps de nous lire l'éditorial de *Paris-Soir.*

— C'est quoi, ce machin sur ta tête ? il a demandé à Jeanjean.

— Tu n'aimes pas ?

— D'un baryton d'opéra de province, tu as l'air avec ce galure.

— Sérieux ?

— Sérieux.

— Et toi, la petite Betty, t'en penses quoi ?

Elle ne s'appelait pas que Magnin, la douce à Julien. Elle s'appelait aussi Élisabeth. Mais ses intimes disaient Betty. Et Jeanjean semblait bien la connaître et bien l'apprécier.

Le chapeau en taupé elle n'en raffolait pas elle non plus.

— Honnêtement, je le trouve un peu... un peu... un peu pas pour toi.

— Objection valable, Votre Honneur.

Jeanjean, toujours si sûr de lui, si flambard, s'est incliné. Le chapeau il me l'a tendu.

— Tiens, le Bergamasque. Cadeau.

— T'es dingue. Tu ne vas pas...

— Cadeau. Et prends-en grand soin. Ce n'est pas le premier chapeau venu. C'est un chapeau volé. Et pas n'importe où. À *La Coupole.*

Je n'aimais pas bien les voleurs et les voleries. Même piquer un crayon dans un grand magasin, j'étais trop trouillard pour faire ça. Mais qu'il vienne de *La Coupole,* ce galurin ça lui conférait une grande, une immense dignité. C'est que *La Coupole, Le Dôme, Le Sélect, La Rotonde,* c'étaient des noms magiques pour moi. À peine si j'osais y mettre les pieds dans ces établissements où Picasso avait bu des cafés, Modigliani des alcools encore plus poivrés que ceux que s'avalait mon père, où Apollinaire avait mangé des merlans en colère avec des cubistes, où Van Dongen avait levé des petites Américaines fraîchement arrivées de leur Connecticut pour les faire poser aussi nues que la Betty à Julien pour des toiles qui seraient accrochées sur les cimaises des plus prestigieuses galeries.

C'était un cadeau royal qu'il me faisait, Jeanjean.

Royal.

C'était comme s'il me donnait un laisser-passer pour accéder à un univers dont je n'arrêtais pas de rêver.

Je m'en suis coiffé, du galurin en taupé. Il était à peine trop grand pour mon crâne. Et tellement tellement beau chapeau.

Julien a d'ailleurs remarqué qu'avec le manteau que j'avais ça faisait un tout.

Jeanjean s'était planté devant le dessin de Julien sur le contreplaqué.

— Ça serait notre Madone ?

— Cranach ne se serait même pas posé la question.

Jeanjean a regardé mademoiselle Magnin d'un autre œil.

— C'est vrai, c'est un Cranach, Betty. Et si nous en faisions plutôt notre Marie-Madeleine ?

Betty a froncé le nez.

– Pourquoi pas l'ânesse sur laquelle Jésus arrive à Jérusalem, tant que tu y es ?

À ce que j'ai fini par comprendre, un abbé du treizième, pilier régional du « Secours d'hiver » du Maréchal, leur avait passé commande de peintures pour une usine désaffectée dont il allait faire un home d'accueil pour sans-abri. Vingt panneaux et un plafond de la taille de celui de la chapelle Sixtine. Une œuvre d'envergure.

— Des mètres carrés et des mètres carrés de murs à couvrir de scènes puisées dans les Écritures. À peine si le Nouveau Testament va nous suffire.

— Et votre Madone, elle n'aura comme vêtements qu'une couronne ?

— Pas qu'elle. Saint Joseph aussi et les Rois Mages et Hérode et les apôtres et la foule du jeudi saint.

— Ça va pas faire un peu boîte de nuit, autant de fesses ?

— Nous ne sommes plus à la Renaissance et tu n'es pas pape, Remo.

C'était vrai. Je n'étais pas pape.

Il y avait un miroir un peu Louis XIV et très fracassé dans un recoin de son antre. M'armant d'une bougie, je suis allé voir quel effet il faisait sur ma tête, le chapeau en taupé volé à *La Coupole.*

Une perfection.

Il n'était pas très deuil. Mais merde.

Je me sentais mieux.

J'ai offert des cigarettes turques. Que Jeanjean et Julien ont trouvées prétentiardes mais ont quand même fumées avec volupté.

Betty à qui sa religion — qui, Dieu soit loué, n'en était pas une — interdisait le tabac comme les viandes et les alcools, a trouvé leur fumée divinement orientale. Et, parce que c'était son heure, elle a sorti d'un hideux sac tissé de ses blanches mains un thermos de bouillie de légumes et de déchets de céréales. Sa seule nourriture. Qu'elle faisait plus que mastiquer. Qu'elle ruminait.

Et Julien était comme en extase devant elle. Et Jeanjean souriait à je ne sais qui, à je ne sais quoi.

Au-dessus de nous, au rez-de-chaussée, monsieur Vendredi chantait. Un cantique. Il chantait mal, rudement mal.

Moi, je me sentais presque bien.

Nous avons parlé de Lucas Cranach (l'Ancien) et de son fils Lucas Cranach (dit le Jeune) et de l'insurpassable savoir-faire des peintres allemands du quinzième siècle, du film allemand *Les Aventures fantastiques du baron de Münchhausen* que Jeanjean portait aux nues, d'un écrivain américain, Faulkier (ou Faulknar ?) dont Julien avait trouvé un roman (plein de bruit et de fureur et de sexe) chez un bouquiniste des quais, du symbolisme que Betty n'hésitait pas à qualifier d'expérience regrettable, de Mauriac qui n'était décidément qu'un provincial très très arriéré.

Puis Jeanjean m'a proposé de pousser une pointe jusqu'à la salle Gustave-Doré où, ce qui m'était sorti de la tête, allait avoir lieu la première répétition « en scène » du spectacle de Mercadet dans lequel je tenais le rôle du diplodocus.

Ce qui fait qu'après avoir parlé nous avons encore parlé.

Sur le quai de la station de métro porte d'Ivry.

Puis dans un wagon archibondé.

De moi, de ce qui m'arrivait, nous avons parlé.

Ce n'était pas facile à raconter même à un Jeanjean. Mais il fallait que ça sorte. Il a donc eu droit à une version condensée des révélations que m'avait faites mon père sur ses amours avec tant et tant de très chères amies de ma mère et tant d'autres dames encore et au récit de mon incursion du matin dans la péniche la *Bergeronnette.* Et, loin de le choquer, ça l'a émerveillé, mon camarade.

— Mais il est fantastique, cet homme ! Un dieu de la mythologie, tu as comme père. C'est Zeus. C'est Bacchus. À soixante ans passés, aller sur un bateau faire reluire une jeune Vénus.

— Une Vénus. Faut rien exagérer.

— Tu viens de me dire toi-même qu'elle a des seins...

— Ils sont volumineux, oui. Mais de là à...

— Ton drame, Remo, c'est que tu as un problème avec la chair. Comme la petite Betty, tu es. Elle, de voir un steak ou une côtelette, ça la révulse. Toi, c'est un derrière un peu rebondi, un ventre ayant l'air d'un ventre, une cuisse agreste. Dis pas non. Suffit qu'arrive une fille un peu viandue, un peu flamande, pour qu'aussitôt tu détales. Dis pas non.

— Je dis rien. Je t'écoute.

— On les connaît tes amours, tes idylles infantiles. Infantiles, parfaitement. Parce que cette passion que tu as pour les petites filles montées en graine mais surtout pas, surtout pas nubiles, c'est pire que pas clair. C'est carrément hors nature. Pas humain. Ta danseuse du Châtelet qui t'a berné comme le jobard que tu es, elle pesait dans les combien ? Vingt kilos tutu compris ? Et ces jambes qu'elle avait ! Des allumettes. Et l'autre avant. Cette Olga que je t'avais présentée au *Dupont Latin*, cette Olga avec rien dans son pull. Et cet ectoplasme que tu as trimbalé pendant des semaines. Une Marinette, non ? Encore une bien gouleyante créature. On aurait juré une réclame pour un sanatorium. Miss Berck-Plage. Parti comme tu l'es, tu finiras maqué avec une cigogne. Ou, mieux encore, une tringle à rideaux.

— T'as fini de m'emmerder ?

— Non, Remo. Parce que ce n'est pas sain. C'est inquiétant, tragiquement inquiétant, cette phobie que tu as des filles filles. Ou alors c'est que tu es homosexuel. Un pédé honteux. Tellement honteux qu'il n'ose pas s'avouer à lui-même que...

— Et Julien ? Elle est épanouie, elle est viandeuse, sa Betty ?

— Mais c'est un homo, Julien. Un pédé pur jus. Comme Vinci, comme Michel-Ange, comme Raphaël. Suffit de voir un coup de crayon de Julien, rien qu'un coup de crayon, rien qu'une bavure d'aquarelle. Il a la grâce, Julien. La grâce des tantes. C'est pour ça qu'on se complète si bien, lui et moi. Mâle et femelle. Yin et Yang. La parfaite dualité.

— Ça serait un pédé ? Un pédé qui baiserait une végétarienne ?

— Sa manie de brouter comme une vache laitière, ça peut lui passer, à Betty. Mais son hystérie c'est du solide. Hystéro au dernier degré, elle est. Et l'amour, elle et Julien, je ne les vois pas le faire. Sûrement pas. Ça doit se contenter de promenades au clair de lune, de léchouillages, de grignotages, un couple comme le leur. Betty c'est son alibi à ce pédé de Julien. Son « cache-tapette ».

— Et t'es son meilleur ami à Julien ?

— Qui aime bien... Et je n'ai rien, absolument rien contre les invertis. Mais contre les coincés, les qui n'osent pas... Ah ! il peut être fier de vous le maréchal Duconneau. Ses belles idées bien honnêtes, bien catholiques, il aura ramé dur pour vous les inculquer. Mais c'est dans la poche. Son copain le Führer la perdra peut-être, sa guerre, mais le vertueux héros de Verdun, lui, il n'aura pas prêché dans le désert. Même si, demain, les Ricains débarquent avec leurs jazz bands et leur Coca-Cola et leurs glamoureuses pouffes hollywoodiennes, le Français de base il lui faudra au moins cent ans pour redevenir le chaud lapin qu'il était avant le régime Vichy.

Le pépère à béret basque qui était assis sur la même banquette que Jeanjean n'en perdait pas un mot de son envolée. Et ça ne semblait pas lui faire chaud au cœur d'entendre ce qu'il entendait. Mais quand il était lancé, Jeanjean...

— L'autre, le grand don Quichotte, là-bas à Londres, il a dit que nous avions perdu une bataille mais pas la guerre. Et nos couilles ? Pourquoi il en a pas parlé, de nos couilles ? C'est que le Français, il se les est laissé couper. Et d'ici qu'elles repoussent... C'est pour ça que, quand je vois un homme comme ton père... En voilà un au moins qui se sera pas laissé embobiner, castrer par le Sauveur de France.

— Tu sais, mon père, le Maréchal, c'est pas

vraiment son maître à penser. Mon père, il n'en a que pour le duce.

— Ah ! Benito. Il grande Benito. « Se avanzo seguitimi ! »

— Comment tu connais ça toi ?

— Rien de ce qui est humain ne m'est étranger, a dit le sage. Pour en revenir à toi, sombre et désespérant petit branleur, tant que tu n'auras pas une bonne fois joyeusement besogné une bonne fille bien en chair...

— Qu'est-ce qui te prouve que ce n'est pas déjà fait ?

— Non, Remo. Non. Pas à moi. Suffit de te regarder regarder une femme pour comprendre que...

Pour comprendre quoi ?

Le pépère à béret basque a soudain interrompu Jeanjean.

— Et si, au lieu de déblatérer, ils délogeaient leurs derrières de la banquette, les zazous. Que cette dame qui est debout puisse s'asseoir.

Jeanjean a considéré le béret basque et l'homme à moustaches poivre et sel qui était en dessous.

— C'est à nous que vous parlez, monsieur ?

— Oui c'est à vous. Parce que, au cas où vous ne l'auriez pas remarqué, cette dame, elle est enceinte.

Nous nous sommes levés. La dame s'est assise en nous remerciant d'un sourire.

Jeanjean s'est confondu en excuses.

— Désolé, madame. Absolument désolé. Heureusement que ce vénérable vieillard a eu la présence d'esprit de nous rappeler à l'ordre.

Il s'est incliné en direction de l'homme au béret, Jeanjean.

— Merci, monsieur. Merci. Merci mille fois. C'est à la vigilance d'hommes de votre trempe que notre pays doit de conserver sa dignité en dépit des malheurs qui le frappent.

Tous les voyageurs du wagon commençaient à lui décocher des regards dénués de bienveillance à Jeanjean. À Jeanjean qui, haussant la voix et prenant à témoin des messieurs à chapeaux pas en taupé, des messieurs très bien, très dignes, continua à faire l'éloge du vieil homme qui nous avait traités de zazous.

— C'est vrai. C'est réconfortant de constater que la race des vieux braves qui ont si glorieusement terrassé l'ennemi séculaire en soixante-dix et en quatorze-dix-huit et plus glorieusement encore orchestré la débâcle de quarante n'est pas encore éteinte. C'est exaltant de voir qu'ils sont toujours présents, les vieux braves, l'œil vif, la moustache en bataille, toujours présents pour indiquer à une jeunesse corrompue par le swing le chemin qui conduit à l'honneur.

Il cherchait quoi, mon meilleur ami ? Des embrouilles ?

Un trapu à musette, très certainement un ouvrier, s'est approché de Jeanjean, approché à le toucher. Et il lui a posé la question que je me posais :

— Tu cherches quoi, là, grande saucisse ? Une paire de tartes ?

— Plaît-il ?

— Je te demande ce que tu cherches exactement.

Le moment était arrivé où Jeanjean aurait dû la boucler, se faire tout petit, disparaître. Pas question.

— Ce que je cherche ? Un visage. Un visage qui refléterait autre chose que la bêtise, la bassesse. Mais j'ai l'impression que, pour le trouver, il va falloir que je change de wagon.

— Petit merdeux !

Ça n'a pas été une paire. À une seule gifle il a eu droit, mon ami. Mais bien envoyée. Il avait du punch, l'ouvrier.

Jeanjean a encaissé. Comme un boxeur sur un ring. Pas d'un poil il a bougé. Pas un geste il a fait. Il s'est contenté de me dire — à haute et intelligible voix :

— Tu avais raison. Ils sont partout, les nazis. Même dans les transports publics.

C'était gagné. Nous étions bons pour le lynchage.

Tous les voyageurs se sont mis à nous brailler dessus, tous, à nous traiter de petites vermines, de jeunesse pourrie, de honte de la France, d'oisifs, de suppôts du terrorisme, de saboteurs, de dégénérés. Même les femmes, les grand-mères, les enfants, les bébés pas encore sevrés nous couvraient d'insultes et d'opprobre.

Et le trapu qui avait giflé Jeanjean m'avait saisi par le revers de mon pardessus et il me secouait, me cognait contre la paroi du wagon. Il avait la bave aux lèvres. Il allait me détruire, me réduire en chair à pâté.

— Ah ! on est des nazis ! Ah ! on est des nazis !

Je ne saurai jamais comment nous avons réussi à échapper à la meute, à nous faufiler hors du wagon quand il s'est arrêté à Opéra et que les portes se sont ouvertes, mais nous avons réussi.

Et après, pour galoper, nous avons galopé.

Des records de vitesse, nous aurions battu, sans les jeunes en uniformes bleu marine, dans le couloir qui conduisait à l'escalier qui conduisait à la rue. Sept ou huit miliciens ou membres d'une autre phalange de nazillons français. Des voyous, de pâles voyous avec des uniformes nickel. De voir deux jeunes comme eux mais vêtus pas comme eux et courant à toutes jambes, fuyant sûrement quelqu'un ou quelque chose ça les a excités. Alors, d'instinct, ils nous ont pourchassés.

C'est épuisant de faire la courette avec une escouade de salopes haineuses qui vous colle au train. Ça m'était déjà arrivé une fois. Et déjà avec Jeanjean. Des jeunes aussi, avec bérets de chasseurs alpins et bottes noires et francisques en sautoir qui nous avaient coursés dans le but de tondre nos cheveux trop longs pour leurs idées courtes. De la fontaine Saint-Michel au jardin du Luxembourg. Cette cavale ! De justesse nous les avions sauvées nos crinières pas à la mode Europe nouvelle.

Et ça remettait ça. Et ils ne voulaient pas que s'occuper de nos cheveux, les miliciens de la station Opéra. Ils voulaient nous rattraper pour nous cogner dessus, nous massacrer, se repaître de notre sang. Des bêtes féroces, c'étaient, et le pauvre Remo et le pauvre Jeanjean...

Le type qui nous a sauvés, je n'oublierai jamais sa tête. Une tête d'épouvantail à moineaux. Avec des yeux trop grands pour des yeux et une bouche sans dents et la barbe en broussaille et coiffé d'un chapeau de femme, un bibi à voilette et avec des cerises dessus. Un clochard, mais de cinéma, d'opérette. Presque trop beau pour être vrai. Il a surgi comme un diablotin à ressorts jaillit de sa boîte et il s'est interposé entre le gibier et les chasseurs.

— Arrêtez ! il leur a crié aux nazillons. Arrêtez où je vous fais péter ma bombe.

Sa bombe ?

Il a brandi une boîte, une innocente boîte à chaussures en carton.

— Une bombe qui va faire exploser tout le métro si je la lâche. Tout le métro et vous avec.

Ça les a stoppés net, les chevaliers de l'Ordre nouveau.

L'un d'eux a bien sorti un revolver de son étui. Mais il n'a fait que dégainer. Tirer sur ce vieux guignol, il n'a pas osé.

Jeanjean et moi aussi nous nous étions arrêtés. À bout de souffle.

— Tous ensemble on va crever si je le lâche mon pétard.

Il bluffait, le clochard. Sa bombe c'était forcément du chiqué.

Forcément ?

En ces temps-là, on ne pouvait jurer de rien.

Alors, moi et Jeanjean et nos poursuivants et tous les gens qui se trouvaient par hasard dans ce couloir, tous nous avions peur. Au moins un peu.

Et personne ne bougeait plus. Sauf l'épouvantail qui se balançait d'un pied sur l'autre et ricassait.

— Ils se sont calmés, les messieurs-dames, hein. Ils ont les flûtes, les messieurs-dames. Ils se font au froc tous autant qu'ils sont, les messieurs-dames. Et les petits soldats aussi. C'est qu'il y a de quoi. On a beau pas être un avion bombardier au roi d'Angleterre ni l'artillerie à Adolf, on va quand même tout faire péter. Alors à la une, à la deux et à la...

Des flics sont arrivés. De simples agents de police à pèlerines et bâtons blancs. Mais pas impressionnés. Ça devait être souvent qu'il faisait le coup de la bombe qui allait tout faire péter, l'agité au chapeau à cerises. Pendant que deux agents le ceinturaient sans trop le bousculer, un autre flic, en civil, nous a conseillé de ne pas traîner Jeanjean et moi.

— Vous, les zazous, vous changez de coin. C'est plus prudent. Avec ces petites frappes en uniforme, même innocents comme l'agneau, vous avez toujours une chance de vous prendre une balle dans le dos. C'est que c'est bête et vicieux cette engeance-là. Alors vous changez de coin. Et vite.

Nous avons changé de coin. Très très vite.

Sur la place, il y avait de plus en plus de panneaux indicateurs en allemand et de soldats en vert-de-gris qui se photographiaient les uns les autres devant l'Opéra.

Ça faisait peine à voir.

Mais ce qui m'a fendu le cœur, c'est que Jeanjean m'a fait remarquer que son magnifique chapeau cadeau n'était plus sur ma tête.

J'avais eu un chapeau, élégant, marquant. Un chapeau comme en portaient les clients de *La Coupole*. Et je ne l'avais plus.

Les circonstances, de fâcheuses circonstances...

L'inconséquence de Jeanjean surtout.

Quel besoin il avait, ce crétin pourtant si intelligent, de provoquer des gens qui ne demandaient qu'à suivre tranquilles leur petit bonhomme de chemin, qu'à survivre en ces temps si difficiles ?

Un demi-siècle plus tard, j'en ai toujours le regret, du chapeau en taupé, et je repense à notre frayeur et à l'allumé qui s'amusait à épouvanter les usagers de la ligne de métro numéro sept avec une bombe qui n'existait pas et qui nous a peut-être réellement sauvé la vie à moi et ce cher vieux provo de Jeanjean.

C'est qu'il est devenu vieux depuis. Vieux comme moi et tous les amis de ces sales années qui ont été assez chanceux pour ne pas être encore devenus des morts.

Jeanjean, une fois les Allemands chassés, il l'a été, peintre connu. Peintre célébrissime même. Pendant quelques mois, il a été artiste coté, étoile de l'abstraction lyrique. Mais étoile filante. Car ça l'a si peu comblé d'avoir sa photo dans les gazettes et d'être à tu et à toi avec des poètes et des penseurs qui sont maintenant dans le Larousse qu'il a renoncé à peindre et s'est retiré dans une banlieue paisible où il se contente depuis de cultiver un jardin à peine plus vaste que celui du pavillon de Julien, L'ÉDEN !

Julien, lui, est devenu père de famille et décorateur de théâtre renommé.

Betty, l'obligeante voisine, elle, je ne sais pas. Peut-être qu'elle a abandonné son véhicule terrestre et qu'elle est chatte de gouttière ou tourterelle ou puce.

Des personnes, on en perd de vue presque autant qu'on en croise. Bonjour, bonsoir. Et les années vont, vous poussent. Même les Juliette et les Roméo finissent souvent par ne plus se reconnaître quand ils se croisent dans une rue.

Place de l'Opéra, avec Jeanjean, nous nous sommes séparés. Pas fâchés. Mais froidement. Nous n'avions pas envie de reprendre notre conversation de métro.

Il a sauté dans un bus pour aller à la recherche de quelque fille bien en chair. Moi, je suis allé à pied jusqu'à Wagram à la répétition. Dans ce théâtre Gustave-Doré qui n'était, il s'en fallait de beaucoup, ni la Comédie-Française ni le Châtelet.

C'était une salle de quartier, pas grande, inconfortable, sans attraits. Que le vent a emportée.

Et, là encore, ça n'a pas tourné comme il aurait fallu.

Quand je suis arrivé, la troupe était sur scène, au grand complet. Il y avait Lolleh Bellon, Jean Poiret, Guy Pierrault, une Paulette dont tous les garçons du Centre du spectacle étaient un peu amoureux et qui, un jour qu'il pleuvait dru sur la rue Blanche et qu'elle était de bonne humeur m'avait appris à embrasser dans la bouche. Il y avait encore d'autres copains dont la tête m'est sortie de la tête.

Tous ravis et anxieux à la pensée qu'ils allaient, quinze jours plus tard, faire leurs débuts.

Fracassants, évidemment.

Et préludant à de prodigieuses carrières.

Tu parles.

Si Poiret devait un jour écrire et jouer *La Cage aux folles*, si Lolleh devait devenir une incomparable interprète de Claudel et de Pirandello, puis un auteur de grand talent, si la peu farouche Paulette était appelée à se faire un nom dans le petit monde rigolard des chansonniers et si Guy Pierrault a prêté sa voix à une ribambelle de personnages de dessins animés américains, que sont devenus les autres comédiens de Mercadet ?

De l'ignoble Mercadet.

Car il fut ignoble, ce jour-là. C'est que c'était sa première mise en scène et que, de se retrouver dans une salle, minable certes, mais avec des fauteuils alignés et une scène et une douzaine de projecteurs et un rideau qui montait et descendait et les lunettes de soleil qu'il s'était achetées pour l'occasion et, fumaillant une pipe que je ne lui avais jamais vue, ça lui tourneboulait la tête.

Pour Dullin, Baty, Pitoëff et Piscator à la fois il se prenait. Et il gueulait, il gueulait comme aucun de ces grands personnages n'aurait eu l'indécence de le faire. Il gueulait après Lolleh qui l'écoutait gueuler sans cesser d'avoir ce sourire angélique qu'elle emportait partout avec elle. Il gueulait après Poiret qui l'envoyait bouler avec la nonchalance exquise du personnage de Musset qu'il était alors. Il gueulait après une boulotte à lunettes, une élève du Centre vouée aux rôles de paysanne pataude, qui avait accepté avec ferveur d'être son assistante et n'était que son souffre-douleur.

Il gueulait après elle pour une pomme. Une pomme que Lolleh mangeait en attendant qu'il veuille bien se calmer, Mercadet. Et cette pomme, Mercadet croyait que c'était la pomme « accessoire », celle que Lolleh-Ève devait partager avec Poiret-Adam lors de la scène clé de la pièce de Supervielle *La Première Famille.* Et il se gourait. C'était une pomme à Lolleh. Qu'elle avait apportée pour son goûter parce qu'elle était friande de pommes, Lolleh.

Les pommes « accessoires », elles étaient en coulisse, dans un panier. Au moins trois kilos il y en avait. Des reinettes. Que la boulotte avait cueillies elle-même en Normandie la saison passée, chez ses cousins de Pont-Lévêque.

Et la boulotte a gueulé elle aussi.

— Tu sais quoi, Mercadet ? Tu nous fait chier. Chier chier chier. Des pommes on peut tous en manger jusqu'à en éclater. Et on en aura encore en rab. Et même s'il en restait pas la queue d'une et que Lolleh fasse semblant de la manger, la pomme du serpent, c'est pas pour ça qu'il foirera ton spectacle d'arrière-garde.

— Mon quoi ?

Au bord de la syncope il était, Mercadet.

— Mais tu te tailles, petite conne. Tu t'en vas. Tu te les remballes tes pommes véreuses et tu te tailles. Virée. Tu es virée.

Ses pommes elle ne les a pas remballées. Tout le panier elle a balancé sur Mercadet en lui prédisant que, ce qui lui pendait au nez, c'était le plus grand bide de l'histoire du théâtre depuis Sophocle. Et elle est partie. Et j'ai ramassé une pomme, qui avait roulé à mes pieds. Et je l'ai frottée sur une de mes manches de pardessus et j'allais mordre dedans quand Mercadet m'a vu.

— Ah ! te voilà toi ! Quand même. Tu sais combien de répètes tu auras manquées ?

— Je sais pas. Mille ? Deux mille ? Cinq mille ?

— Fous-toi de moi en plus. Et ton masque de diplodocus, où il est ?

Nulle part il était. Je la remettais toujours au lendemain la fabrication de ce masque.

— T'as raison, grand chef. T'as raison.

— Raison ?

— Raison de te montrer sous ton vrai jour. Ça fait un moment que je suis dans le fond de la salle à te regarder. Impeccable, tu es. C'est pas Lolleh et Jean et le texte de Supervielle qu'il faudra leur faire admirer à tes spectateurs, s'il en vient. C'est toi. Toi faisant ton numéro de grand metteur en scène. Quel talent ! Même Raimu dans la plaidoirie des *Inconnus dans la maison* il t'arrive pas à la cheville. Même Hitler quand il postillonne pour galvaniser ses...

— Ou tu montes sur scène et tu travailles, ou tu...

— D'accord. Je suis viré moi aussi. Alors salut la compagnie et tous mes vœux pour ce spectacle qui sera, j'en suis convaincu, un triomphe.

J'étais salaud de les planter comme ça. C'était

déloyal envers toute la bande. Ce prétentieux de Mercadet inclus. Mais qui aurait pu prévoir que sa première mise en scène serait aussi sa dernière et qu'il n'y aurait que vingt et un spectateurs le soir du grand soir, dont seulement quatre payants ? Et qu'ils seraient tous fort déçus ?

Pour dire toute la vérité, ce n'était qu'une fausse sortie. Une fois maman enterrée, j'y suis retourné aux répètes et je l'ai tenu mon rôle de diplodocus. Même que je l'avais fabriqué, mon masque. Avec des trous d'yeux si mal placés par rapport aux miens que je l'ai joué à l'aveuglette le gros lézard antédiluvien et qu'en sortant de scène je me suis cogné dans l'arbre du décor — qui était en carton et s'est écroulé et a provoqué les seuls francs rires de ce spectacle pas bien réussi.

Metteur en scène infortuné, Mercadet est quand même devenu une personnalité.

Quand je l'entends, maintenant, si brillant, si cultivé, à la radio, je revois sa chambre au-dessus du troquet de ses père et mère, troquet devenu aujourd'hui restaurant à bonne bouffe pour bohèmes friqués de Pigalle, je le revois, lui, chauffant l'ambiance de nos « parties » anémiques en passant des disques introuvables, qu'il se débrouillait pour quand même trouver, sur son phono.

C'était ça sa vocation. Disc-jockey de surboums de l'ère des phonographes à manivelle, il m'a fait connaître Django et Grappelli et tous les jazzeux français d'alors. Et il a continué avec Dizzie Gillepsie, Coltrane, Davis et le free jazz et...

Sacré Mercadet que j'ai si dégueulassement lâché ce jeudi à émotions.

Mais j'avais mes raisons.

Après les pommes et l'altercation, j'ai descendu l'avenue de Wagram fourmillante de Fritz. Tous ou très vieux ou trop jeunes. Des troufions plus en âge de l'être que le Grand Reich gardait sous ses drapeaux pour faire masse et des gamins arrachés à leurs lycées, à leurs écoles pour aller affronter les blindés soviétiques.

Avant d'aller crever dans la neige, ils avaient droit à un film. Une superproduction en Agfacolor, au soldaten-kino de l'avenue de Wagram. Et ils étaient tout contents d'être à Paris, ces veaux, et empestaient le tabac allemand qui était de la paille et rien d'autre.

Dans le métro que j'ai pris à Étoile ça puait aussi. Très fort. Ça puait bizarre. Une odeur qui venait d'une grande valise qu'une dame habillée en noir, très élégante, avec des gants de peau impeccables, assise sur une banquette, tenait serrée entre ses jambes.

Elle est descendue à Louvre. Et, sitôt sur le quai, elle a été abordée par deux hommes, des flics bien sûr.

Elle trimbalait quoi, cette dame ? Du manger pas très frais, du cadavre ?

Mon père, c'était réglé, je ne voulais plus lui parler, plus le voir.

J'avais manqué son rendez-vous chez le bougnat et je ne voulais surtout pas le rencontrer.

Mais il fallait aussi, il le fallait absolument, que je rentre au soixante-quatorze.

C'était une crèche infecte. Mais c'était la mienne. Et j'avais besoin de me retrouver sur mon divan, vautré, lové, même dans le froid, et de fumer une cigarette.

J'ai monté les escaliers avec dans la tête la folle idée que, là-haut, j'allais trouver maman. Oui. Qu'elle était à la maison, comme presque toujours quand je rentrais, qu'elle était assise avec un livre ouvert posé sur la toile cirée, avec un bol de café et un petit quelque chose à grignoter, avec sur le bout de son nez qu'elle avait si fin, si droit et dont elle était si fière, ses lunettes — « pas de vieille femme », elle disait, « des lunettes de femme qui s'est usé les yeux à lire trop de romans d'amour et de malheurs qui deviennent des bonheurs ».

Maman était là-haut. Il fallait qu'elle y soit. J'avais trop besoin de la voir.

J'allais ouvrir la porte et elle allait m'accueillir avec des reproches.

— C'est qui ce grand mal peigné qui rentre si tôt ? Tu n'as donc rien à faire de tes journées qu'à même pas six heures te voilà déjà ?

Et j'allais ne rien lui répondre et me pencher sur elle pour poser un petit bécot sur sa joue et, dans ma lancée, je m'emparerais de son bol et en boirais une large goulée, de son café.

— Te gêne pas. Vole-moi mon café. Déjà qu'il est si mauvais et que j'en ai si peu. En plus de feignant, voleur ! On peut dire que j'ai vraiment de la déveine avec mes garçons. Le grand, le gentil, le bien élevé, ils me l'ont emprisonné dans un stalag. Et le petit, le mal peigné, le propre à rien, en plus de tout, il me boit mon café. Mais qu'est-ce que j'ai fait au Bon Dieu ? Qu'est-ce que je lui ai donc fait ?

Je l'aurais laissée grognocher, grognocher sans méchanceté, et je me serais assis face à elle et j'aurais sorti une cigarette de ma poche et des allumettes et...

— Et voilà qu'il fume, maintenant. Ça c'est la meilleure. Se mettre à fumer alors que c'est même pas encore fichu de casser la coque d'un œuf coque sans se retrouver avec du jaune plein ses habits. Et depuis quand, s'il te plaît, tu t'es mis au tabac ?

— Depuis que t'es morte, m'man. Avant, je fumais pas. Tous mes copains fumaient comme des locomotives. Mais pas moi. C'est depuis que t'as été mourir à Saint-Antoine. C'est pour me consoler un peu, que je fume.

— Mourir ? Parce que je suis morte ? Moi, je suis morte ?

— Oui. La nuit de dimanche à lundi. T'as eu une attaque et...

— Toi alors... On peut savoir à quel âge t'arrêteras de toujours dire des âneries ? Ça t'avance à quoi de sans arrêt inventer des histoires si stupides que même des idiots de village voudraient pas les croire ? En fait, je crois que c'est toi, l'idiot.

« Le villag' de Ledru-Rollin
qu'est vraiment un pas beau pat'lin
a un idiot
qui se nomm' Remo. »

Comme on ânonne une comptine, elle m'aurait sorti ça. Et ça l'aurait fait bien rire.

— Voilà la vérité. C'est que j'ai un fils bête à manger du foin. C'est pas Remo qu'on aurait dû t'appeler. C'est Cadichon. Comme le bourricot du livre de la Bibliothèque rose. Cadichon...

— M'man !

— Parfaitement. Cadichon. Et je t'aurais tricoté un bonnet à oreilles. Immenses. Un bonnet à oreilles immenses. Et qu'est-ce que t'as fait de ta journée ? Tu me racontes pas.

Je lui aurais raconté. Pas la visite dans la péniche et papa et sa Loulou aux gros seins. Pas la voisine végétarienne nue à Ivry chez les Vendredi père et fils non plus.

Jamais je n'aurais osé dire à ma mère que j'avais vu — et maté — comment c'était entre les jambes de la Betty à Julien.

Mais je lui aurais raconté le clochard avec son chapeau de femme à Opéra et sa boîte à chaussures et notre galopade avec Jeanjean. Et Mercadet se croyant grand metteur en scène autorisé à tyranniser ses comédiens et le drame à cause des pommes de Normandie de la boulotte.

Et j'aurais supérieurement embelli tout ça, rajouté des détails criants de vérité, j'aurais menti autant qu'il le fallait pour lui arracher des rires, à maman.

Et elle m'aurait raconté sa journée à elle, en enjolivant elle aussi bien tout, en se l'inventant même, sa journée, si elle ne la jugeait pas assez captivante.

Elle m'aurait raconté la visite que lui avait faite madame Babaguine ou Belle-en-cuisses ou une autre voisine. Et comment elle était habillée la dame qui était venue la voir, et à quel point ça ne lui allait pas d'être habillée comme elle l'était et ce qu'elle lui avait appris, cette dame, sur les autres locataires, sur des gens de l'avenue qu'on connaissait très bien ou à peine.

Et elle m'aurait raconté comment c'était rue d'Aligre ou rue Saint-Antoine où elle avait marché des kilomètres et des kilomètres et attendu des heures et des heures devant une boutique pour ne récolter qu'une poignée de bigorneaux ou une botte de radis tout en fanes.

Et elle m'aurait aussi, ça je ne pouvais pas y couper, raconté le chapitre de feuilleton qu'elle était en train de lire quand j'étais venu la déranger en rentrant bien trop tôt pour un garçon travailleur. Une histoire bête à en pleurer qu'elle trouvait, elle, belle à en pleurer, avec une jeune femme d'une beauté pas imaginable que son mari, un homme ignoble, trompait avec une étrangère rencontrée dans un casino (ou sur un yacht ou dans l'Orient-Express) et la femme si belle si belle était si déçue et dans le chagrin qu'elle décidait de se suicider en se jetant du haut d'une montagne (ou d'un gratte-ciel ou d'un pont) et juste quand elle allait sauter apparaissait un homme dans la trentaine, bronzé mais aux yeux clairs, qui était médecin spécialiste d'une maladie très rare (ou prince russe en exil ou bâtard sans argent d'un roi américain de la finance) et il l'empêchait de sauter la femme à la beauté inimaginable et ils échangeaient un long baiser et ils allaient s'aimer comme des fous toute leur vie mais alors une guerre éclatait (ou une épidémie ou un typhon) et ils étaient séparés et cinq ans ou dix ans plus tard...

Maman n'avait que de mauvaises lectures.

Mais c'était maman. Ma mère.

Et je voulais qu'elle soit chez nous à m'attendre pour me parler et me faire des reproches et me sourire. Surtout me sourire.

Arrivé sur le palier, j'ai failli redescendre parce qu'elle ne pouvait pas être là, parce qu'elle ne serait plus jamais dans notre deux-pièces.

La porte, notre porte couleur vert économique que le temps avait fait virer au jaune morose, je suis resté un long moment à la contempler.

Sans même avoir envie de chialer. Atterré, seulement.

Puis, comme j'ai entendu du bruit au rez-de-chaussée, peut-être quelqu'un de l'étage au-dessus du nôtre qui allait monter, j'ai mis ma clé dans le trou de la serrure.

Elle n'était même pas fermée. Le matin, dans ma précipitation, j'avais dû oublier de donner les deux tours de clé. Aucune importance. Les serrures, les verrous, nous, vu que nous n'avions rien à voler...

Je suis entré.

Elle était là. Assise.

Pas derrière la table. Sur le tabouret près de la fenêtre.

Assise et attendant.

Et ce n'était bien sûr pas maman.

C'était — mais qu'est-ce qu'elle avait le culot de faire là ? —, c'était la fille aux cheveux en rouleaux, la fille trop tout qui était chez Mercadet quand j'avais forcé sur le cidre-gin.

Cette fille dont j'ignorais le nom qui était Cécile.

Elle était chez nous, dans notre crèche-taudis où pas même Jeanjean, pas même lui, n'était jamais entré.

Ça n'était pas possible. Ça ne se pouvait pas.

Mon sang s'est figé.

— Qu'est-ce que tu fais là, toi ? Qu'est-ce que tu fais là ?

— Je sais. Je n'aurais pas dû entrer. J'aurais dû t'attendre en bas. Dans la cour. Mais je vais t'expliquer.

Ça se voyait dans ses yeux que je devais avoir une tête à faire peur et surtout qu'elle se rendait compte qu'elle avait vu ce qu'elle n'aurait pas dû voir.

— Tu fous quoi ici ?

— C'est idiot. Je sais. Je voulais te voir. Je voulais tellement te voir. Ton adresse c'est Hermine qui me l'a donnée. Par ton ami Jeanjean elle l'a eue.

Là, j'ai éclaté.

— Et il lui a dit quoi, Jeanjean, à ton Hermine ? Que c'était le Palais des Merveilles, ici ? Qu'il fallait surtout pas manquer d'y faire une petite visite ? Qu'on y donnait des fêtes somptueuses avec le Tout-Paris ?

— Te fâche pas. Sois chic. Te fâche pas. Je sais que j'aurais pas dû. Mais... J'ai vu un homme en bas qui m'a indiqué ton étage, ta porte. Alors je suis montée. J'ai frappé et elle s'est ouverte, la porte. Et je... Je pensais pas que...

— Que quoi !

Elle n'avait même pas songé à se lever. Elle était toujours sur le tabouret. Avec un sac à main en cuir, de madame, posé sur ses genoux. Et un manteau rouge vif avec une tapée de boutons noirs. Et des bottes. Chères, ça se voyait.

Elle était là. Si proprette que ça faisait tout paraître encore plus crade autour d'elle.

Que quelqu'un d'ailleurs, quelqu'un appartenant à mon autre petit monde, sache de quelle pouillerie nous pouvions nous contenter, les fauchés de la gare de Lyon, c'était ce qui pouvait m'arriver de pire.

La conne !

— Tu pensais quoi ? Que ça me ferait plaisir de...

Elle s'est levée. Enfin.

— Je pensais rien, je te jure. Je vais partir. Je m'en vais. C'était pas bien que je vienne ici. C'était pas malin. Mais je voulais te parler.

Elle baissait le nez. Elle n'osait pas me regarder en face.

— Personne le saura que je suis venue. Je suis venue, je m'en vais. Voilà. Ça restera entre nous, je te promets.

— Qu'est-ce qui restera entre nous ? Que je suis un fauché si fauché que j'ai même pas un bout de chambre à moi, que je dors dans cette cuisine cradingue sur ce divan à trois balles ? Et la salle de bains, tu l'as vue, j'espère ? Ma chouette salle de bains sur le palier avec qu'un seul et unique robinet. Celui à eau glacée. Mais, attention, on n'a qu'un robinet mais qui fait le boulot de plusieurs robinets. C'est qu'il me sert pas qu'à moi. À toute la famille, il sert. Et au voisin aussi. Notre Gaucho. Un manchot qui se lave son bras à la même eau que nous. Tu serais venue le jour de son grand décrassage mensuel, tu lui voyais tout ce qu'il possède à notre manchot. Et nos vécés ? T'as pas vu nos vécés ? Faut leur jeter un coup d'œil. C'est en bas, en sortant. À gauche. Des gogues à la turque de toute beauté. Si t'as un petit besoin en souffrance, te gêne surtout pas, ma grosse. Tu veux un morceau de journal ?

— Si tu savais comme je regrette.

— Y a vraiment pas de quoi. Ça doit être foutrement excitant de s'offrir une virée touristique chez les gueux. C'est dommage que tu m'aies pas prévenu de ta visite. Je me serais arrangé pour que tu voies aussi le papa ivrogne. Un saoulaud qualité d'avant-guerre, qui dit des conneries de saoulard en français et en italien. L'éthylique bilingue, c'est smart, hein. La maman en guenilles sujette à la mélancolie, je peux plus te la proposer. Elle est à la morgue. Dans une morgue de pauvres. À l'hosto.

— Dis pas des choses pareilles. C'est parce que tu viens de la perdre ta mère, que je suis venue. Je voulais que tu saches que ta peine elle me faisait de la peine à moi aussi, que je pensais à toi, que...

— Eh bien ça y est, je le sais. Je sais que la fille la plus conne et chiante que j'aie jamais rencontrée pense à moi. Et je suis censé faire quoi ? Te baiser les pieds pour te remercier d'avoir eu la bonté de te traîner jusqu'à la masure de l'indigent pour lui présenter tes sincères condoléances ? T'offrir une écuelle de soupe de pauvre ?

— Je m'en vais. Et je parlerai d'ici à personne. Je te jure, Remo.

— Ça serait dommage. Ça va les faire goder, nos amis et connaissances, de savoir que le futur grand peintre mondialement connu, il niche dans un trou à rats. Parce qu'on a des rats, en plus. Des rats balèzes comme des cochons. Et moi qui allais te laisser filer sans te parler de nos rats. Un vrai troupeau on en a. C'est notre bétail de miséreux. Notre cheptel. Si t'es cliente, on monte les voir. Dans la journée, ils roupillent deux étages plus haut. Dans la tanière d'un juif qui, n'ayant pas eu les moyens de se cavaler en Amérique avant que les Allemands rappliquent, s'est fait embarquer pour des vacances de rêve. Tu te rends compte : des rats, des juifs, des chiottes à la turque. Faut absolument que tu racontes ça à tout le monde. Ça va plaire, tu verras. T'auras même plus besoin de tortiller ton gros croupion pour te faire inviter dans les dîners. T'auras qu'à dire qu'au dessert tu leur raconteras combien c'est sale et moche chez leur copain Remo.

— Tu comprends rien. T'es vraiment...

C'est elle qui avait des larmes.

Je l'ai entendue marteler les marches avec ses talons pas en bois. Elle fuyait à tire-d'aile.

Et c'était fini, foutu.

Plus question pour moi de revoir aucun de mes amis. Plus question de retourner au Centre du spectacle, plus question de retourner faire le hallebardier à la Comédie-Française, d'aller boire des pots dans les cafés de Palais-Royal.

Me restait plus que ce putain de soixante-quatorze et mon avenue, me restait la gare de Lyon et ses proches environs. Ça allait être chiche comme espace vital.

Cette grosse tourte m'avait arraché mon masque.

Tout nu, je me retrouvais.

Humilié. Bousillé.

Ça y allait la déglingue, ça y allait.

Il me restait bien peu de cigarettes. Il faudrait que je me décarcasse pour en trouver d'autres. Ailleurs que place Blanche. C'était trop près de chez Mercadet la place Blanche.

J'en ai quand même allumé une. En cassant trois allumettes. Et j'avais des picotements dans la gorge, j'avais la tête lourde. Comme quand on couve une angine. Ou c'était le contrecoup de l'émotion, la contrariété, la vexation.

Comme un pou j'étais vexé, comme un pou qui se planquait dans une tignasse et s'était fait débusquer.

Mais la vexation, hein...

Plaie d'amour-propre n'est pas mortelle.

On va dire qu'il fallait que ça arrive. Que c'était écrit. Que le Seigneur dans son infinie sagesse... C'est qu'il devait en avoir sa claque, le Seigneur, de me voir si fort frimer. Si ça avait été dans ses vues, au Très-Haut, que je devienne Matisse ou que je roule carrosse...

La visite inopinée de cette chieuse de fille c'était comme celle de l'ange à la petite Marie des Écritures. Une annonciation. Elle était venue m'annoncer que rien du tout j'étais et rien du tout je demeurerais.

C'était rude mais ça ne m'a pas pris longtemps de liquider l'imposteur.

Il m'a suffi de sortir de sous mon divan où ils croupissaient mes infimes « travaux en cours ».

Ce déballage.

Pas de quoi faire une expo. Ou alors dans la cour du soixante-quatorze avenue Ledru-Rollin, Paris douzième. Pour édifier les populations, pour faire connaître aux masses laborieuses à quels sommets de maladresse, de mauvais goût, de manque de style et de savoir-faire pouvait atteindre un adolescent vraiment pas doué mais assez imbu de lui-même pour oser signer de son nom ses petits gribouillis.

Ça allait d'un chien barbouillé à la gouache quand je devais avoir huit ou neuf ans et qui ne tenait même pas sur des pattes qui avaient l'air de quatre saucissons à un portrait sublimé de ma danseuse du Châtelet, pas ressemblant, gauche, lourdingue — Degas revu et corrigé par un homme des cavernes ! En passant par des natures mortes d'un pompiérisme inégalable, des tentatives d'illustrations à l'encre de Chine de poèmes de Baudelaire d'une laideur indescriptible, des maquettes de décors de théâtre qui auraient pu figurer dans un ouvrage recensant les erreurs les plus grossières auxquelles doit s'efforcer d'échapper qui veut faire de la perspective. Et un paquet de piteuses copies de Matisse, de Dufy, de Gauguin même, un nu grotesque (exécuté sans modèle et sans talent), un portrait de maman qui frisait l'outrage, une Pietà avec une Vierge bouffie singeant les baigneuses de Picasso heureusement inachevée (la période mystico-cubiste du grand Momo ! ! !).

J'étais un jeune homme niais. Mais pas au point de ne pas au moins subodorer que le génie qui sommeillait en moi était parti pour ne jamais en sortir, de son assoupissement. Peut-être que si je m'étais tué au travail...

Mais j'étais bien trop occupé à baguenauder, à traînasser avec mes copains, à courailler après des filles que je n'intéressais pas, à m'embarquer dans des histoires qui ne me menaient nulle part comme la figuration ou les entreprises vaseuses comme le spectacle à Mercadet.

Un petit branleur j'étais.

J'ai tout déchiré, tout massacré et tout fait flamber dans le poêle Godin.

Grâce à quoi j'ai eu une petite suée. Et, c'était réglé, je n'étais plus peintre.

Sous mon divan il ne restait plus que la poussière, les moutons.

Sur le dessus de l'armoire de ma mère qui ne me sourirait plus jamais et de mon père à qui je n'avais plus envie de sourire, il y avait la valise en cuir, la valise de nabab que papa s'était achetée à Berlin ou Prague ou Budapest au temps de sa splendeur et de ses fugues avec des pouffiasses pétant dans la soie.

J'avais si peu de linge, de vêtements que, pour la remplir cette valise, j'ai dû enfourner dedans des bouquins. *Mort à crédit* (cadeau de Jeanjean) avec des blancs à presque toutes les pages parce que, dans l'édition d'alors, quand Céline avait écrit bite ou cul ou ce que ses personnages faisaient avec leurs bites et leurs culs, les larbins du Maréchal avaient chastement censuré. Mes Marcel Aymé. Deux volumes d'*Arsène Lupin*, un de *Fantômas*. Mon *Sans famille* de quand j'avais dix ans, que je connaissais par cœur et que je rebouquinais sans cesse avec délectation.

Mes livres sur le Fauvisme, l'Art nègre, les Nabis, les Primitifs français, je les ai laissés sur le divan. Puisque je n'étais plus peintre...

J'étais quoi au fait ?

Rien encore.

Qu'un garçon qui s'en allait de là où il avait plus aucune raison de s'incruster.

Dans l'escalier, j'ai croisé madame Nantes. Elle avait trouvé des poireaux à Aligre. Elle allait les faire vinaigrette. Et c'est son mari qui allait être à la noce. Des poireaux vinaigrette il aimait rien autant que ça, il s'en serait fait crever.

Elle a vu la valise.

— Tu emportes des vêtements pour ta maman, qu'elle soit bien élégante, bien belle demain ?

— Oui.

Je ne savais pas où j'allais. Mais il ne fallait pas que je traîne. Si, pour une fois, papa avait la fantaisie de rentrer à une heure décente.

J'ai marché d'un bon pas jusqu'à la Bastille. Une fois là, je ne risquais plus de tomber sur mon père. C'était rare, très rare qu'il en sorte, du petit morceau de Paris balisé par les bistros où il était sûr de trouver de quoi boire et avec qui le boire.

Il fallait que j'arrête de penser à mon père. Il fallait que j'arrête de penser à tout.

Au Radio-Cité Bastille, ils donnaient *Les Anges du péché.* Un film plus très nouveau que je m'étais bien gardé d'aller voir, craignant qu'il m'ennuie. Ça allait quand même faire l'affaire.

Le type qui contrôlait les billets à l'entrée n'était pas pour que j'entre dans la salle avec une valise.

— On sait pas ce que ça peut contenir un gros bagage comme ça.

— Vous voulez que je l'ouvre ?

— Non. Mais ça serait aussi bien que tu la laisses à la caisse.

La caissière a sauté sur l'occasion pour râler. Déjà qu'elle faisait un travail pas intéressant et payé le minimum des minimums et qu'elle était dans des courants d'air pas humains. Si, en plus, il fallait qu'elle fasse consigne.

Elle a quand même veillé sur ma valise.

J'avais bien fait de ne pas vouloir aller le voir avec Maurice Ronet sur les boulevards en exclusivité puis, plus tard, dans un cinéma de quartier avec ma danseuse, le film de Bresson. C'était une assommante histoire de religieuses. Avec des dialogues de Giraudoux, chichiteux et d'autant moins compréhensibles que j'avais pris le film en marche. En gros, une des chères sœurs du couvent de Béthanie était entrée en religion, non par amour du Très-Haut mais pour échapper aux gendarmes à la suite d'un assassinat. De l'assassinat de son amant. Ou de quelqu'un qu'elle connaissait très bien. Trop bien. Et une autre chère sœur d'une piété à toute épreuve la bassinait pour qu'elle se mette à avoir la foi. Mais c'était duraille, parce que la chère sœur qui ne l'avait pas, la foi... Et ça durait et ça durait.

Ça m'a distrait cinq minutes de retrouver dans ce couvent assez joliment photographié la comédienne Jany Holt qui jouait d'habitude les poulettes détraquées et Renée Faure qu'il m'arrivait de croiser taillant une bavette avec Marie Bell, Barrault, ou des sociétaires cacochymes dans les couloirs du Français. Et Mila Parely aussi. Qui avait des grâces auxquelles j'étais très très sensible. Mais ça ne m'intéressait pas, leurs papotages ampoulés. Qu'elles aillent se faire mettre ces ratichonnes à faux cils.

Dans la demi-pénombre de ce cinéma où nous n'étions pas dix spectateurs, j'ai fermé les yeux et somnolé jusqu'à ce que retentisse une voix, une voix cassante de prophète de malheur. Le film était terminé et c'était une voix d'actualités. Ou Darnand ou Philippe Henriot ou un autre leader pro-nazi qui, à la tribune d'un meeting, faisait bicher ses ouailles en leur décrivant la destruction imminente de Londres — repaire des juifs les plus putrides, des francs-maçons les plus retors, des bolcheviques les plus sauvages.

« Car, comme Carthage, Londres sera détruite ! Comme Carthage ! Comme Carthage ! » il hurlait.

Derrière mon dos une voix, petite, a dit distinctement : « C'est toi qui seras détruit, saligaud, et dans pas longtemps. »

Je me suis retourné. Il n'y avait qu'un spectateur derrière moi. Un curé à la soutane râpée. Qui était venu compatir aux malheurs des saintes filles de Béthanie. Et qui prophétisait lui aussi.

Après le collabo bavochant sa hargne, nous avons vu l'inévitable Maréchal. Qui faisait son classique numéro de gâteux fier de l'être dans une campagne enneigée au milieu de paysans bien de chez nous avec leurs sabots et leurs trognes avinées.

Puis ont défilé des images de jeunes bougres sains, costauds, radieux, cueillant des betteraves avec entrain, exécutant avec fougue des mouvements gymnastiques puis chantant avec ferveur, de nuit, autour d'un feu de bois, une vieille chanson qui m'a semblé salement auvergnate. C'était la séquence « Comme il fait bon vivre dans un camp de jeunesse ».

Basta.

N'ayant plus assez de force d'âme pour supporter un entracte sans cornets glacés, sans pochettes surprises, sans bonbons fondants et les premières bobines des *Anges du péché*, j'ai été récupérer ma valise.

La caissière qui surmontait son ennui en ravaudant aussi discrètement que possible un habit de poupée ou d'enfant de taille très restreinte m'a demandé si le film m'avait plu.

— J'ai pas aimé. Du tout du tout.

— Vous avez des gens qui en sortent tout contents. Mais pour apprécier doit falloir avoir plus de religion que j'en ai. De toute façon, les films, j'en sais jamais plus que ce que les ouvreuses m'en racontent.

À l'*Hôtel des Quatre-Saisons*, dans une rue étroite entre la place des Vosges et le boulevard Beaumarchais, c'est là que j'ai échoué.

La dame de la réception, qui avait deux grains de beauté sur chaque joue mais pas symétriques, m'a accueilli avec réticence. Ça la chiffonnait que je sois si jeune et parisien et que je veuille coucher dans son garni. Parisien, je lui avais dit que je l'étais quand elle m'avait demandé d'où je venais.

— Qu'est-ce qui me prouve que vous n'êtes pas recherché, d'abord ?

— J'ai une tête de garçon qu'on recherche ?

— Non. C'est ça qui me trouble. Cacher des gens qui ont besoin de l'être, même avec tous les ennuis que ça peut vous attirer, on peut finir par le faire. Mais quelqu'un qui n'a pas de raisons...

Elle avait quelque chose de maman, cette dame. Son indéfrisable tout en petites boucles peut-être. Ou sa façon de frotter son alliance avec le pouce de son autre main, comme pour la faire briller encore et toujours plus.

— Faut bien que je dorme quelque part. Ma mère vient de mourir. Et avec mon père on s'entend pas.

— Si tous les fils qui s'entendent pas avec leur père logeaient à l'hôtel, y a belle lurette que je serais milliardaire.

— Il boit, mon père.

— Les pères buveurs c'est pas ça qui manque. Tant qu'ils tombent pas dans la violence...

— Le mien, plus ça va...

C'était énorme. Mais ça a marché. Elle a eu pitié la patronne de l'*Hôtel des Quatre-Saisons.* Ou elle a fait semblant. Mais très bien.

Donc, j'allais dormir dans un hôtel. C'était de l'inédit, ça. Dormir dans une chambre numéro douze avec un lavabo de la taille d'un verre à dents et d'une propreté à me faire regretter ma fontaine de palier. Le papier peint à bouquets de fleurs arts déco était abject, et dans la penderie sans porte les clients précédents avaient oublié une cravate tachée et un gant de femme en laine jaune avec un trou au petit doigt.

Il faisait très chaud.

Je n'ai pas ouvert ma valise mais j'ai retiré mon pardessus que j'ai pendu sur un cintre et je me suis allongé sur le lit dont le sommier cliquetait dès qu'on faisait le moindre mouvement.

Ça devait être un hôtel pour y dormir avec des putes. Ou encore pour s'y faire assassiner ou assassiner quelqu'un.

Je n'arrivais pas à savoir si ça me plaisait ou me déplaisait d'être dans cette chambre douze et si seul.

J'ai éteint l'ampoule nue, sans abat-jour, du plafond. C'était à peine si une vague lueur me venait de la fenêtre sans rideaux mais, au moins, je ne voyais plus les fleurs du papier peint et la gravure sous verre représentant des baigneuses coiffées à la garçonne s'humectant le tutu dans de la flotte bleu paquet de gauloises.

J'allais devenir quoi puisque j'avais renoncé à être peintre ? Pas cimentier comme papa en tout cas.

J'ai essayé de trouver un métier pouvant me convenir, pas trop tuant, pas trop pépère, un peu prestigieux. En vain.

Et l'idée m'est venue — parce que j'ai entendu des voix dans la rue, des rires canailles, des bruits de talons de femme —, l'idée m'est venue de sortir de cette chambre et d'aller rôder de l'autre côté du boulevard Beaumarchais, vers la rue de la Roquette, la rue de Lappe. Pour voir.

Me souvenir clairement de tout ce qui s'est passé dans la ruelle derrière le restaurant *Boffinger*, je ne peux pas. Mille fois j'ai essayé sans pouvoir revoir vraiment tout. Il y a des trous, des abîmes insondables comme les blancs dans les éditions censurées de Céline. Et c'est tant mieux.

Ce dont je suis certain c'est que j'ai erré longtemps en regardant se tortiller les filles. Les filles. Façon de parler. La plus jeune d'entre elles avait trente ans si pas plus. Des radasses déjà plus bonnes pour les rues où on y voyait encore à peu près clair.

Si l'une d'elles, une carrée des épaules avec un renard mangé aux mites et des socquettes en laine angora dans ses sandales à talons, ne m'avait pas abordé je serais encore en train de l'arpenter la ruelle.

Elle m'a demandé si je n'avais pas « une grosse grosse envie de grimper au ciel avec la caillette la plus chaude de tout le quartier ».

Il faut croire que je lui ai répondu que, oui, je l'avais cette grosse grosse envie, puisque je me revois avec ladite chaude caillette dans une chambre aussi cosy que la numéro douze de l'*Hôtel des Quatre-Saisons.* Mais moins bien chauffée.

Et cette roulure d'âge canonique avec bien des rides sous son maquillage de mousmé de fête foraine a commencé par ôter sa jupe pour que je puisse reluquer ses bas noirs, ses jarretelles noires, ses cuisses de lutteuse et son absence de culotte. Elle était obscène.

Et tant portée sur l'hygiène qu'elle m'a déboutonné ma braguette comme si j'avais été son marmot et frotté la queue avec un gant de toilette trempé dans une cuvette d'eau savonneuse. Frotté à m'en faire mal. Et essuyé avec une serviette-éponge douteuse. Après quoi, elle s'est allongée jambes écartées et elle m'a encouragé d'un coquin « En piste, petit prince ».

Il n'y avait rien dans tout ce que je voyais qui puisse m'engager sur la voie de la luxure. J'avais peur et honte. C'est tout.

Ce qui l'a vite énervée, la caillette.

— Y se passe quoi, mon fils ? Je te plais pas ?

Mon fils !

Elle se figurait que je l'aurais voulue pour mère, cette vilaine bonne femme ?

Je me suis cru obligé de m'excuser.

— Ça m'est encore jamais arrivé de... alors...

— Raison de plus pour pas lambiner. T'as pas hâte de devenir un homme ?

Si pour devenir un homme il fallait absolument s'allonger dans les mêmes draps que cette créature repoussante et se frotter à elle, non je n'avais pas hâte.

Elle a attendu mettons... cinq minutes pendant

lesquelles, ventre à l'air, je contemplais les mouchetures du linoléum, et elle a remis sa jupe.

— Bon ben... Faut que je retourne appâter le bison, moi.

Conscient de m'en tirer à bon compte, d'avoir échappé à une souillure peut-être ineffaçable, j'ai refermé ma braguette.

Dans le couloir, en se remontant les seins sous son corsage pour faire illusion, elle a pris le temps de me donner le coup de grâce.

— Si tu veux mon avis, toi, tu serais plus porté sur les hommes que sur les femmes que ça m'étonnerait pas.

L'ordure !

De retour dans la chambre douze de l'*Hôtel des Quatre-Saisons* sans plus rien à fumer et mon début de grippe ou d'angine qui ne faisait que croître et embellir, impossible de trouver le sommeil. Mais question de me poser des questions, ça y a été.

Et si elle avait vu juste, la moche morue ?

Déjà Jeanjean, dans le métro le matin, m'avait bien vanné à propos de l'attirance que j'avais pour les filles pas très charnues, pas très féminines.

Et, ce jour-là, par trois fois, des femmes m'avaient fait offrande de leur nudité. La Loulou de mon vieux bouc de père, la Betty de Julien Vendredi et cette putain. Et, par trois fois, non content de n'éprouver aucun désir, j'avais éprouvé de la gêne, du dégoût je dirais même.

Et il y avait le danseur.

Eh oui, le danseur.

Trouble, très trouble, l'épisode du danseur.

Ça remontait à l'été. Un dimanche, au théâtre du Châtelet, entre la matinée et la soirée. J'étais alors figurant dans le finale de *Valse de France*, dans le tableau du bal à l'Opéra avec un décor qui occupait toute la scène avec ses lustres brillant de mille feux et tous les danseurs et danseuses, les choristes et une cinquantaine de « silhouettes » comme moi déguisées en gandins et un Napoléon III, son impératrice, des dames à faux culs et les moustachus médaillés de la cour et des célébrités de cet empire-là, le musicien Olivier Métra, Offenbach, je ne sais plus trop qui.

Et les flonflons, le grand air.

Jolies valses de France, Champagne de la dan-an-se, c'est vous qui fai-ai-tes tourner les tê-ê-tes.

Après le finale de la matinée, je devais aller me balader sur les quais, faire les bouquinistes avec Jacqueline, ma danseuse. Et, au dernier moment, elle m'avait fait prévenir par une autre danseuse qu'elle était empêchée, que sa mère était malade (ou son petit frère), et qu'il fallait qu'elle aille administrer des sirops, mettre des cataplasmes ou des ventouses.

Bref, elle m'avait planté et j'avais des heures à perdre avant la soirée et, errant dans le dédale des coulisses du Châtelet, j'étais tombé sur un danseur, pas étoile mais exécutant quand même quelques pas en solo, qui m'avait lorgné et dit bonjour et demandé qui j'étais. Et nous nous étions mis à parler de théâtre, de danse, de cinéma.

C'était un brun, un noiraud, plus âgé et plus petit que moi, aux yeux très brillants avec un petit accent qui chatouillait plaisamment l'oreille. Un Espagnol du Sud, il m'a dit qu'il était. D'une campagne aride. Où l'on naissait brigand ou danseur de flamenco.

Il a fini par me proposer de venir dans sa loge manger un morceau d'un gâteau de chez lui aux raisins et aux noix fait par sa maman.

Elle était décorée comme une chambre, sa loge. Comme une chambre de diva. Avec des tentures froufroutantes, des dentelles qui pendouillaient du plafond, des bougies jaunes et rouges avec des photos sous verre, une de Serge Lifar dédicacée, d'autres d'acteurs de cinéma beaux mecs, une collection de petits ouistitis en peluche. Il avait un réchaud et du thé à l'orange et ça a été une dînette exquise.

Fernando, c'était son nom, connaissait une tapée de potins sur les autres danseurs du Châtelet et sur les chanteurs, des potins cruels sur leurs travers, leurs mesquineries, leurs amours, leurs pratiques sexuelles pas communes. Et, parce que c'était l'été, tout en me faisant rire avec ses ragots canailles, il s'était mis à son aise. C'est-à-dire avec plus rien sur lui qu'un tout petit maillot de corps qui s'arrêtait bien au-dessus de ses fesses.

Et, comme si de rien n'était, à l'hypocrite, il s'était approché de moi et s'était mis à me caresser le cou. Sous ma chemise il me caressait.

C'était agréable, c'était engourdissant. Bon, quoi. Si bon que quand il m'a pris une de mes mains pour me faire constater que son sexe était devenu bien droit, bien gonflé, je l'ai laissé faire.

C'était un type. Pas une fille. Mais j'avais fermé

les yeux depuis un moment. Et j'avais chaud moi aussi, horriblement chaud, et se déshabiller en été ça fait si peu de chose à enlever que ça ne compte à peu près pas.

Mon ventre il a alors grattouillé, caressé. Avec art. Aucune des fillettes et demoiselles avec qui j'avais été en affaire ne m'avait accordé de pareilles faveurs.

Et il sentait la violette. Un peu la sueur et beaucoup la violette. Un parfum plutôt féminin. Et il n'avait pas un gramme de graisse. Le vraiment très beau danseur. Il ne m'a pas caressé que le ventre. Et il a posé sa bouche sur la mienne et — c'est comme ça c'est comme ça — le baiser qu'on a échangé m'a remué bien plus que tous ceux que j'avais échangés jusque-là.

Mais c'était un Fernando.

Si la première sonnerie d'avant le lever de rideau de la soirée ne m'avait pas tiré de ses pattes, sûr que ça aurait tourné comme ça devait tourner.

Et ça serait une vieille tante qui serait en train de l'écrire, ce petit livre.

De repenser à mes mamours avec cet Espagnol à la longue belle queue et aux mains plus expertes que des mains de fille, de me remémorer toutes mes idylles foirées avec des vraies filles et ma débandade devant une pute que tant et tant d'hommes devaient besogner avec allégresse, ça ne m'a pas aidé à le trouver, le sommeil, dans les draps rêches de l'*Hôtel des Quatre-Saisons.*

Même pas j'ai réussi à fermer les yeux.

Je ne voulais plus de mon père qui était un

salaud trop salaud, je ne pouvais plus affronter mes amis, je n'étais plus peintre, j'étais ou impuissant ou une tantouze et il me restait exactement quatre francs et trente centimes en poche.

Et maman ne me sourirait plus jamais, ne me parlerait plus, ne m'écouterait plus.

Je me suis retrouvé comme quand j'étais môme, tout môme et que j'avais un chagrin.

Je n'ai pas désiré mourir parce que jamais je ne désire mourir.

Mais je ne voyais pas quel intérêt j'avais à continuer à vivre.

L'*Hôtel des Quatre-Saisons*, un bel endroit, vraiment.

À l'heure où le couvre-feu prenait fin, après un pipi dans le lavabo et une toilette sommaire, j'ai repris la route du soixante-quatorze.

La fermeture du couvercle du cercueil, la levée du corps comme on dit, et je ne sais quoi encore de sûrement trop éprouvant pour moi, je n'ai pas voulu y assister. J'ai attendu dans une cour de l'hôpital Saint-Antoine.

Et ils sont sortis. Quatre hommes qui portaient le cercueil. Et papa, rasé de frais, cravaté de noir, chaussures cirées. Vieux, brisé. Et l'oncle Bertrand, avec un grand manteau noir et un chapeau noir sans doute empruntés à quelqu'un de Rochefort-en-Yvelines, l'oncle Bertrand qui donnait le bras à papa. Et mes deux niaises de cousines, Marie-Odile et Marie-Thérèse marmonnant des prières mais l'œil allumé. Et Sylvia, l'ancienne poule à papa qui avait fait la dernière toilette de maman. Et Mathilde Gozzi. Et madame Nantes. Avec des mines de circonstance.

Quand papa m'a vu, il m'a fait un signe de la main.

Rien qu'un petit bonjour. Mais ma gorge s'est dénouée. J'ai compris que c'était fini, que je n'étais plus fâché avec cet infernal salaud.

On nous a fait grimper dans le fourgon. On m'a assis entre papa et l'oncle Bertrand. Les deux hommes qui l'avaient le mieux aimée, maman.

Papa m'a demandé si ça allait.

Ouais. Ça pouvait aller.

Durant le court trajet entre l'hôpital Saint-Antoine et l'église Saint-Antoine, personne n'a parlé.

Comme promis, papa avait fait au mieux. Grandes draperies, larmes d'argent, sanglots d'orgue, forêt de cierges de taille impressionnante.

Et une telle assistance que les chaises de la nef étaient toutes occupées et qu'il y avait, debout sur les bas-côtés, des amis, des voisins, des curieux.

Assurément beaucoup beaucoup plus de gens que ma mère n'en portait dans son cœur.

Ça frise toujours un peu le ridicule un enterrement. Cet apparat, cette musique d'un autre âge, ce monde, ces larmes que certains se croient obligés de verser...

Ou alors c'était moi. Qui étais ridicule, pas comme il aurait fallu que je sois. Moi qui me sentais « en représentation », ayant l'impression de mal tenir le rôle délicat de l'attendrissant grand garçon qu'un fatal destin...

Moi, conscient de ne pas être à la hauteur, conscient de ne pas offrir à qui était dans cette église le spectacle poignant de l'inconsolable désespoir.

C'est que j'avais les yeux secs.

Et la tête un peu ailleurs.

Ce n'était pas ma mère qui était dans cette caisse en bois verni au milieu de la nef, c'était le cadavre réfrigéré d'une dame de cinquante-deux ans qu'on allait bénir avec force salamalecs avant d'aller l'abandonner sous la terre d'un cimetière de banlieue, à quinze ou vingt sections de bus de là. Et qu'on irait, parce que c'était la coutume, fleurir à chaque Toussaint. Fleurir avec des chrysanthèmes qui sont des fleurs de tristesse, de misère.

Le cercueil autour duquel tournicotait en chuchotant du latin un abbé ventru comme un personnage de réclame de camembert, je ne le regardais pas.

Je regardais les vitraux en toc, les colonnes aux fûts pas assez élancés, les voûtes qui imitaient le gothique, les statues de saints qui avaient tous l'air de participer au concours du sourire le plus hypocrite.

C'est une église du siècle dernier, Saint-Antoine, une église sans âme qui n'incite pas plus à la piété qu'une mairie ou qu'une école communale.

Ça avait été l'église de mon baptême, de mon caté, de ma communion, de ma confirmation. J'y avais appris que Dieu avait fait l'homme à son image et que son fils Jésus avait dit à Lazare de se lever et de marcher et que Lazare s'était levé et avait trotté comme un lièvre et encore que le fils de Dieu avait donné son aval à tous les pochtrons présents et à venir en faisant couler à flots le vin d'une noce dans un bled nommé Cana. J'y avais appris, surtout, que nos péchés, quels qu'ils soient, finiraient toujours par nous être pardonnés.

J'y avais vécu des moments exaltants quand j'avais la foi benoîte du catéchumène et des moments difficiles quand, ayant découvert les joies de l'onanisme, il me fallait déballer ce que j'avais sur la conscience dans l'obscurité d'un confessionnal.

Je m'y étais surtout prodigieusement ennuyé quand je me croyais tenu, sous peine d'aller direct rôtir en enfer en cas de trépas, d'assister chaque dimanche à la grand-messe.

Pour qui n'est pas officiant, enfant de chœur, suisse, chaisière ou Notre Seigneur Jésus en personne, c'est que de l'ennui, une messe.

Des voix se sont élevées, criardes, pour annoncer au Père éternel l'arrivée imminente d'une humble pécheresse. Des chœurs.

Comme promis, papa n'avait pas lésiné.

Grâce à quoi, maman, qui avait sa foi à elle et solide mais n'assistait plus à un office que contrainte et forcée, allait quitter cette terre sur une bien fâcheuse impression.

À moins que...

Pourquoi ne pas se dire que, débarrassée de ce corps que si souvent elle maudissait parce que trop lourd à trimbaler, trop replet pour qu'elle puisse le vêtir comme elle l'aurait voulu, et de plus en plus sujet à des coups de fatigue, à des douleurs, elle s'ébattait enfin à sa guise ?

Sa dépouille était dans le cercueil de bois. Mais maman, elle, n'y était plus. Pareille aux oiseaux qui volaient de-ci de-là au-dessus des fidèles pendant le saint sacrifice et les prêches barbifiants du curé Joly à Rochefort-en-Yvelines, maman faisait son ange.

C'était infantile, point convenable, ces idées.

Et puis après ?

Pendant qu'ils étaient tous à la pleurer, à prier pour elle et que le prêtre ventripotent lui signifiait son congé en latin, moi je m'imaginais que maman — devenue pur esprit — faisait de la voltige au-dessus de la nef et se réjouissait de constater combien étaient nombreux ceux que sa mort intéressait.

Et vous pensez bien qu'elle ne manquait pas, comme de son vivant, de se payer leurs fioles.

De chambrer le manteau de péquenot endimanché d'oncle Bertrand, le long voile de pleureuse de tragédie de madame Nantes, la voilette noire très Madone des sleepings de la toujours sémillante Belle-en-cuisses.

Et elle riait, ma mère, mais alors d'un rire à faire s'éteindre tous les cierges et se fracasser tous les vitraux, en contemplant son mari, fringué comme un huissier et pleurant sa Flavie, encadré par sa Sylvia et sa Léonie, ma salope de marraine.

Car elle savait tout des crasses que lui avait faites son Jean Giovanni tant aimé. Toujours elle en avait tout su, maman. Et si elle n'en avait jamais fait état c'était pour ne pas détruire son ménage. Car elle y tenait. C'était un ménage d'infortune. Mais c'était le sien. Et elle en était toujours toquée comme à l'instant du coup de foudre à Charenton-le-Pont, de son Italien sac à vin.

Et, parce qu'en route pour l'éternelle béatitude, elle l'absolvait de toutes ses fautes. De toutes.

Et, si elle riait de ce rire puissant à en ébranler et l'église Saint-Antoine et toutes les maisons de l'avenue Ledru-Rollin et la gare de Lyon et tous les merdiers de bistros qui l'entouraient, c'était par moquerie, c'est entendu.

Mais c'était aussi parce qu'elle était heureuse. Heureuse oui. De voir que Sylvia et la zia Regina et Lina et toutes les saletés de femmes qui avaient fait des galipettes avec son mari et qui avaient le front d'assister à son enterrement à elle, elles la pleuraient.

Et elle leur pardonnait. Tout. Tout ce qu'elle avait subi durant sa vie, elle pardonnait.

C'est qu'elle n'était plus qu'amour, maman.

Qu'amour.

Et pourquoi non ?

Se dire qu'une fois morte, une mère — la vôtre — devient un esprit, un esprit rieur et capable d'un amour aussi grand que l'éternité est longue, c'est plus tordu que de prétendre qu'un fils de dieu né d'une mère vierge va se nicher tous les matins dans des milliers de milliers de milliers de petites galettes de pain azyme ?

C'est plus déraisonnable que de croire qu'un jour il y aura un jugement de tous les bipèdes qui sont nés depuis les petits à Ève et Adam, et qu'une fois jugés et tous acquittés avec les félicitations du jury ils reviendront sur terre avec leurs corps d'avant décès et leurs petits costumes du temps où ils ont poussé leur dernier soupir ?

À l'heure qu'il est je n'ai aucune certitude. Si ce n'est que je crois que je crois. Mais, pendant cette messe, Dieu existait et elle était avec moi, maman. Et pas comme une cire du musée Grévin, pas figée, glacée. Vive comme jamais, aérienne et de bien belle humeur.

C'est papa qui m'a tiré de mes divagations d'idiot. En me mettant dans la main le goupillon.

Après lui c'était à moi d'asperger.

Je n'ai pas pu.

Je l'ai vite repassé à qui venait après moi, le goupillon ruisselant d'eau bénite, à l'oncle Bertrand qui avait de grosses larmes qui dégoulinaient dans sa moustache de phoque. Il a tracé dans le vide un signe de croix parfait et je l'ai entendu chuchoter « à bientôt Flavie ».

Et il m'a posé la main sur l'épaule et m'a poussé pour que je rattrape papa qui suivait, hébété, l'homme des pompes funèbres qui veillait à ce qu'il n'y ait pas d'embouteillage.

Une fois « ces messieurs et ces dames de la famille » groupés devant la sacristie, est venu le moment des condoléances, le moment de subir marques d'affection, étreintes, baisers, phrases toutes faites.

Ça a été pour commencer la zia Regina, la femme de mon oncle de Juvisy qui n'était pas venu, lui, parce qu'il était cloué dans leur pavillon par une mauvaise fièvre qui devait être une bonne muffée. Elle m'a serré contre sa poitrine flasque et assuré qu'elle allait être pour moi une seconde maman. Puis ma marraine Léonie m'a dit la même chose mais pas en italien. Puis madame Pipolina, avec un chapeau tellement trop petit pour elle qu'il aurait fait se boyauter même un Christ en croix, m'a bisouillé bien vingt fois. Puis Lina et Gina, ses deux filles de salle, m'ont pris chacune une main et dit que j'avais perdu la meilleure des mères. Puis ça a été le tour de la miss qui avait vieilli d'au moins cinquante ans depuis qu'elle avait disparu de notre vie et qui n'a rien trouvé à me dire parce qu'en plus de se métamorphoser en vieille chouette sans dents elle avait sombré dans le gâtisme. Puis les cousins Trémiège qui tous embaumaient la même eau de Cologne surette m'ont embrassé et re-embrassé. Puis les Frangé, ces rentiers pas malins que maman aimait bien et qui étaient si émus qu'ils m'ont appelé René. Puis Mathilde Gozzi qui n'a même pas voulu me toucher la main pour ne pas me refiler le rhume qu'elle avait attrapé elle ne savait pas comment. Puis madame Nantes. Puis madame Routier qui — mais c'était trop tard — m'a fait des bisous et sur la joue droite et sur la joue gauche. Puis madame Lambrasier qui s'est contentée de me cligner des yeux avec comme de la compassion et sa fille Yvette qui — exprès ? Par accident ? — a posé un doux bécot sur le coin de ma bouche. Puis monsieur Carité et une madame Carité dont je n'avais jamais même soupçonné l'existence. Puis madame Babaguine, sincèrement bouleversée, ça se voyait, qui m'a dit que c'était la première fois qu'elle assistait à une messe et que c'était beau, très beau, et qu'elle espérait que maman irait droit au ciel des catholiques. Puis Banaque qui, je l'ai su longtemps après, avait fait livrer une gerbe à mille francs par le fleuriste de la rue Parrot. Puis Charchinelli, Pozzeta, Galbiano, Truciolo, Asinata, et plein d'autres saoulards macaronis du douzième arrondissement. Puis...

Ça n'en finissait pas. C'était à la fois touchant, réconfortant et emmerdant.

Et — morte ou pas morte — maman n'était plus dans l'église. Pour toujours elle était partie.

Et j'en avais assez de serrer des mains, de recevoir des baisers mouillés, baveux, assez d'entendre de bonnes paroles.

Sur l'avenue aussi il y avait foule. Autour du fourgon sur lequel les types des pompes funèbres accrochaient les gerbes. Que de fleurs ! Maman aurait été contente. Celle de papa, « Pour ma Flavie, pour notre mère chérie, son mari, ses fils ». Celle de zia Regina, « À notre sœur, belle-sœur et tante ». Et d'autres, « Regrets éternels des amis du café Gozzi », « Regrets éternels — les locataires du soixante-quatorze », « À Flavie — Blanche ».

Blanche Tourette, la plus ancienne relation de maman, qui avait joué avec elle gamine dans les ruisseaux de Charenton-le-Pont, qui avait été son témoin à son mariage, sa demoiselle d'honneur, Blanche Folliolet la communiste, toujours farouchement ennemie de « l'opium du peuple » et de ceux qui en trafiquaient était, elle, restée debout dans le froid de l'avenue, le dos tourné à l'église, pendant toute la durée de la messe.

— Remo, mon grand ! elle a crié dès qu'elle m'a vu.

Et elle s'est jetée sur moi. Folle de douleur elle était, cette petite bonne femme au visage ingrat.

Ça se voyait qu'elle était vraiment vraiment peinée, cette petite femme mastoc, fagotée comme une kolkhozienne, avec un pantalon d'homme serré sur ses chevilles par des pinces à vélo. Elle m'a pris les mains et me les a broyées. Hors d'elle, elle était.

— Flavie morte c'est comme si on m'avait arraché une moitié de moi-même. Et penser que toutes ces histoires de ciel, d'enfer, c'est que des inventions. Je dis ça parce que tu vois, mon petit Remo, ta maman elle l'aurait mérité que tout finisse pas dans cette boîte.

La boîte c'était le cercueil que les types chargeaient dans le fourgon.

Une bonne, une excellente personne, Blanche Tourette. Mais quel besoin elle avait de me dire ça ?

Comme j'allais monter dans le fourgon avec papa et oncle Bertrand et ma marraine et la zia Regina, qui gémissait si fort qu'on devait l'entendre jusqu'à la Bastille, on m'a saisi par le bras.

C'était Jeanjean.

— On est avec toi, grand peintre. On t'aime bien tu sais. Et on est avec toi. Tous.

Alors j'ai vu Mercadet, les comédiens de son spectacle et des copains frimant à la Comédie-

Française et même l'autre tarée, cette fille qui s'appelait Cécile et m'avait foutu en l'air en venant au soixante-quatorze, qui m'a lancé un regard éploré.

J'ai cru apercevoir aussi, loin sur le trottoir, la nymphe de papa, la marinière de la *Bergeronnette*, la Loulou. Avec sa gamine. Mais sans le chien ni la poule.

Et le fourgon a démarré.

Et papa m'a posé la main sur ma cuisse.

— C'est pas souvent qu'on aura pris la route ensemble tous les trois.

Qu'est-ce qu'on était malheureux.

« La boîte et rien après. »

Ils en avaient de joyeuses, les marxistes-léninistes !

Les grands esprits du matérialisme elle n'avait pas dû en faire ses choux gras, Blanche Tourette. Elle avait dû se contenter de la lecture des titres de *L'Humanité* quand, militante en herbe, elle était de corvée de vente sur les marchés, les dimanches matin. Et, dans les métros, les trams, elle avait dû dévorer de ces romans à l'eau de rose dont les femmes comme elle et ma mère faisaient leurs délices.

C'était une inculte de gauche, Blanche Tourette. Mais elle savait de source sûre que le cimetière c'était le terminus.

Et il avait fallu qu'elle vienne me fourrer ça dans l'oreille juste quand on allait prendre la route pour un cimetière dans une banlieue perdue, au-delà de Villemomble, du Raincy. Une route de mauvais rêve. Mais sans encombre. Nous avons dû doubler une seule voiture et en croiser deux.

À l'entrée du cimetière, assis sur une borne, guettant notre arrivée, il y avait l'oncle Thomas, le frère de maman, le fils que ma grand-mère Eugénie estimait si peu qu'elle aurait voulu ne l'avoir jamais enfanté.

Il avait manqué la messe pour cause de correspondance de train pas à l'heure indiquée sur l'indicateur. Mais il n'avait pas manqué de bien se lester au vin de qualité inférieure. Il était raide noir. Et coiffé de son béret de chasseur de la guerre mondiale, la première, celle de quatorze-dix-huit. Sa guerre chérie, qu'il avait gagnée sous les ordres du vénérable et vénéré Philippe Pétain. Lequel saint homme, après avoir une fois déjà conduit mon tonton à la victoire, le guidait vers un avenir radieux qui verrait la France redevenir le point de mire de tous les terriens de bonne volonté.

Il guettait le convoi à l'entrée du cimetière et, quand les croque-morts ont sorti le cercueil du fourgon, il a fait le salut militaire, ce rongé de la tête.

Furieux, papa s'est précipité sur lui. J'ai cru qu'il allait le frapper. Il s'est borné à lui dire d'arrêter tout de suite ses « conneries de malade » s'il ne voulait pas se retrouver lui aussi au fond d'une fosse.

— C'était pour lui faire honneur, à la sœurette. Mais ne nous emballons pas, Jean. T'es dans la désolation. Je suis dans la désolation. Alors on se fait la bise.

Papa s'est laissé embrasser. À contrecœur.

— Tu pues la vinasse, Thomas.

— Ça te va bien de dire ça.

— Pas une goutte j'ai bu ce matin. Pas une goutte. Et même j'aurais bu un tonneau entier, je puerais pas comme toi. T'as liché quoi ? De l'eau de Javel ?

L'ordonnateur des pompes funèbres, enfin celui des hommes en noir qui menait la danse, s'impatientait.

— Si ces messieurs de la famille veulent bien me suivre.

Les messieurs de la famille, c'était papa, moi, mes oncles Bertrand et Thomas et deux cousins Trémiège, le père qui était bossu et donc cordonnier et le fils qui avait douze ans et l'expression d'un garçon qui se fait des trous dans ses poches pour pouvoir se toucher sans être vu même en marchant dans une foule.

Il n'était plus question de secouer un goupillon mais de jeter chacun une rose sur le cercueil dans la fosse.

Papa l'a humée, la rose qu'on lui a tendue. Et, sans s'inquiéter de nous, comme s'il était seul avec maman, il lui a parlé dans son trou.

— Tu vois, encore une fois, je me suis fait avoir. Cette fleur que j'ai payée le plus cher que j'ai pu, comme tout le reste, elle sent pas bon. Pas assez. Toi tu l'avais, la bonne odeur. Pas une femme l'a jamais eue comme toi. Pas une. Pas une a jamais eu rien comme toi. Je me rappelle la première fois que j'ai senti tes cheveux contre ma joue. Comme la caresse d'un ange ça m'a fait. C'était au bal à Vincennes. Danser, j'avais jamais encore fait ça et je voulais pas et tu m'as dit que tu allais me montrer et tu m'as si bien montré qu'après, toutes les femmes il a fallu que je les fasse valser. Mais c'est qu'une fois que j'ai vraiment dansé. Avec tes cheveux que je sentais contre ma joue. Tu te rappelles toi aussi ? À Vincennes. Chez Bottechia. Bottechia, le boiteux avec la canne.

La rose il a posé un baiser dessus avant de la laisser choir dans la tombe.

Moi j'ai jeté la mienne en murmurant un timide « au revoir maman » et je me suis sauvé comme un voleur.

L'oncle Bertrand — on me l'a raconté après —, il a sorti un mouchoir à carreaux de la poche du manteau qui lui allait si mal. Il en a dénoué les quatre coins. Et il y avait des noisettes dedans. Des noisettes qu'il a fait pleuvoir sur le cercueil, des noisettes des bois du château de Rochefort-en-Yvelines, des avelines dont maman était si gourmande.

Puis se sont succédé les gens du fourgon. Puis Blanche Tourette qui l'avait suivi sur sa bécane, le fourgon, et arriva à bout de souffle pour un ultime salut à la « boîte » de sa camarade rendue au néant.

Je n'ai pas attendu qu'ils commencent à combler la fosse. J'en avais déjà trop vu. Je suis sorti du cimetière où j'ai demandé à l'oncle Thomas, dès qu'il m'a rejoint, s'il avait une cigarette.

— Parce que tu fumes, toi ? Note que les cigarettes, c'est pareil que la boisson, si tu tombes pas dans les abus...

Comme l'oncle Bertrand, il se les roulait ses cigarettes avec mieux que du tabac.

— Mon mélange africain j'appelle ça. Tu vas me dire.

C'était du poison, du pur poison. Je ne lui ai rien dit à mon tonton maréchaliste. Je n'ai que toussé et craché.

Le retour en fourgon, avec seulement plus que le souvenir de maman, a été encore plus déballant que l'aller.

Après il a fallu sacrifier à la tradition du repas d'après cimetière chez le bougnat de la rue de Bercy qui avait sorti pour l'occasion toutes ses assiettes pas ébréchées. Repas qui a, hélas, dégénéré en engueulade.

Il y avait de quoi se sustenter, pourtant. Et du très mangeable. La patronne nous avait cuisiné un civet de trois lapins et un gratin patates-rutabagas au fromage zéro pour cent goûteux à souhait. C'est qu'elle n'avait pas lésiné sur le sel, le poivre et l'ail.

Nous avons bu l'apéritif et croqué des radis sans beurre dans un état pas trop éloigné de la bonne humeur. Mais quand le cousin Trémiège a eu la funeste idée de harponner un morceau de râble dans la cocotte en fonte en déclarant « encore un que les Allemands auront pas », l'oncle Thomas ne l'a pas loupé.

— Tu préférerais que ça soient tes petits copains les Rosbifs qui l'aient ? Ou les youpins peut-être ?

Papa qui ne mangeait pas, ne disait rien, n'avait même pas porté à ses lèvres le ballon de vin de pays qui était devant lui, papa a éclaté.

— Toi, le disgraciato, tu la fermes.

— Pourquoi je la fermerais ? Pourquoi ? Y me semble que dans un pays civilisé on a quand même encore le droit de...

— Civilisé par qui ? Par le vecchio villiaco de Vichy ? Par il Marechale stronzo di vacca ?

— Jean, je t'interdis ! Qu'un étranger, qu'un Italien se permette d'insulter le Vieux, ça non !... C'est qu'on les connaît, les Italiens. Toujours à se cavaler comme les foireux qu'ils sont, dès que le canon tonne. Tous des dégonflés, les macaronis. À commencer par ton gros lard de duce.

— Le duce, il t'emmerde. Tous il vous emmerde. Allemands, Anglais, Français collabos comme toi, tous, il vous emmerde.

— Collabo, moi ? Moi, Thomas Guillemain. Caporal en treize ! Le neuf avril mil neuf cent dix-huit, nommé caporal-chef au front avec neuf éclats d'obus dans la poitrine et le bas-ventre. Collabo, moi ? Mais je vais te massacrer, le rital. Te massacrer !

Il était debout l'oncle Thomas, la bave aux lèvres, les mains tendues en direction du cou de papa qu'il allait étrangler.

— Vos gueules, vous deux ! Vos gueules ! Si vous n'êtes pas foutus d'avoir un minimum de respect pour la mémoire de Flavie, je vais vous l'apprendre, moi, le respect. À coups de croquenot dans les parties, je vais vous l'apprendre.

Il en avait tâté, lui, l'oncle Bertrand, du vin de

pays. Et sa menace de coups de pied dans les parties à papa et à mon oncle Thomas, ça n'était pas une promesse en l'air.

Les gueules se sont fermées.

Papa a saisi son ballon de rouge, il l'a levé.

— À sa santé, je bois. À Flavie.

Et il a bu. Et toute la tablée a fait comme lui. Oncle Thomas inclus.

— À Flavie.

Et le calme est revenu. Ces messieurs de la famille et ma marraine Léonie et la zia Regina et Sylvia ont recommencé à faire honneur à la tambouille de la bougnate et se sont mis à évoquer le temps où elle était de ce monde, cette pauvre Flavie, et leur temps à eux, leur bon, leur meilleur temps.

Pour ma marraine, c'était celui où, midinette, elle tirait l'aiguille en chantant les succès de Mayol et de Dranem avec ses camarades d'atelier, ne se nourrissait que de croissants-cafés crème et avait la taille si fine qu'on rond de serviette lui aurait suffi comme ceinture.

Pour la zia Regina, c'était quand, arrivant tout juste de Gênes avec sa nombreuse famille, elle avait été femme de ménage dans une chocolaterie à Villeneuve-Saint-Georges et avait pris neuf kilos de bonne graisse en pas trois mois.

Pour Sylvia c'était l'année qu'elle avait passée à mener des vaches aux champs et à faire des idioties à la pelle avec les garçons du village berrichon où elle avait été se guérir d'un bobo aux poumons l'année de ses quinze ans.

Le père Trémiège, lui, la vraiment bonne vie, il

ne l'avait vécue que tout jeunot, quand il avait été compère d'un camelot qui faisait les fêtes foraines, un camelot qui vendait de la poudre à récurer magique — une vraie escroquerie mais qu'est-ce qu'ils ramassaient comme thunes.

Une évocation enchanteresse poussant l'autre, l'oncle Thomas s'est souvenu de la communion de maman, de sa robe blanche qui s'accordait si bien au bleu de ses yeux et du beau missel relié cuir avec marqué dessus *Missel* en or véritable repoussé que les locataires de l'immeuble dont grand-mère était concierge lui avaient offert, à maman, et du repas qui avait suivi. Un de ces repas. Mais un de ces repas.

— Vingt-deux invités dans la loge. Et sept plats. Sept. Sans compter la salade avec des lardons, la salade aux œufs durs, la salade avec des harengs en filets, la salade cresson bigorneaux. Et les desserts. De ces desserts dont, maintenant, on n'a plus idée.

— À t'entendre, Thomas, on s'y croirait. Mais explique-nous donc voir un peu comment tu t'es débrouillé pour t'en souvenir si bien de la communion de Flavie dans la mesure où t'étais à peine né, toi, quand elle l'a faite sa communion, Flavie, lui a demandé l'oncle Bertrand.

L'oncle Thomas a démarré au quart de tour.

— Toi, l'enjuivé...

— Le quoi ? Le quoi ?

Oncle Bertrand était blême. Se faire traiter d'enjuivé, lui ! Il ne voyait vraiment pas où cet arriéré avait été prendre que lui...

Il n'y avait pas à chercher à comprendre.

L'oncle Thomas en voyait partout des juifs. Partout. Et pas des juifs comme la délicieuse madame Babaguine, pas des juifs paisibles, honnêtes, bons vivants, riant quand il y avait lieu de rire et pleurant quand il y avait lieu de pleurer comme ceux que je côtoyais au soixante-quatorze et dans toutes les rues de mon quartier, pas des juifs humains, normaux comme vous et moi, quoi !

Les juifs qu'il voyait, mon oncle crétin, étaient des piliers de banques, de banques véreuses, des rapaces qui avaient des tas d'or pour matelas et des mains crochues et des nez plus crochus encore que leurs mains et qui tuaient lâchement, par-derrière, autant de soldats français qu'ils pouvaient et qui mangeaient les bébés aryens et violentaient, violaient et sodomisaient les femmes goys. Les juifs qu'il avait dans son crâne obtus étaient des juifs inventés de toutes pièces par des haineux comme lui, par des homoncules assoiffés de sang.

Aussi obsédé que l'écrivain Louis-Ferdinand Céline il était, mon oncle. Mais Céline avait le génie des mots, un verbe qu'à lui, un humour cruel mais irrésistible, en plus de sa détestable, impardonnable obsession.

Mon oncle, lui, n'était que bête. Et salaud.

À la Libération, à ce que j'en ai su, des gens de son patelin lui ont passé le crâne au papier de verre et cassé la plupart de ses dents. Ils ont aussi un peu mis le feu à sa maison et empoisonné son chien Verdun.

C'était bien dommage pour le chien. Mais, les épurations, ça finit presque toujours par déraper.

Il paraîtrait qu'il est mort à près de cent ans, l'oncle Thomas. Repoussant mendiant de village à qui les gamins jetaient des pierres. Ou offraient du vin en bouteilles plastique pour qu'il leur chante *Maréchal nous voilà.*

Il est parti de chez le bougnat fâché pour toujours avec papa, avec oncle Bertrand, avec ma marraine qui n'a pas supporté d'être traitée de « vieille croqueuse de bites circoncises ».

Après avoir conduit un oncle Bertrand titubant au métro qui devait le mener à son car, papa et moi nous sommes rentrés au soixante-quatorze.

Nous sommes passés devant *Chez Gozzi*, devant *Chez Corinto*, mais papa n'a même pas tourné la tête. Il marchait d'un bon pas. Du pas d'un homme pressé de retrouver son chez soi.

Moi, j'étais ivre. Saoulé par le vin de pays du bougnat, par la cérémonie, par l'aller et retour au cimetière, saoulé par tout ce qui s'était dit, saoulé par la vie qui se résumait, et je venais de le comprendre, à une petite, toute petite randonnée sur une planète où ce n'était pas souvent la semaine des quatre jeudis.

Quand j'ai dû m'écrouler, terrassé par la fatigue, il faisait encore jour. Quand je me suis réveillé c'était la nuit.

Ce qui m'avait tiré de mon sommeil, c'était papa qui parlait tout seul dans l'autre pièce.

Il était couché dans leur grand lit pour deux. Il avait enlevé un oreiller et placé celui qui restait au milieu du lit. Il avait ses lunettes cerclées de fer sur le bout de son nez et, éparpillés autour de lui sur la couverture, des photos, des lettres, des cartes postales, des menus de restaurant vieux de vingt ou trente ans ou plus, des billets de théâtre, de caf'conc', des ordonnances médicales. Des souvenirs, des pense-bêtes, de la paperasse conservés par maman dans deux boîtes en carton, grandes.

— Tu cherches quoi ?

— Ta mère. Je vais plus faire que lui courir après. Penser à autre chose, j'y arrive plus. Tout le temps je la cherche. Même avec Loulou, c'est à Flavie que je pense, qu'à elle.

— Sur la péniche.

— Me fais pas ces yeux-là, merde. Même le Bon Dieu quand il me regarde, il doit pas me faire les yeux que tu me fais. Et, le Bon Dieu, toutes nos saloperies, les grandes et même les petites, il les aime pas. Elles le foutent en rogne, nos saloperies. Mais il nous les pardonne. Et tu sais pourquoi ? Parce qu'il sait qu'il nous a pas aussi bien réussis qu'il aurait pu. Quand il a bricolé le monde, qu'il a fait les montagnes, l'eau salée de la mer et l'eau douce des sources, quand il a eu l'idée du lion, de l'éléphant, du singe au cul rouge, de l'escargot, de la libellule, du perroquet, il les a réussis très bien. Mais les hommes, les femmes... C'était la fin de sa semaine et il en avait marre de créer. Alors il nous a faits pas assez beaux, pas assez malins, pas assez costauds. C'est pour ça qu'il a pitié. Mais toi...

— Je comprends pas. C'est tout.

— Il y a quoi à comprendre ? Quoi ? Rien.

Niente. Tu vis, c'est tout. Personne te demande rien d'autre.

Il en est sorti, de son lit. En caleçon long. Avec à la fois du ventre et des muscles. Il était vieux. Mais grand. Mais fort.

Il aurait pu poser pour Jeanjean et Julien, être un Noé pour eux. Un Noé plantant la première vigne et cueillant le raisin et le foulant et se soûlant et faisant honte à ses fils d'avoir honte de lui.

Il s'est ébroué, il a fait craquer les jointures de ses doigts, il a roté et il m'a regardé.

Il avait la lippe de quelqu'un qui va éclater de rire.

— Qu'un homme. Je suis qu'un homme, Remo. Et vivant. Vivant. Il y a les morts et il y a les vivants Ça, ça peut se comprendre. Grand, petit, gros, maigre, blond, brun, Français, Italien, Allemand, Anglais, intelligent, con, tout ça c'est du mystère. Mais être mort ou vivant, ça c'est simple. Mort, tu respires plus, tu manges plus, tu te fais plus caguer et tu fais plus caguer les autres. Vivant tu es réveillé par le coq le matin, ou par les ramasseurs de poubelles si t'es pas à la campagne, et tu te sors de tes draps et tu pisses dans ton pot et tu pètes et tu rotes et tu chantes du Verdi ou du Rossini en te faisant ta barbe et tu bois ton jus avec ou sans rhum et tu cueilles des mûres quand c'est la saison des mûres et tu fais des choses avec des femmes et tu...

Je ne l'écoutais plus. Je n'étais pas d'humeur à l'entendre dégoiser jusqu'aux aurores.

J'étais aussi vivant que lui. Mais pas bon vivant peut-être.

— Et ta commande, ton chantier ?

— Ça marche. Ils m'ont signé la lettre hier. Une bonne commande. Sûre. Qui peut me remettre sur les bons rails. Je sais toujours pas où je vais trouver les sous pour acheter les matériaux. Mais ça marche.

— Et Barbaculo alors ?

— Envolé Barbaculo. Sa femme dit qu'il est en taule, que la police est venue et l'a emmené et qu'il va être au moins fusillé. Je lui ai téléphoné à Adriana Barbaculo et elle m'a pleuré dans l'oreille, cette morue, en me disant combien y avait de flics et comment ils l'ont brutalisé son bonhomme. Mais... Pour moi, Barbaculo il était parti se planquer avant que la police elle arrive pour l'arrêter. Parti sans me donner tout ce qu'il devait me donner. Du fric que je verrai jamais. Avec ce qu'il me doit il est parti, le fumier.

— L'enterrement comment tu l'as payé ?

— Un acompte. Ils ont accepté un acompte. Le premier mars faudra payer le solde.

— Moi, faudrait que je trouve du travail.

— Du travail ? Quel travail ?

— La peinture, les études, la figuration, c'est fini. J'arrête tout ça.

Papa m'a regardé. Sans commenter cette importante déclaration. Puis comme l'eau débordait, il a saisi une pâte avec son pouce et son index dans le bouillon bouillant, l'a mise dans sa bouche, l'a mordillée et rejetée dans la casserole.

— Al dente. Ta mère elle les a jamais aimées, les pâtes. Jamais.

Il a éteint le gaz et est allé prendre deux

assiettes creuses dans le buffet, les a posées sur la table.

J'ai sorti les fourchettes, les couteaux du tiroir. J'ai fini de mettre le couvert.

Il n'y avait que les pâtes à manger. Avec une noisette de beurre moribond. Pas de parmesan, pas de gruyère.

Papa avait le coup de main pour enrouler d'un seul coup d'un seul presque la moitié du contenu de son assiette autour des dents de sa fourchette.

— Ça te fait rien que je devienne pas peintre ?

Il a pris le temps d'ingurgiter sa pelote de spaghetti.

— La peinture ça m'avait l'air bien. Autre chose ça peut être bien aussi. Tout peut être bien. Ou mal.

Compris. Il s'en fichait de moi, de mon destin.

Je m'étais assis devant mon assiette. Je me suis levé.

— Où tu vas ?

— J'ai pas faim. Je vais faire un tour. Je peux, non ?

— Tu vas retrouver tes copains, ton Jeanjean ?

— Faire un tour.

Je n'ai pas mis le pardessus, le beau pardessus. J'ai pris ma vieille canadienne pendue au-dessus de mon divan.

— La canadienne, t'en voulais plus. Elle était trop vieille, trop déchirée.

— Maintenant, elle l'est plus.

Maman, au moins, même si elle ne se mêlait pas de mes soi-disant études, de mes jobs bizarres, de mes lectures qui la dépassaient, elle ne laissait perdre aucune occasion de me crier dessus. Parce que mes chaussures n'étaient pas cirées, mes lacets pas lacés, mon lit jamais fait, parce que je m'exhibais boutique à l'air sur le palier devant le Gaucho, parce que j'avais des bagues de pacotille à plusieurs doigts..

Mais papa, lui...

Je lui aurais annoncé que je m'engageais dans la milice ou que je partais faire le coup de feu dans un maquis, qu'il n'aurait sans doute rien trouvé à redire. Ni à dire.

Sa philosophie, par cœur je la connaissais : tenir, tenir jusqu'au jour où le fourgon vous emporterait au cimetière. En s'arrangeant pour « pas trop se faire caguer et ne pas trop faire caguer les autres ».

Mais je n'étais pas les autres. J'étais son fils et je n'avais plus que lui. Et il s'en foutait de moi.

— Salut, p'pa.

— Buona passeggiata, Momo.

Jusqu'au canal de la Bastille j'ai marché.

C'était toujours là que j'échouais quand j'avais de l'amertume à cuver.

Un endroit rêvé pour la désespérance, les abords du canal de la Bastille. Des quais bordés que d'immeubles sans vie. Et de l'eau glauque. Pas de l'eau pour pêcheurs ou nageurs, de l'eau pour y balancer des mégots, des détritus, des fœtus. De l'eau pour s'y foutre à l'eau.

Avec, pour bien noircir le tableau, la vieille vieille maisonnette en pierre noirâtre aux fenêtres et à la porte toujours close et son aguichante enseigne SECOURS AUX NOYÉS.

Avec, pas nombreux, des rôdeurs à tête d'assassin, des clochards au bout du rouleau attendant sur un banc que la mort vienne les prendre, des alcoolos au bord du delirium et un chien d'aveugle des Quinze-Vingts ayant semé son maître, un matou famélique, quelque rat égaré...

À quinze ans, à seize, dès que j'avais un coup de blues, un de mes innombrables déplaisirs d'amour, une désillusion bien cuisante, il me fallait ma promenade le long de ce canal. De nuit. Et si la nuit était sans lune ou avec pluie, orage, brouillard, neige, gadoue, ça n'en valait que mieux.

J'ignorais tout des romantiques allemands, à seize ans. Je ne savais encore rien de Kleist, de Novalis, de von Arnim et de leurs petites fiancées chlorotiques qui, à seize ans, s'offraient elles aussi de poétiques randonnées nocturnes au bord de l'eau et, après avoir improvisé deux ou trois vers d'anthologie, se plantaient un poignard dans le sein et se laissaient choir dans la flotte pour, enfin, en finir.

Moi, je ne voulais pas en finir. Ça non. Et ce n'étaient pas les eaux majestueuses du Rhin que j'entendais clapoter.

N'empêche que mes virées cafardeuses le long de mes trois cents mètres de canal, même si aujourd'hui j'en plaisante, elles avaient leur grandeur.

Et, ce soir du onze février quarante-quatre...

Un vendredi. Le vendredi de la semaine qui

avait vu ma mère disparaître dans une salle commune d'hôpital.

Un vendredi onze qui était la veille d'un samedi douze.

Et le douze février... C'était le jour de mon anniversaire, le douze.

Dix-sept ans j'allais avoir, le lendemain.

Et j'en étais où j'en étais.

En plus c'était d'un venteux sur ce quai. Le mal que je couvais, grippe ou angine, ça n'allait pas l'arranger. Mais rien ne pouvait plus arranger rien.

Si encore j'avais eu une cigarette. Ou de quoi aller en acheter un paquet *Chez Corinto.*

Dans le ciel, il n'y avait pas une étoile.

— Si c'est des avions angliches que tu guettes, cette nuit t'en verras pas, gamin. Et plus jamais t'en verras. Parce que la guerre, ils l'ont perdue, les Anglais. Perdue.

Il avait une canadienne aussi peu reluisante que la mienne le clodo de service. Je ne l'avais pas entendu venir parce qu'il avait des espadrilles aux pieds. Des espadrilles et pas de chaussettes. Avec cette température. Des espadrilles qui avaient fait drôlement du chemin. Et une tête de vieux qui en avait fait aussi. Mais vieux, il ne l'était pas. C'était un homme jeune mais en fin de course.

— Tu sais quel jour on est ?

— Le onze.

— Tout juste, Auguste. Le onze février. Et c'est la Saint-quoi ? La Saint-Adolphe. Et, à part moi, personne y pense. Personne. Et pourtant dans les temps qui viennent ça sera un jour chômé, le onze février. Un jour de fête nationale internationale. Parce que les temps viendront où justice lui sera rendue au Führer. Le deuxième Christ c'était. Mais on le sait pas encore. Mais les jours arrivent. Déjà Churchill est mort. De la peste. Mais on le dit pas. Et de Gaulle. Mort aussi. Mort à Londres. Du choléra. Mais on nous fait croire qu'ils sont encore vivants. Mensonges, mensonges, mensonges. Mais les temps viennent.

C'était qui ce comique ? Nostradamus ?

— Ah ! Tant que j'y pense tu n'aurais pas une pièce de dix francs dont tu aurais pas usage, par hasard ? Ou de cinq. Ou un ticket de métro. Rien qu'un ticket de seconde classe.

Mes dernières pièces étaient restées dans les poches de mon pardessus. Mes tickets de métro aussi.

— J'ai rien dans mes poches. Rien du tout.

— On en fera pas une maladie. C'est pas grave. Rien n'est grave. Sur ce... Très heureux d'avoir eu cette bonne conversation avec vous, cher monsieur. Et, si Dieu le veut, à la prochaine.

Et il s'est éloigné.

Un doux fêlé. Qui allait son chemin. En espadrilles.

C'était peut-être comme lui que je finirais. Déjà j'avais la canadienne.

Et pourquoi pas ?

Errer dans Paris au gré de sa fantaisie, parler à l'un à l'autre quand le cœur vous en dit, glaner dix francs par-ci, cinq par-là, manger comme ça se trouve, des fois à sa faim, des fois moins bien, avoir tout son temps pour rêvasser, pas avoir de métier chiant, pas avoir d'amis pour vous juger, de contraintes. Se foutre d'être bien habillé ou pas, d'avoir du talent ou pas, de plaire aux filles ou pas, de les aimer ou pas, d'être un fier baiseur ou pas.

Et, peut-être, ce sont choses qui arrivent, ça s'est vu, peut-être devenir sans le vouloir un grand très grand poète, le Villon de son temps, ou un saint, ou...

Ma fuite pour toujours, la veille au soir, je l'avais loupée. Et j'étais en train de comprendre pourquoi je l'avais loupée. Parce que, le large, je l'avais pris en n'oubliant pas d'emporter ma valise avec, dedans, du linge de rechange et des bouquins et...

Connerie ! Connerie pure.

Fallait pas larguer que les amarres. C'était tout qu'il fallait larguer. C'était dire, crier au monde, à la civilisation, au confort, même si le confort ce n'était que l'eau sur le palier et des chiottes à la turque et dans une cour, c'était crier : je vous veux plus, salut, tchao !

Fallait crier ça et s'en aller.

Nu comme un ver et sans la petite valoche.

Dix-sept ans, j'allais avoir. Et maman n'était plus là et je n'étais plus peintre, plus partant pour aucune réussite. La gloire je m'en passerais, et comment ! Et de la fortune aussi.

Je n'avais pas un sou en poche et il n'y avait pas la plus petite chiure d'étoile dans le ciel. Eh bien tant mieux.

Ils m'avaient assez vu au soixante-quatorze et à la Comédie-Française et chez Mercadet et dans les cafés du Palais-Royal, et dans tous ces endroits à la con où, pauvre idiot que j'étais, je courais après rien !

Ils m'avaient vu.

Et ils ne me verraient plus.

Voilà : un clochard je serais. Pas tout à fait un clochard, un errant disons, un vagabond, un traîne-lattes. Mais magnifique.

Et, cela décidé, comme mon chouchou du temps du catéchisme, comme saint François d'Assise, qui envoyait des baisers à « sa sœur la pluie » et à « sa sœur l'orage » et faisait risette à « son frère le loup » qui s'apprêtait à le dévorer, j'ai, moi, fait une révérence au ciel désespérant de cette nuit-là.

— Bonne nuit, la nuit. Demain commence une autre vie.

Et je suis rentré au soixante-quatorze. Pour la vraiment dernière fois. Elle était finie ma vie d'idiot.

Dans sa piaule, papa dormait dans son lit de veuf. D'un bon sommeil à en juger par la puissance et la régularité de ses ronflements.

J'avais grand besoin de dormir moi aussi. Je me suis quand même branlé. Sans penser à aucune fille ou femme. Branlé sans tout compliquer avec des rêvasseries de môme. Branlé que pour le plaisir.

Et j'en ai eu.

Je me suis réveillé avec — donc — une année de plus.

Et tant d'inutilités en moins dans la tête que je me suis senti tout léger.

J'ai pensé qu'il était dommage que maman ne soit pas là pour me souhaiter mon anniversaire — ce qu'elle n'aurait pas manqué de faire, aimeuse comme elle l'était et avide d'embrassades et de réjouissances.

Elle ne m'aurait sans doute offert qu'une paire de moufles tricotées avec la laine décolorée d'un vieux cache-nez ou un sac de pralines à la saccharine. Mais j'aurais eu un cadeau.

Et de la tendresse.

Mais tant pis.

Papa était déjà parti.

Parti sans se souvenir que le douze février vingt-sept un macaroni saoul comme trente-six Polaques avait voulu mettre le feu à la mairie du douzième quand des fonctionnaires bornés avaient prétendu que Remo n'était pas un vrai prénom de chrétien du calendrier. Parti sans peut-être même un regard à ce Remo devenu jeune homme que très certainement il ne reverrait plus.

Tant pis pour ça aussi.

Il s'en remettrait, mon père. Il se consolerait de ma disparition en chouchoutant la gamine de sa Loulou.

Il aurait le clebs à chouchouter en prime. Et la poule.

Ou il ne s'en remettrait pas de la perte de son Momo.

Et encore encore tant pis.

M'habiller, ça m'a pris un grand grand bout de

temps. C'est qu'il m'a fallu décider quelle était la plus seyante et la moins usée de mes chemises et quel chandail tiendrait plusieurs saisons. Plutôt que mon cache-col, je suis allé récupérer dans les affaires de maman son foulard cochinchinois en soie sauvage avec des perroquets que madame Pipolina lui avait acheté à l'Exposition coloniale de trente et un au bois de Vincennes. Maman ne l'avait jamais porté. Elle le trouvait trop criard pour une dame de son âge. Pour le marginal que j'étais devenu il poussait exactement les cris qu'il fallait.

J'ai fourré dans les poches de ma canadienne un mouchoir, un crayon, un petit carnet qui peut-être ne me servirait à rien, un couteau suisse pour couper, cisailler, déboucher, ouvrir des boîtes en fer, percer des trous. Plus toutes les allumettes que j'ai trouvées et mon missel de communiant dans lequel j'ai glissé une photo de maman. Que d'elle.

Et, enfin, la petite bourse (ou aumônière ?) en mailles de métal (ou d'argent ?) que maman trimbalait partout avec elle. Même si elle descendait s'asseoir un moment sur le banc de l'avenue, elle était du voyage cette petite bourse qui lui venait d'une tante de Saint-Gaultier, une petite ville du Berry où mémé Guillemain avait ses origines.

Une relique presque.

Dedans, enveloppées dans du papier de soie, il y avait une boucle de cheveux de la première petite Dora et une boucle de cheveux de la deuxième petite Dora.

Des cheveux de mortes blonds, fins. Et la

médaille de baptême qui avait été celle de ma première puis de ma deuxième petite sœur bien trop tôt parties.

Et une pièce en or qui m'a semblé être un louis. Et — la surprise —, soigneusement pliés et repliés, deux billets de mille francs.

Mon héritage alors ?

À croire qu'elle avait prévu, maman, que viendrait un matin où j'aurais besoin d'un pécule pour prendre la route.

La pauvre. C'étaient ses dernières dernières cartouches, de l'argent qu'elle cachait depuis Dieu sait quand pour faire face à un besoin vraiment plus terrible que tous les autres. Elle avait dû en repousser des tentations pour ne pas l'écorner ce magot. C'est que ça en représentait des paires de bas, des bijoux pas trop en toc, des beaux romans sentimentaux, des places au cinéma Novelty, deux mille francs.

À peine si j'osais les palper, les déplier, les défroisser ces billets.

— Merci, m'man.

La gorge serrée par l'émotion, je lui ai promis d'en faire le meilleur usage possible de ce viatique providentiel.

Tu parles. Pas une heure après, j'en écornais déjà un, des deux billets de mille.

Pour acheter un paquet de gauloises *Chez Corinto.*

Et c'est en sortant de son troquet que je me suis trouvé nez à nez avec Barbaculo.

Avec Barbaculo pas en prison, pas en cavale.

Et d'attaque, joyeux, dans l'exultation.

Arrêté, il l'avait bel et bien été ce patenté malfrat. Par des policiers d'une brigade très spéciale qui l'avaient menotté et emmené pour contrôle d'identité et interrogatoire — à la beigne et aux coups de torchon mouillé sur ses parties. Parce qu'ils l'avaient questionné tout nu. Dans une cave aménagée pour. Ils voulaient tout savoir de sa rocambolesque histoire de train de sucre égaré dans la nature. Ils avaient été renseignés par des mouchards. Mais pas assez bien. Ils voulaient des détails. C'étaient des fouinards. Des obstinés. Des heures ça avait duré. Et Barbaculo, qui était fort et con comme un bœuf, avait encaissé sans broncher. Et en ne répondant aux questions qu'en bergamasque. Même quand on lui avait trempé la tête dans un seau de flotte pour qu'il y perde ce qui lui restait de souffle, en bergamasque, il avait suffoqué.

— Tellement je tenais bon, ils en bavaient plus que moi, les flics. Ils ont été forcés de faire venir des collègues à eux pour les relayer. Des collègues moins sauvages qu'eux. Au lieu de finir de me démolir, ceux-là de flics, ils m'ont fait boire de la bière bien fraîche et manger du saucisson à l'ail et demandé combien j'étais prêt à leur donner pour en ressortir vivant de leur cave. Ça a encore duré un petit moment parce qu'il a fallu marchander. Mais on a fini par se mettre d'accord sur une somme raisonnable. Ça m'aurait emmerdé de les laisser me tuer. Mais j'allais pas non plus leur filer plus que cette affaire de sucre me rapporte.

Il avait beau copiner avec les Allemands et faire saloperie sur saloperie, c'était quand même un personnage, Barbaculo. Comme il avait invité quelques amis à déjeuner au restaurant *Pipolina* pour arroser sa victoire contre « les enculés qui pensaient qu'à chercher noise aux honnêtes gens », il m'a demandé si ça me disait de me joindre à eux.

Pour un garçon parti pour l'errance volontaire et d'hypothétiques repas de vagabond, ça démarrait saugrenu.

À trente, on s'est retrouvés dans l'arrière-salle de chez *Pipolina*. Afin, a dit suavement Barbaculo, de « s'en fourrer dans les tripes juste ce qu'il faut pour plus avoir la force de péter ».

Un cochon de lait entier il y avait et une montagne de charcutailles, prosciutto di Parma, pancetta, coppa, mortadella, et une polenta de la taille d'un pneu de camion cinq tonnes garnie d'une couronne de petits oiseaux bardés de lard et des fromages et italiens et français et des pots de confitures de cerises, de fraises, de groseilles et un gâteau au chocolat avec de la crème chantilly et des amaretti, des mille-feuilles, des...

Et tout ce qu'il s'est mis à y avoir à boire ! Des apéritifs, plusieurs vins rouges, plusieurs vins blancs, de la grappa servie en même temps que la cochonnaille pour faire des trous normands à l'italienne.

Même l'oncle Thomas qui atteignait les cimes du lyrisme en décrivant le repas de communion de maman à Charenton-le-Pont, il n'en aurait pas cru ses yeux.

Ce gueuleton.

Comme au Français je faisais le seigneur espagnol dans *Le Soulier de satin* de Claudel, là, j'avais l'impression de faire le paysan goulu dans une toile de Breughel.

C'est qu'en plus du cochon rôti tout entier et de la mangeaille à profusion, il y avait les trognes.

Celle de parrain bouffi de suffisance de Barbaculo et celles de ses commensaux. Asinata son aide-plombier qui n'avait plus que quatre dents mais voulait quand même goûter à tout ce qui se croquait, Maglione qui était le parfait sosie du monstre du film *Frankenstein*, un certain Lino Stracchino tout en ventre qui nous a avoué, à son troisième ballon de grappa, être tout bonnement mac à la Bastille, la mère de Barbaculo qui devait avoir des bras encore plus jambonneux que ceux de la cousine Baffi, un Hans qui prétendait être alsacien et avait une petite croix gammée comme épingle de cravate et a coupé son cochon avec son propre couteau à cran d'arrêt et des Napolitains à têtes de Napolitains et Sylvia qui n'a rien mangé mais a fumé cigare sur cigare en racontant des blagues de chambrée. Sans oublier madame Barbaculo, cette mignonne morue d'Adriana, avec ses cheveux platinés, qui, faite comme une grive, a tenu à faire admirer à Lina et Gina qui passaient les plats la dentelle de sa petite culotte noire.

Il y a eu l'Arabe aussi. Le sidi marchand de tapis et de bagues porte-bonheur en poil d'éléphant avec sa chéchia qui passait dans le coin et que Barbaculo a prié de se joindre à nous et qui s'est d'autant plus vite beurré que la consommation d'alcool lui était interdite par son dieu Allah.

À l'époque, dans le quartier, nous n'en avions qu'un, d'Arabe. Alors les gens le cajolaient comme si ça avait été un animal exotique et inoffensif.

Il en était à chanter debout sur une table une version très personnalisée de *Travadja la moukère* avec toute la tablée qui l'accompagnait en tapant dans ses mains, quand papa est arrivé. Avec sa Loulou et la petite Niquette de la péniche.

Il m'a fait un grand sourire, mon père. Et sa poule aussi m'a souri.

La petite Niquette, elle, elle est venue s'asseoir sur mes genoux et a liquidé toute la crème chantilly de ma part de gâteau avec un de ses doigts qu'elle trempait dedans et suçait. Mais elle ne m'a pas dit un mot.

Et ça a duré, duré.

À part moi et la petite fille, tout le monde buvait, buvait et proférait des conneries et en riait.

Elle était loin l'Occupation.

On ne se serait pas cru dans un pays où il fallait des tickets pour tout.

Ni sur une terre où les mères pouvaient mourir à l'improviste.

Café bu, j'ai embrassé le crâne de la petite Niquette que j'ai posée par terre et je me suis levé.

C'était fini. Je m'en allais. À tout jamais, sans prendre congé d'aucun de ces porcs. Mais Lina qui arrivait avec des bouteilles d'asti m'a entraîné du côté de la cuisine.

— Il faudrait que je te dise quelque chose, Remo.

— Quoi ?

Elle avait l'air ennuyée. Très ennuyée.

— Depuis le jour où tu es venu nous dire que Flavie était...

— Oui ?

— Je dors plus. Je me couche, j'arrive pas à m'endormir. Depuis lundi ça me ronge la tête. J'avais quelque chose à lui raconter à ta mère. Ça faisait des années. On se disait tout, elle et moi. Mais ça, je pouvais pas. Même avec des cachets que j'ai été acheter à la pharmacie P.L.M., dormir je peux plus. J'ai ça sur le cœur et...

— Tu voulais lui dire quoi à maman ? Tes vacances en Italie avec papa ?

Je l'ai soufflée. J'ai cru qu'elle allait les laisser choir ses bouteilles.

— Comment tu sais ça, toi ?

— On s'en fout, Lina. On s'en fout. Maman, elle l'avait sûrement deviné depuis longtemps, depuis toujours. Elle était maligne. Mais si gentille. Qu'elle l'ait su ou pas su, ça changeait rien pour elle. Maman c'était quelqu'un de trop bien pour toi, pour moi, pour tout le monde. Elle était trop bien, maman. Alors tu peux dormir. Mais sans tes cachets de pharmacie.

Je l'ai plantée avec ses bouteilles, Lina. Qu'elle aille porter à son aimable clientèle de quoi se poivrer encore plus. Moi, je n'étais déjà plus du même monde qu'eux, plus du quartier.

La gare de Lyon, le douzième et moi, on s'était vus.

Beaucoup trop vus.

J'ai jeté un dernier regard sur la rue Traversière. Sur le vingt-six. La maison où j'étais né et où ma famille avait connu richesse et misère.

Un immeuble bourgeois avec — pourquoi ils me sont revenus en mémoire, ceux-là ? — les concierges, madame et monsieur Bourgne. Des monstres ! Elle, laide comme les sept péchés capitaux, d'une servilité sans limites avec les Italiens fortunés et impitoyable avec les macaronis fauchés. Lui, tueur de mammifères à la Villette, aux pommettes du même rouge que le bol de sang qu'il buvait chaque matin pour se faire une santé.

Ils étaient partis, les Bourgne. Ou morts.

Et peu importait.

Beaux, pas beaux, bons, méchants, plaisants, déplaisants, je voulais tous les oublier, les gens croisés au cours des dix-sept années que j'avais derrière moi.

Tous... sauf, bien sûr, pauvre maman là-bas, dans son cimetière où personne sans doute n'irait la voir. Même quand ça serait la Toussaint.

J'étais parti. C'était fait.

J'avais de quoi fumer au moins une semaine. En quittant la table du gueuleton de Barbaculo, j'avais raflé trois paquets de cigarettes et plusieurs gros cigares.

Et il y avait du soleil.

Ouais. Du soleil de février. Pas exagérément guilleret. Mais soleil.

Et tout allait aller très bien.

Il était quatre heures à l'horloge de la gare de Lyon.

À minuit, ils seraient encore à boire et dégoiser, les convives de Barbaculo, et ils profiteraient du couvre-feu pour la faire traîner jusqu'au matin leur fête et la petite Niquette dormirait d'un mauvais sommeil sur une banquette et...

Qu'ils crèvent !

C'est d'ailleurs ce qu'ils ont fini par faire les clients de *Chez Pipolina.* Et tous les clients de tous les cafés.

Les uns comme ci, les autres comme ça, ils sont morts.

Sylvia c'est d'avoir trop fumé trop bu. Barbaculo d'avoir reçu une balle en plein cœur, une balle perdue pendant les combats de la Libération — perdue ou par un Allemand ou par un F.F.I. Nul ne l'a jamais su. La Loulou de papa est morte d'une maladie pas grave qui a mal tourné. À pas quarante ans. Madame Pipolina d'un cancer. Gina aussi. Lina de sa belle mort, très très âgée, à Borgomanero qui est une petite ville d'Italie pas bien pittoresque. Mathilde Gozzi s'est effondrée sur sa caisse. Arrêt du cœur. L'un de ses garçons, ou Léon, ou Nicolas, a été écrasé par un taxi, une nuit à Montmartre.

Papa, lui, c'est de ne plus pouvoir boire même une tasse de lait, même une goutte d'eau qui l'a tué.

Il allait sur ses soixante-seize ans et vivait toujours avenue Ledru-Rollin. Avec une bayadère.

Je ne plaisante pas. La Monique de cinquante ans de moins que lui qui enchanta ses derniers jours avait été danseuse sacrée hindoue dans une compagnie de ballets. Pas bien fameuse comme compagnie et en Belgique. Opérée dans son ventre, ayant pris une effarante quantité de kilos suite à cette intervention, elle avait dû renoncer à son art et papa, qui ne se consolait pas de la perte de sa Loulou, l'avait trouvée dans un café où elle s'alcoolisait et ils avaient fait affaire ensemble.

Ayant mangé trois, quatre fois de la polenta avec eux, je dois reconnaître qu'ils allaient bien ensemble, qu'ils vivaient une sorte de bonheur. Très arrosé.

Mais tout a une fin. Papa s'étant endormi quasiment nu sur le carrelage de mon ex-chambre, une nuit qu'il faisait très froid, avait contracté une pneumonie et il avait échoué à Saint-Antoine. Où, parce qu'il n'avait pour ainsi dire plus de foie, plus de rate, il ne pouvait absorber aucun médicament. Aucun.

Il n'y est pas allé que pour y mourir vite fait, lui, dans ce putain d'hôpital. Des semaines elle a duré sa maladie inguérissable.

Devenu tout maigre, tout sec, il a eu le temps de se voir partir. Et, son agonie, il l'a vécue sans s'angoisser, bravement, à la rigolarde.

J'allais le voir dans sa salle commune, j'allais le voir pas assez souvent et toujours pressé de fuir ce lieu si déprimant, et lui, sa tête devenue pas plus grosse qu'une orange sur l'oreiller à taie grisâtre, il m'expliquait pourquoi ça ne servait à rien de se biler.

— C'est vrai, Momo, à rien ça sert de s'user les nerfs quand t'as déjà tout le reste qu'est si usé que même péter pour faire savoir aux autres que t'es encore vivant, t'en as plus la force. Des soupirs, il m'en reste plus qu'un. Et comme on sait que ça sera le dernier, ça serait con de le gâcher, tu crois pas ? Alors je soupire même pas. J'attends. Comme on attend un autobus ou le métro. Et puis aller là où je vais aller, ça me changera les idées. C'est peut-être pas mieux qu'ici. Mais ça aurait du mal à être pire. Ça va me faire comme quand je suis arrivé ici, d'arriver là-bas. Je venais de mon patelin, de Bariano où y avait que nous à claquer du bec et des poules et des biques. J'avais jamais vu une maison de plus d'un étage. Jamais vu un taxi, jamais vu un tramway, jamais vu un bistro avec des belles lumières et une machine pour faire le café. Je comprenais pas un mot de français et je me suis retrouvé sur le quai à la gare de Lyon. Avec un connard de contrôleur qu'a commencé à me demander j'ai jamais su quoi. L'ange qui va me recevoir là-haut il sera pas plus moche et mal embouché que ce contrôleur. C'est pas possible. Même si c'est un ange au rabais, l'ange pour accueillir les fauchés, les ivrognes, il peut pas être aussi schifo que ce contrôleur de merde de la gare de Lyon. Et puis, si y en a pas d'ange, je verrai que je vois rien. Et alors ? On le savait qu'elle finirait comme ça la commedia. Et on a fait comme on a pu pour y arriver, au bout du rouleau. Bien sûr on a des regrets. Mais petits. Petits. Ce qui est bien, c'est que je suis si fatigué, tanto tanto stanco que j'ai plus la force d'en avoir des grands regrets. Ça c'est bien. Toutes les saloperies que j'ai faites elles sont trop lourdes pour le vecchio que je suis devenu. C'est peut-être ça le pardon du Bon Dieu : il te met tellement knock-out que tu te sens plus coupable. Tout ce que j'ai fait voir à ta maman, à toi, à ton frère, à tutti quanti, ça me pesait lourd des fois. Et c'est devenu léger, léger. Comme moi. L'infirmière quand elle me soulève pour essayer de me faire pisser, tu la verrais. Pas plus lourd qu'une biscotte, elle dit que je suis devenu. Qu'une biscotte, Momo. Qu'une biscotte.

Il riait.

Il aurait eu encore des dents, ç'aurait été un vrai rire.

Sa mort à mon père et toutes ces autres morts, c'était pour plus tard.

Il n'était que quatre heures à l'horloge de la gare de Lyon et, cibiche au bec, les mains dans les poches de ma canadienne de traîne-lattes magnifique, je m'en allais. D'un bon pas.

J'aurais pu mettre le cap sur le nord. La remonter, la rue Traversière et, via la place de la République, la porte de la Chapelle, marcher jusqu'à Londres et devenir gaulliste.

J'aurais pu aussi opter pour le sud, traverser la Seine, gagner le Kremlin-Bicêtre et, un pas poussant l'autre, échouer loin loin en Afrique où j'aurais fait mon Rimbaud.

Je me suis contenté de prendre par Bercy.

Mettons qu'il me restait une chose à faire. Importante.

Faire un tas des vieux illustrés, de mes bouquins d'enfance qui étaient dans ma caisse dans la « succursale » de papa et y flanquer le feu.

C'était lui qui m'avait suggéré de faire ça. Et c'était un sage conseil.

Le bougnat ne m'a pas vu passer. Il tournait le dos à la rue. Perché sur un tabouret, il écrivait sur la glace de sa vitrine avec un pinceau : DEMAIN DIMANCHE BAIGNAIS DE POISSON.

Il est mort en cinquante-deux, tué d'un coup de couteau, le bougnat. Drame passionnel.

La porte de la « succursale » n'était évidemment pas fermée, que le froid du dehors puisse y entrer à son aise.

Mais avec la belle flambée que j'allais faire...

Bien installé sur le lit de repos (et de luxure ?) de papa, j'ai commencé par une bonne séance de bouquinage — avant liquidation totale des stocks.

J'avais tout mon temps.

Ça m'a fait grand bien de retrouver pour la dernière fois les héros de mon enfance. De vraiment les retrouver. Car, depuis que je me jouais la comédie du futur grand peintre, j'avais jugé bon de renier nombre de mes passions d'avant. Forcé. Un émule de Matisse se devait de mépriser la piètre littérature, l'imagerie grossière dont il se régalait avant d'entrer en peinture comme on entre en religion. Imaginez un peu les réactions de Jeanjean, de Julien découvrant que je me pourléchais comme un arriéré à la lecture des albums de Bibi Fricotin ou du Fantôme du Bengale.

Mais, à l'heure qu'il était et ce samedi-là, ils pouvaient aller se faire mettre, et bien bien, le Jeanjean et le Julien.

Et Matisse avec !

J'ai dévoré *Félix au pays de l'ogre*, et toutes les

pages des vieux numéros du journal *Junior* au long desquels Terry et son compagnon de voyage en Chine, Pat Ryan, étaient aux prises avec la terrifique mais si attirante piratesse Dragon Lady.

Et si elle me menait jusqu'en Chine, la randonnée pour laquelle j'étais partant ?

D'accord avec vous, à dix-sept ans sonnés, on n'a plus de ces idées-là.

Mais j'étais qui j'étais. Et, soyons honnête, des idées de la même eau, il m'en vient aujourd'hui encore. De plus folles même.

Et je n'ai plus l'excuse d'avoir la cervelle embrumée par les excès d'un festin de marché noir et d'être prêt à tout pour conjurer mes craintes.

Car une fois déjà je l'avais prise la route. C'était avec maman et c'était celle de l'exode. Quand les armées d'Hitler déboulaient sur la capitale et que les Parisiens détalaient comme des rats.

Cette panique.

Surtout chez nous. Pensez : parce que Mussolini venait de poignarder la France dans le dos, des gendarmes avaient fait une razzia *Chez Gozzi* et embarqué pour les incarcérer au fort de Vincennes des Italiens suspects — dont, fatalement, mon père qui entonnait si volontiers *Giovanezza.*

Mon père qui, du coup, se retrouvait ennemi de mon grand frère qui était, lui, sergent d'infanterie dans l'armée française.

Si vous ajoutez à cela que, moi, j'étais français puisque naturalisé et ma mère italienne puisque épouse d'un rital...

Et l'Allemand se pointait. L'Allemand qui était

devenu l'allié de ma mère, qui le détestait depuis qu'il l'avait bombardée pendant l'autre grande guerre avec sa grosse Bertha et qui était l'ennemi de mon frère et de moi.

De moi à qui il allait, l'Allemand, couper les mains comme ses ancêtres l'avaient fait en quatorze à tous les garçons des territoires occupés. De ça, ma mère était sûre et certaine.

Alors, pour sauver mes mains, maman a opté pour la fuite.

Et, nantis de balluchons contenant un peu de linge, nos petites cuillères en argent et de quoi nous sustenter, nous avons filé, maman et moi, filé en direction de Rochefort-en-Yvelines où l'oncle Bertrand trouverait à me cacher dans les bois entourant le château. Voire dans les souterrains de ce palais fantôme. Et, comme il n'y avait plus de car, plus de train, c'est à pied que nous avons tenté de parcourir les cinquante kilomètres qui...

Des milliers, des milliers de milliers nous étions sur la route. Et il valait d'être vu le convoi des trouillards. Et maman avait ses varices qui lui faisaient des misères à ses jambes. Et des avions italiens se sont mis à nous canarder. Parfaitement. Des avions italiens qui mitraillaient maman qui avait une carte d'identité d'Italienne !

Je ne vous dis pas le bordel que ce fut. Ni comment ni pourquoi nous n'atteignîmes jamais Rochefort. Où d'ailleurs l'oncle Bertrand n'était plus. Pour cause de peur aussi grande que celle de maman et que la mienne, il filait vers le sud, lui. Sur sa bécane.

Et j'allais partir.

En passant par Rochefort-en-Yvelines peut-être ? Où je jetterais l'ancre le temps de gober quelques œufs des poules de l'oncle Bertrand et de bavarder avec lui. De parler de maman qu'il avait tant aimée.

Puis je suivrais la nationale qui passait devant la grille d'honneur du château.

Une nationale qui menait où ?

Je verrais bien.

Ou alors je restais à Paris. C'était immense Paris. Une ville dont, même moi qui étais si porté sur la baguenaude, je n'avais jamais vu le bout. Une ville où je pouvais très bien me perdre et dans laquelle aucun de ceux qui m'avaient connu durant ma vie d'idiot ne pourrait me retrouver.

C'était plein d'endroits où personne de ma connaissance n'allait jamais, Paris.

Rêver à la Chine de Terry et de Dragon Lady c'était débile.

Mais rêver à Passy, à la Chaussée d'Antin, à Belleville, au faubourg Saint-Germain, à la porte d'Orléans, à La Motte-Piquet-Grenelle...

Et pourquoi pas Montparnasse ?

Je ne serais pas peintre buvant des cocktails à *La Coupole* et au *Dôme* comme Picasso, Derain, Kisling ou Foujita. Mais peut-être loufiat à *La Coupole*. Ou au *Dôme*. Ou au *Sélect*.

Pourquoi pas ? J'aurais un métier. Je vivrais. Calmement. À l'aise. Ça serait bien.

J'étais content d'avoir décidé que c'était à Paris que j'allais la vivre, ma nouvelle vie.

Si content que je me suis offert une lichette de

l'anisette pas écœurante du bidon à papa dans son armoire normande.

Et, comme on n'y voyait plus bien clair dans la « succursale », j'ai allumé la lampe à pétrole.

Cette nuit, la nuit qui tombait, j'allais la passer sur le canapé de papa. Aucun risque qu'il vienne me déranger. C'était sûr qu'il passerait la nuit avec Barbaculo et sa bande de porcs, à se goberger.

Au petit jour, je partirais.

J'allais avoir froid, peur des souris. Mais aucune nuit jamais ne serait pour moi aussi désastreuse que celle que j'avais passée à l'*Hôtel des Quatre-Saisons.* Aucune.

Il n'était pas l'heure de dormir. Il s'en fallait de beaucoup.

J'ai quand même fermé les yeux.

Pour voir maman.

Maman dormant, elle.

Dans son lit du soixante-quatorze. Dormant en plein jour. Faisant sa paresseuse — comme ça lui arrivait des fois.

Maman avec ses cheveux blonds. Blonds pas teints. Et sans un seul fil blanc, sans un seul. Et faisant sûrement un rêve de toute première qualité puisque ses lèvres esquissaient un sourire.

Ma jolie maman.

J'ai dû m'endormir du même sommeil qu'elle.

Et ensemble nous avons marché dans du grand soleil.

C'était agréable. C'était l'été.

Même qu'elle étrennait une robe en tussor, ma mère. Très élégante. Pas taillée par la cousine

Baffi. « Une robe de duchesse de Windsor », elle me disait avec un clin d'œil.

Puis, comme nous passions devant le café *Le Sélect*, boulevard du Montparnasse, elle me demandait si je voulais bien lui offrir quelque chose à la terrasse.

Bien sûr que je voulais bien.

Et nous appelions le garçon.

Et c'était moi le garçon. Et, puisque la guerre était finie, maman me commandait un café — dans une très grande tasse — et des éclairs au chocolat. Trois. Avec, si possible, de la crème chantilly par-dessus. Beaucoup de crème chantilly.

Et elle me donnait comme pourboire un billet de mille francs tout neuf.

— Comme ça tu pourras t'acheter un chapeau vert en taupé comme celui que tu as perdu dans le métro à Opéra, elle me disait.

Et elle me souriait.

Au moins quinze heures j'ai dû dormir dans ce hangar venteux de la rue de Bercy. Au moins. Mais, après la semaine que je venais d'avaler, j'en avais besoin.

Et, ce jour-là encore, il s'est passé des choses.

Et quelles !

C'est elle qui m'a tiré de mon sommeil.

Elle. L'insupportable et collante petite conne. La Cécile.

Elle n'avait pas digéré la gaffe gigantesque qu'elle avait faite en franchissant le seuil de mon taudis familial, pas digéré les vacheries que je lui avais dites et ça lui avait fendu le cœur quand elle m'avait vu, si malheureux, le jour de l'enterrement, à la sortie de l'église. Alors mademoiselle voulait me trouver absolument et me demander pardon et avoir une conversation avec moi, une bonne conversation. Et elle était revenue avenue Ledru-Rollin et elle avait fait le pied de grue devant la porte du soixante-quatorze et elle avait vu mon père qui rentrait et elle avait dit qu'elle me cherchait et il avait été on ne peut plus aimable et...

À tuer ! Elle était à tuer, cette fille.

Quand elle a frappé à la porte de la « succursale », un hurlement j'ai poussé. Et j'avais, paraît-il, l'air d'un fou et je n'ai même pas eu la présence d'esprit de l'envoyer bouler, cette horrible petite chieuse. Je l'ai laissée s'asseoir sur le canapé. S'asseoir contre moi et me prendre mes mains qui étaient glacées et tenter de les réchauffer avec son haleine et, en désespoir de cause, les fourrer entre son manteau et son chandail en laine angora, pour qu'elles redeviennent des mains vivantes.

Et, sous son chandail, il y avait ses seins.

C'était chaud, c'était doux et j'ai senti battre un cœur. Le cœur de Cécile.

Il l'avait dit papa : « Il y a les morts et il y a les vivants. Et ça, que ça, tu peux comprendre. »

Les seins de Cécile étaient ronds. Ils pesaient, il m'a semblé, exactement ce que doivent peser des seins.

Et j'avais dix-sept ans.

Et je n'ai bien sûr jamais pris la route.

Je suis resté dans mon douzième et je suis devenu peintre.

Célèbre ?

Si je l'étais peintre célèbre, ça se saurait, non ?

Mais je suis encore vivant.

Alors...

Cécile est loin, maintenant. Presque aussi loin que maman.

Mais on va dire que tout va bien.

DU MÊME AUTEUR

Aux Éditions Gallimard

AU BONHEUR DES CHIENS (Folio nº 1534)

GOUTTIÈRE (Folio nº 2282)

PAPA EST PARTI MAMAN AUSSI (Folio nº 1914)

POUR L'AMOUR DE FINETTE (Folio nº 1628)

QUAND LES PETITES FILLES S'APPELAIENT SARAH (Folio nº 2039)

TOUS LES CHATS NE SONT PAS EN PELUCHE (Folio nº 2158)

VIOLETTE, JE T'AIME (Folio nº 1749)

VALENTIN TOUT SEUL (Folio nº 2683)

GUERRE ET PAIX AU CAFÉ SNEFFLE (collection Le Manteau d'Arlequin)

AU BAL DES CHIENS (collection Le Manteau d'Arlequin)

LA NUIT DES DAUPHINS (collection Le Manteau d'Arlequin)

Aux Éditions de la Table Ronde

LE BÉRET À GROUCHO

REVIENS, SULAMITE

Aux Éditions Denoël

MA CHATTE MON AMOUR

MA CHATTE MA FOLIE

LA DÉGLINGUE

DU BON USAGE DES CHATS

Aux Éditions Tchou

DÉPÊCHONS-NOUS POUR LES BONNES CHOSES

Aux Éditions Julliard

LES GROS MOTS

Aux Éditions Régine Desforges

DU PASSÉ FAISONS TABLE RASE

COLLECTION FOLIO

Dernières parutions

2591. Julian Gloag — *N'éveillez pas le chat qui dort.*
2592. J.M.G. Le Clézio — *Étoile errante.*
2593. Louis Malle — *Au revoir, les enfants.*
2595. Jean-Bernard Pouy — *L'homme à l'oreille croquée.*
2596. Reiser — *Jeanine.*
2597. Jean Rhys — *Il ne faut pas tirer les oiseaux au repos.*
2598. Isaac Bashevis Singer — *Gimpel le naïf.*
2599. Andersen — *Contes.*
2600. Jacques Almira — *Le Bar de la Mer.*
2602. Dominique Bona — *Malika.*
2603. John Dunning — *Les mécanos de la mort.*
2604. Oriana Fallaci — *Inchallah.*
2605. Sue Hubbell — *Une année à la campagne.*
2606. Sébastien Japrisot — *Le passager de la pluie.*
2607. Jack Kerouac — *Docteur Sax.*
2608. Ruth Rendell/Helen Simpson — *Heures fatales.*
2609. Tristan L'Hermite — *Le Page disgracié.*
2610. Alexandre Dumas — *Les Trois Mousquetaires.*
2611. John Updike — *La concubine de saint Augustin* et autres nouvelles.
2612. John Updike — *Bech est de retour.*
2613. John Updike — *Un mois de dimanches.*
2614. Emmanuèle Bernheim — *Le cran d'arrêt.*
2615. Tonino Benacquista — *La commedia des ratés.*
2616. Tonino Benacquista — *Trois carrés rouges sur fond noir.*
2617. Rachid Boudjedra — *FIS de la haine.*
2618. Jean d'Ormesson — *La gloire de l'Empire.*
2619. Léon Tolstoï — *Résurrection.*

2620.	Ingmar Bergman	*Cris et chuchotements* suivi de *Persona* et de *Le lien.*
2621.	Ingmar Bergman	*Les meilleures intentions.*
2622.	Nina Bouraoui	*Poing mort.*
2623.	Marguerite Duras	*La Vie matérielle.*
2624.	René Frégni	*Les nuits d'Alice.*
2625.	Pierre Gamarra	*Le maître d'école.*
2626.	Joseph Hansen	*Les ravages de la nuit.*
2627.	Félicien Marceau	*Les belles natures.*
2628.	Patrick Modiano	*Un cirque passe.*
2629.	Raymond Queneau	*Le vol d'Icare.*
2630.	Voltaire	*Dictionnaire philosophique.*
2631.	William Makepeace Thackeray	*La Foire aux Vanités.*
2632.	Julian Barnes	*Love, etc.*
2633.	Lisa Bresner	*Le sculpteur de femmes.*
2634.	Patrick Chamoiseau	*Texaco.*
2635.	Didier Daeninckx	*Play-back.*
2636.	René Fallet	*L'amour baroque.*
2637.	Paula Jacques	*Deborah et les anges dissipés.*
2638.	Charles Juliet	*L'inattendu.*
2639.	Michel Mohrt	*On liquide et on s'en va.*
2640.	Marie Nimier	*L'hypnotisme à la portée de tous.*
2641.	Henri Pourrat	*Bons, pauvres et mauvais diables.*
2642.	Jacques Syreigeol	*Miracle en Vendée.*
2643.	Virginia Woolf	*Mrs Dalloway.*
2645.	Jerome Charyn	*Elseneur.*
2646.	Sylvie Doizelet	*Chercher sa demeure.*
2647.	Hervé Guibert	*L'homme au chapeau rouge.*
2648.	Knut Hamsun	*Benoni.*
2649.	Knut Hamsun	*La dernière joie.*
2650.	Hermann Hesse	*Gertrude.*
2651.	William Hjortsberg	*Le sabbat dans Central Park.*
2652.	Alexandre Jardin	*Le Petit Sauvage.*
2653.	Philip Roth	*Patrimoine.*
2655.	Fédor Dostoïevski	*Les Frères Karamazov.*
2656.	Fédor Dostoïevski	*L'Idiot.*
2657.	Lewis Carroll	*Alice au pays des merveilles. De l'autre côté du miroir.*
2658.	Marcel Proust	*Le Côté de Guermantes.*
2659.	Honoré de Balzac	*Le Colonel Chabert.*

2660. Léon Tolstoï — *Anna Karénine.*
2661. Fédor Dostoïevski — *Crime et châtiment.*
2662. Philippe Le Guillou — *La rumeur du soleil.*
2663. Sempé-Goscinny — *Le petit Nicolas et les copains.*
2664. Sempé-Goscinny — *Les vacances du petit Nicolas.*
2665. Sempé-Goscinny — *Les récrés du petit Nicolas.*
2666. Sempé-Goscinny — *Le petit Nicolas a des ennuis.*
2667. Emmanuèle Bernheim — *Un couple.*
2668. Richard Bohringer — *Le bord intime des rivières.*
2669. Daniel Boulanger — *Ursacq.*
2670. Louis Calaferte — *Droit de cité.*
2671. Pierre Charras — *Marthe jusqu'au soir.*
2672. Ya Ding — *Le Cercle du Petit Ciel.*
2673. Joseph Hansen — *Les mouettes volent bas.*
2674. Agustina Izquierdo — *L'amour pur.*
2675. Agustina Izquierdo — *Un souvenir indécent.*
2677. Philippe Labro — *Quinze ans.*
2678. Stéphane Mallarmé — *Lettres sur la poésie.*
2679. Philippe Beaussant — *Le biographe.*
2680. Christian Bobin — *Souveraineté du vide* suivi de *Lettres d'or.*
2681. Christian Bobin — *Le Très-Bas.*
2682. Frédéric Boyer — *Des choses idiotes et douces.*
2683. Remo Forlani — *Valentin tout seul.*
2684. Thierry Jonquet — *Mygale.*
2685. Dominique Rolin — *Deux femmes un soir.*
2686. Isaac Bashevis Singer — *Le certificat.*
2687. Philippe Sollers — *Le Secret.*
2688. Bernard Tirtiaux — *Le passeur de lumière.*
2689. Fénelon — *Les Aventures de Télémaque.*
2690. Robert Bober — *Quoi de neuf sur la guerre ?*
2691. Ray Bradbury — *La baleine de Dublin.*
2692. Didier Daeninckx — *Le der des ders.*
2693. Annie Ernaux — *Journal du dehors.*
2694. Knut Hamsun — *Rosa.*
2695. Yachar Kemal — *Tu écraseras le serpent.*
2696. Joseph Kessel — *La steppe rouge.*
2697. Yukio Mishima — *L'école de la chair.*
2698. Pascal Quignard — *Le nom sur le bout de la langue.*
2699. Jacques Sternberg — *Histoires à mourir de vous.*
2701. Calvin — *Œuvres choisies.*
2702. Milan Kundera — *L'art du roman.*

2703.	Milan Kundera	*Les testaments trahis.*
2704.	Rachid Boudjedra	*Timimoun.*
2705.	Robert Bresson	*Notes sur le cinématographe.*
2706.	Raphaël Confiant	*Ravines du devant-jour.*
2707.	Robin Cook	*Les mois d'avril sont meurtriers.*
2708.	Philippe Djian	*Sotos.*
2710.	Gabriel Matzneff	*La prunelle de mes yeux.*
2711.	Angelo Rinaldi	*Les jours ne s'en vont pas longtemps.*
2712.	Henri Pierre Roché	*Deux Anglaises et le continent.*
2714.	Collectif	*Dom Carlos* et autres nouvelles françaises du XVIIe siècle.
2715.	François-Marie Banier	*La tête la première.*
2716.	Julian Barnes	*Le porc-épic.*
2717.	Jean-Paul Demure	*Aix abrupto.*
2718.	William Faulkner	*Le gambit du cavalier.*
2719.	Pierrette Fleutiaux	*Sauvée !*
2720.	Jean Genet	*Un captif amoureux.*
2721.	Jean Giono	*Provence.*
2722.	Pierre Magnan	*Périple d'un cachalot.*
2723.	Félicien Marceau	*La terrasse de Lucrezia.*
2724.	Daniel Pennac	*Comme un roman.*
2725.	Joseph Conrad	*L'Agent secret.*
2726.	Jorge Amado	*La terre aux fruits d'or.*
2727.	Karen Blixen	*Ombres sur la prairie.*
2728.	Nicolas Bréhal	*Les corps célestes.*
2729.	Jack Couffer	*Le rat qui rit.*
2730.	Romain Gary	*La danse de Gengis Cohn.*
2731.	André Gide	*Voyage au Congo* suivi de *Le retour du Tchad.*
2733.	Ian McEwan	*L'enfant volé.*
2734.	Jean-Marie Rouart	*Le goût du malheur.*
2735.	Sempé	*Âmes sœurs.*
2736.	Émile Zola	*Lourdes.*
2737.	Louis-Ferdinand Céline	*Féerie pour une autre fois.*
2738.	Henry de Montherlant	*La Rose de sable.*
2739.	Vivant Denon Jean-François de Bastide	*Point de lendemain,* suivi de *La Petite Maison.*
2740.	William Styron	*Le choix de Sophie.*
2741.	Emmanuèle Bernheim	*Sa femme.*
2742.	Maryse Condé	*Les derniers rois mages.*
2743.	Gérard Delteil	*Chili con carne.*

2744.	Édouard Glissant	*Tout-monde.*
2745.	Bernard Lamarche-Vadel	*Vétérinaires.*
2746.	J.M.G. Le Clézio	*Diego et Frida.*
2747.	Jack London	*L'amour de la vie.*
2748.	Bharati Mukherjee	*Jasmine.*
2749.	Jean-Noël Pancrazi	*Le silence des passions.*
2750.	Alina Reyes	*Quand tu aimes, il faut partir.*
2751.	Mika Waltari	*Un inconnu vint à la ferme.*
2752.	Alain Bosquet	*Les solitudes.*
2753.	Jean Daniel	*L'ami anglais.*
2754.	Marguerite Duras	*Écrire.*
2755.	Marguerite Duras	*Outside.*
2756.	Amos Oz	*Mon Michaël.*
2757.	René-Victor Pilhes	*La position de Philidor.*
2758.	Danièle Sallenave	*Les portes de Gubbio.*
2759.	Philippe Sollers	*PARADIS 2.*
2760.	Mustapha Tlili	*La rage aux tripes.*
2761.	Anne Wiazemsky	*Canines.*
2762.	Jules et Edmond de Goncourt	*Manette Salomon.*
2763.	Philippe Beaussant	*Héloïse.*
2764.	Daniel Boulanger	*Les jeux du tour de ville.*
2765.	Didier Daeninckx	*En marge.*
2766.	Sylvie Germain	*Immensités.*
2767.	Witold Gombrowicz	*Journal I (1953-1958).*
2768.	Witold Gombrowicz	*Journal II (1959-1969).*
2769.	Gustaw Herling	*Un monde à part.*
2770.	Hermann Hesse	*Fiançailles.*
2771.	Arto Paasilinna	*Le fils du dieu de l'Orage.*
2772.	Gilbert Sinoué	*La fille du Nil.*
2773.	Charles Williams	*Bye-bye, bayou !*
2774.	Avraham B. Yehoshua	*Monsieur Mani.*
2775.	Anonyme	*Les Mille et Une Nuits III (contes choisis).*
2776.	Jean-Jacques Rousseau	*Les Confessions.*
2777.	Pascal	*Les Pensées.*
2778.	Lesage	*Gil Blas.*
2779.	Victor Hugo	*Les Misérables I.*
2780.	Victor Hugo	*Les Misérables II.*
2781.	Dostoïevski	*Les Démons (Les Possédés).*
2782.	Guy de Maupassant	*Boule de suif* et autres nouvelles.

2783.	Guy de Maupassant	*La Maison Tellier. Une partie de campagne* et autres nouvelles.
2784.	Witold Gombrowicz	*La pornographie.*
2785.	Marcel Aymé	*Le vaurien.*
2786.	Louis-Ferdinand Céline	*Entretiens avec le Professeur Y.*
2787.	Didier Daeninckx	*Le bourreau et son double.*
2788.	Guy Debord	*La Société du Spectacle.*
2789.	William Faulkner	*Les larrons.*
2790.	Élisabeth Gille	*Le crabe sur la banquette arrière.*
2791.	Louis Martin-Chauffier	*L'homme et la bête.*
2792.	Kenzaburô Ôé	*Dites-nous comment survivre à notre folie.*
2793.	Jacques Réda	*L'herbe des talus.*
2794.	Roger Vrigny	*Accident de parcours.*
2795.	Blaise Cendrars	*Le Lotissement du ciel.*
2796.	Alexandre Pouchkine	*Eugène Onéguine.*
2797.	Pierre Assouline	*Simenon.*
2798.	Frédéric H. Fajardie	*Bleu de méthylène.*
2799.	Diane de Margerie	*La volière* suivi de *Duplicités.*
2800.	François Nourissier	*Mauvais genre.*
2801.	Jean d'Ormesson	*La Douane de mer.*
2802.	Amos Oz	*Un juste repos.*
2803.	Philip Roth	*Tromperie.*
2804.	Jean-Paul Sartre	*L'engrenage.*
2805.	Jean-Paul Sartre	*Les jeux sont faits.*
2806.	Charles Sorel	*Histoire comique de Francion.*
2807.	Chico Buarque	*Embrouille.*
2808.	Ya Ding	*La jeune fille Tong.*
2809.	Hervé Guibert	*Le Paradis.*
2810.	Martín Luis Guzmán	*L'ombre du Caudillo.*
2811.	Peter Handke	*Essai sur la fatigue.*
2812.	Philippe Labro	*Un début à Paris.*
2813.	Michel Mohrt	*L'ours des Adirondacks.*
2814.	N. Scott Momaday	*La maison de l'aube.*
2815.	Banana Yoshimoto	*Kitchen.*
2816.	Virginia Woolf	*Vers le phare.*
2817.	Honoré de Balzac	*Sarrasine.*
2818.	Alexandre Dumas	*Vingt ans après.*
2819.	Christian Bobin	*L'inespérée.*
2820.	Christian Bobin	*Isabelle Bruges.*
2821.	Louis Calaferte	*C'est la guerre.*

2822. Louis Calaferte — *Rosa mystica.*
2823. Jean-Paul Demure — *Découpe sombre.*
2824. Lawrence Durrell — *L'ombre infinie de César.*
2825. Mircea Eliade — *Les dix-neuf roses.*
2826. Roger Grenier — *Le Pierrot noir.*
2827. David McNeil — *Tous les bars de Zanzibar.*
2828. René Frégni — *Le voleur d'innocence.*
2829. Louvet de Couvray — *Les Amours du chevalier de Faublas.*
2830. James Joyce — *Ulysse.*
2831. François-Régis Bastide — *L'homme au désir d'amour lointain.*
2832. Thomas Bernhard — *L'origine.*
2833. Daniel Boulanger — *Les noces du merle.*
2834. Michel del Castillo — *Rue des Archives.*
2835. Pierre Drieu la Rochelle — *Une femme à sa fenêtre.*
2836. Joseph Kessel — *Dames de Californie.*
2837. Patrick Mosconi — *La nuit apache.*
2838. Marguerite Yourcenar — *Conte bleu.*
2839. Pascal Quignard — *Le sexe et l'effroi.*
2840. Guy de Maupassant — *L'Inutile Beauté.*
2841. Kôbô Abé — *Rendez-vous secret.*
2842. Nicolas Bouvier — *Le poisson-scorpion.*
2843. Patrick Chamoiseau — *Chemin-d'école.*
2844. Patrick Chamoiseau — *Antan d'enfance.*
2845. Philippe Djian — *Assassins.*
2846. Lawrence Durrell — *Le Carrousel sicilien.*
2847. Jean-Marie Laclavetine — *Le rouge et le blanc.*
2848. D.H. Lawrence — *Kangourou.*
2849. Francine Prose — *Les petits miracles.*
2850. Jean-Jacques Sempé — *Insondables mystères.*
2851. Béatrix Beck — *Des accommodements avec le ciel.*
2852. Herman Melville — *Moby Dick.*
2853. Jean-Claude Brisville — *Beaumarchais, l'insolent.*
2854. James Baldwin — *Face à l'homme blanc.*
2855. James Baldwin — *La prochaine fois, le feu.*
2856. W.-R. Burnett — *Rien dans les manches.*
2857. Michel Déon — *Un déjeuner de soleil.*
2858. Michel Déon — *Le jeune homme vert.*
2859. Philippe Le Guillou — *Le passage de l'Aulne.*
2860. Claude Brami — *Mon amie d'enfance.*
2861. Serge Brussolo — *La moisson d'hiver.*

2862. René de Ceccatty — *L'accompagnement.*
2863. Jerome Charyn — *Les filles de Maria.*
2864. Paule Constant — *La fille du Gobernator.*
2865. Didier Daeninckx — *Un château en Bohême.*
2866. Christian Giudicelli — *Quartiers d'Italie.*
2867. Isabelle Jarry — *L'archange perdu.*
2868. Marie Nimier — *La caresse.*
2869. Arto Paasilinna — *La forêt des renards pendus.*
2870. Jorge Semprun — *L'écriture ou la vie.*
2871. Tito Topin — *Piano barjo.*
2872. Michel Del Castillo — *Tanguy.*
2873. Huysmans — *En Route.*
2874. James M. Cain — *Le bluffeur.*
2875. Réjean Ducharme — *Va savoir.*
2876. Mathieu Lindon — *Champion du monde.*
2877. Robert Littell — *Le sphinx de Sibérie.*
2878. Claude Roy — *Les rencontres des jours 1992-1993.*
2879. Danièle Sallenave — *Les trois minutes du diable.*
2880. Philippe Sollers — *La guerre du goût.*

Composition Traitext
et impression Bussière Camedan Imprimeries
à Saint-Amand (Cher), le 25 octobre 1996.
Dépôt légal : octobre 1996.
Numéro d'imprimeur : 1/2576.
ISBN 2-07-040117-0./Imprimé en France.

77746